悬壶口

蒋光成 著

北京日报出版社

图书在版编目（CIP）数据

悬壶口 / 蒋光成著 . -- 北京 : 北京日报出版社，2020.9

ISBN 978-7-5477-3622-7

Ⅰ . ①悬… Ⅱ . ①蒋… Ⅲ . ①长篇小说－中国－当代 Ⅳ . ① I247.5

中国版本图书馆 CIP 数据核字 (2020) 第 060441 号

悬壶口

出版发行： 北京日报出版社
地　　址： 北京市东城区东单三条8-16号东方广场东配楼四层
邮　　编： 100005
电　　话： 发行部：（010）65255876
　　　　　　总编室：（010）65252135
印　　刷： 廊坊市博林印务有限公司
经　　销： 各地新华书店
版　　次： 2020年9月第1版
　　　　　　2020年9月第1次印刷
开　　本： 880毫米 × 1230毫米　1/32
印　　张： 10.25
字　　数： 186千字
定　　价： 42.80元

让每一颗不安的心，
都停留在一个温暖的地方。
——题记

目录

第一章

遥望西关，中国西北角的梦魇

沿子午山直至悬壶口，有一条明显活动频繁的地震带，不同的人物命运在这里交织。人们循着背井离乡的脚步，在迁徙中呼号、挣扎、冲突……数不尽的恩怨、祸乱和生死别离。

一

当正午的太阳漫上千年土墙，子午山下的悬壶口，在一种寂静的律动中，让阳光流泻于土地。远近迭出的山口，这时，就如同一扇开启的门。

那些斜躺在山脊上的尘埃，被一支支驼队溅起，越过低丘、城郭，弥漫在古树和老屋之间。陡然而立的木柱、石阶，刻着时光的烙痕，和汉唐的马蹄印、胡杨林交织在一起，恰似一部如鼓如潮的乐章，在遥远的边地回荡。这雄浑而苍凉的声音，立刻把肖璐带入一片恢宏而神秘的境界之中，骤然间，让他听到了灵魂的呼吸。

他在那些逐渐复原的历史遗像前，看到了一条条通往世界各地的蜿蜒的路，看到了一座座密布狼烟的烽燧，看到了角斗士的战场，看到了商贸充盈的集市……大唐战马，金戈武士，驻足悬壶口，去往烽火台，只见狼烟飞过冰雪似的子午河……

沙丘、沙梁、老树、石板房，在一望无垠的平原上，站成了一种安静的姿态。河流像一道道伤口，在挤满胡杨的林间，盘根错节地镶嵌着大地、村庄、车辙，犬牙纵横。

虽然已是深秋，但有水的沼泽里，却是一片葱茏。子午河畔布满的绿色，是春天的样子。天很晴，亦很寥廓。由河流冲散的河床上,时不时地就能看到闲适的白鹭和随意飞落的鸟儿，在水的低处形成的湖面上，快乐地舞蹈。

被浓郁的绿涂抹的河流，呈现着绸缎一样的颜色。风吹过的地方，多半簇拥着沙丘和盐碱滩。但这似乎并没有影响绿洲的成长。田间的红枣，硕棚满树，好像挂起的一盏盏灯笼，为人照路；核桃熟了，青青的果子鲜亮养眼；满架的葡萄，冰清玉洁；还有，田间地头牵着甜瓜、西瓜的藤蔓，披着盛装招摇着过往的行人。

秋分时节，早晚已经有些凉意，但走进这里的任何一个村庄，却发现，果子仍挂在枝头，棉苞仍在次第开放。无论是临河而立，还是傍着林区，那种不愠不火，那种谦卑和蔼，不由得让人产生些许惬意。尽管头顶上的天空，还蒙着些淡淡的银灰，但在微风刮起的细小粉尘中，寥廓却是肯定的。牧群在蓝天下，悠闲地吃着草，见太阳光直直地射过来，便蹚过草地，躲进了一处处阴凉之中。于是，干裸的河床边上的红柳窝、湿地里，便挤满了成群结队的羊群部落。无数的光线透过遮挡物，反射到它们身上，使周围顿时变得像些图画了。

悬壶口在这一刻，便有了古色古香的味道。

在西关，悬壶口是一座与众不同、令人难以置信的古镇。

据当地的志书记载，这里的大多数建筑建造历史久远，甚至有些还堪称12世纪的精品。老城外，有一圈陶土砌成的墙，在最高的墙外，还有无数处悬崖绝壁，人们可以通过狭窄的楼梯到达那里。

很早的时候，悬壶口曾经是丝绸之路的一段，也是沙漠里难得的一片绿洲，常有驼队和商旅经过。可以说，这里相对完整地保留了一座古代丝路绿洲城镇的规模和形态：城墙、道路、佛塔、集市、宫殿、兵营、要塞……但唯一缺少的就是居民。

悬壶口似乎是一座完全没有色彩的城镇——当然，除了一种颜色：土黄。因为，整座城市的建筑用材，都是黏土和泥砖。这里的城墙筑成了两圈，把整个城镇分割为外城和内城。外城主要是平民生活区和商业区，贵族的宫殿和兵营则在内城。

佛教曾在这里盛极一时。据说，公元7世纪，唐玄奘路过悬壶口的时候，这样描述当时的盛景："国大都城周十七八里……大城西门外路左右各立有佛像，高九十余尺。"

这里的居民多擅长音乐，创造了体态优美的西关乐舞。

悬壶口古镇，位于新城西约1000米处，现仅存三段残垣：东墙长约11.4米，南墙长约300米，北墙长约10米，墙基夯筑，墙下有文化堆积，古镇内及四周有古遗址10多处，东墙附近有房舍建筑遗址，曾出土陶片、铁块、黄铜残片、玉石耳坠、剪边五铢钱和小铜钱等文物。它在极长的历史时期内，是丝绸之路北道的重镇，宗教、文化、经济等极为发达，此外，尚有冶铁业，闻名遐迩。

佛塔是悬壶口最古老的建筑。登塔瞭望，古镇南面是一片并不算大的葱绿——这是悬壶口新城，也是视野之内唯一的绿色。

记忆被割开，往事流了一地。走进悬壶口，一道光亮半明半暗地落在光怪陆离的残墙断垣上，显得尤为温暖。阴影里，夯土的木质大柱，越发沧桑古朴。在那些宽窄不一的小巷里，一扇扇斑驳的门，虚掩着，门上的铁环，被岁月洗得闪闪发亮……

一切都以一种缓慢的节奏，与时光融在了一起，像是一条缓缓流动的河。

二

时间跨入 21 世纪不到 10 年。

肖璐怎么也没有想到，突然发生的地震，让他猝不及防。

悬壶口，顷刻之间狼藉满地：10 多万间房屋在一瞬间分崩离析，数以万计的生命在拼命挣扎……

婚房倒塌了！望着墙上挂着的那张准新婚照片，他的心激烈地抖动起来，眼泪一下子就涌满了整个眼眶！

他的父亲肖正坤被埋在了废墟里。他用手使劲地刨啊刨，

8小时、12小时、24小时、36小时过去了，没人阻挡他。他挖得满脸灰尘，双眼布满血丝，衣服破烂不堪，浑身上下都是血迹。当父亲被挖出来的时候，看着曾经一个鲜活的生命，已经奄奄一息，肖璐欲哭无泪。

眼前，一些地方，已经永远地成了记忆；有的地方，已经变成了追忆；还有的地方，已经从地图上彻底消失了。

但生活还得继续。

这一片深沉的黑色，仿佛黎明前黑茫茫的大地旷野，无比的神秘，出奇的宁静。

这是肖璐的记忆曾经够不着的边岸。

地震发生时，肖璐正在书房看书。忽然，一线苍茫中的幽蓝，划过时间的街角，似有雷声，从东南朝西北而去。他一时有些错愕，不知道发生了什么事。忽然间，桌案开始剧烈地抖动起来，水杯翻倒在地，屋梁椽柱发出了“咔嚓”折断的声音……所有的混沌，都在明亮的白昼里，把已经语无伦次的沧海，搅成了惊涛与巨雷。

地震了！肖璐还未完全反应过来，隔壁的毛头小子已经先他一步“蹭蹭蹭”地窜出了房屋，跑得疾如闪电，甚至连鞋都没有来得及穿。肖璐只感到大地上下剧烈地抖动了一两下，然后，又猛地晃了几下，平静了。

一切凄厉和缥缈，都在尖锐而急切的流露中，暂时停顿了。

肖璐的脸色一下子变了！

他急忙跑到客厅，对着卧室里的父母大喊：“快跑，地震了！”肖璐正喊着，只见父母卧室的一侧，已经发生了倾斜，之后又很快立了起来。房屋墙壁迅疾发出的倒塌声，跟楼下女人和孩子的哭叫声搅在了一起，恰似一锅煮沸的开水，炸锅了！

这场地震的震中区就在悬壶口，不仅造成了灾难性的后果，而且给邻近地区也带来了大范围的严重破坏，其影响更是波及全国绝大部分地区乃至境外。

“据地震台网中心测定，3 月 22 日 14 时 28 分，悬壶口发生里氏 7.3 级强烈地震。重灾区面积达到 6.5 万平方公里，涉及周边县区 44 个，受灾乡镇 1061 个。截至次日 12 时整，地震已确认近 2 万人遇难，3 万余人受伤，失踪近 2 万人，无数房屋垮塌……”

这个伤亡数字与财产损失，这次地震的烈度和规模，在悬壶口的历史上从未有过。此次地震，监测机构在震前没有发现任何异常，震前非常平静。

一时间，悬壶口山体崩塌、滑坡、泥石流随处可见，多条河流由于河道阻塞，形成了数十个大小不等的堰塞湖。

“怎么就这么倒霉？什么不幸的事，都落在了我们的身上！”对于悬壶口所有人来说，天塌了！

废墟。暴雨。风声。悲痛的人群。

肖璐的心，一点点被揪了起来：地震这一年，是中国的奥运年，中国人多少年的期盼啊，怎么就这么多灾多难！谁也不曾料到，这是如此艰难的一年。这一年，自己热切期待的阳光和欢笑，却不料被一路风暴阻隔。2 月肆虐的雪灾，冻裂了中国大地；3 月的山火，烧伤了美丽的边地；4 月的奥运火炬，全球传递受阻，刺伤了中国人向世界张开的双臂；善变的 5 月，胶济铁路火车相撞，撞碎了多少旅人的梦；突然传遍全国的儿童手足口病，令全国父母心头纠结；这一次震动世界的地震，撼及整个中国的灵魂……

人们不能也不愿意设想，没有信念和精神的日子，该怎么过。那无异于地球的毁灭吧！

“妈，我一天也不想在这儿待了，我要离开。”肖璐对母亲翠花说。

“孩子，一定要走吗？不走不行？”翠花问。

“从我出生到现在，30 多年过去了。当初我顺从了您和父亲的愿望，放弃事业，放弃了爱情，从上海回到这里。您看看，这里除了贫困、灾难，还能有什么？我不想一辈子困死在悬壶口。”肖璐回答得很坚决。

“可是，你爸还埋在这里啊！如果你走了，他会感到孤独的。”翠花伤感地说。

“等将来条件好了，我会回来看他的。”

“如果……你一定要走，那就……早点儿走吧！”翠花说完，一行泪，潸然而下。

坐在村子里那辆老掉牙的拖拉机上，肖璐泪眼婆娑，他情不自禁地发出感叹：“不是我非要走，是悬壶口这个地方，实在没法让人再活下去了……”

掠过田野、农舍、村镇，还有路边高高挺拔的白杨、垂柳和圆冠榆，肖璐仿佛走进了一片阳光地带，走进了自己心仪已久的、梦一样的远方……

古朴优美的自然风光，画一般地镶嵌在悬壶口宁静的氛围中。袅袅飘荡的炊烟，陶醉了沉睡多年的农家人。

三

大震刚刚停歇，常河就带着救援队急忙赶到了悬壶口。

救援队赶到的时候，土木结构的房屋，90%都已经倒塌。肖璐整个人正被压在已经坍塌的土墙下面，他是被常河刨出来的。

地震当天，正在北京参加工作会议的常河，立即指示相关部门：全力做好抗震救灾工作，千方百计救援受灾群众。同时，要加强地震监测预报，落实防范余震措施，切实安排好受灾群众生活，维护灾区社会稳定。

按照日程安排，常河在会议结束后还有两个重要的签约仪式要参加，并且要考察几个农作物生态区。

面对经济形势的深刻变化，在精准扶贫基础仍不牢固的背景下，此次签约和考察，对凝聚共识、加强合作、更好地应对区域性挑战具有重要意义。无疑，常河对这次活动充满了期待。

刚刚抵达北京的他，顾不上旅途劳顿，立即召集会议，对各项事宜做出部署。

悬壶口的地震，彻底打乱了常河的计划。

他在同多位合作者谈到提前结束签约和考察时说："悬壶口正在紧急组织抗震救灾斗争。在这一困难时刻，我需要尽快赶回去，和悬壶口的所有人一起，投入抗震救灾中去。"

既要使洽谈取得各方期待的效果，又要实现提前回悬壶口的愿望，必须稳妥协商好相关日程调整。经过协商，合作几方决定，将原定第二天继续的会议，提前到当天晚上举行并压缩日程。此外，原定对相关区域考察的日程也提前进行，并取消了茶叙会、交流宴会等安排。

这无疑是一个让人难忘而又感到悲伤的瞬间！

站在悬壶口那片坍塌的高地上，常河拿着喇叭，用手招呼着大伙："乡亲们，今天，你们遭受的灾难，也是我们的灾难；你们遭受的痛苦，也是我们的痛苦；你们失去的亲人，也是我们的亲人。请大家放心，我们一定会做好善后工作，妥善安排解决好你们的生活。我们是一个拥有 13 亿人口的国家，再大的困难，用13亿去除，将变得非常渺小；再小的爱心，用13亿去乘，将会大爱无边……”

这是常河冒着余震的危险亲临现场时，对悬壶口老百姓说的一席话：“救人要紧，只要有一线希望，就要付出百分之百的努力。”

在一片杂乱的废墟中，常河和他的队友很快展开了施救工作。切割、手刨、肩扛……终于，第一条生命的通道打开了，第一个孩子得救了，第二个、第三个……又有一些生命得到挽救。

生还与死亡交织，汗珠与泪珠交织，天灾与人情交织，黑夜与黎明交织……在不分昼夜地清理与抢救中，在余震不断的抢险现场，在满目残酷的疮痍之中，人们看到了一种感人至深的力量。

爱，在这一刻绽放！

地震发生后，社会各界纷纷伸出援助之手。各地无偿献血的人们排起了长龙；的哥的姐们自发组织车队亲赴悬壶口自愿无偿承担救灾运输任务；一些孩子将自己积攒的压岁钱慷慨奉献，为悬壶口捐款……各种救灾物资，从祖国甚至世界各地蜂拥而至。

刚刚抵达悬壶口的常河，很快就出现了高原反应。

几个队友劝他先休息一会儿，他说：“我是来救人的，不是来休息的！”随即便投入一线救灾工作中。

“队长，房屋的基础下面，发现了生命迹象。”队友的话音刚落，常河组织的施救梯队立刻冲了上去。

没有工具，他们就徒手在废墟中挖刨，一个又一个的生命，被奇迹般地从死亡线上拉了回来。

天，很冷。这时，雨，越来越大了。

救援队员不但要忍受着恶劣天气的煎熬，充饥也只能靠方便面和冰凉的矿泉水。

正在这个时候，一位刚从废墟里被救出来的幸存者告诉常河，学校的教学楼坍塌了大半，当时正在上课，可能有 100 多个人被压在下面，大部分是小学生。

常河的头发，顿时炸了起来。

他迅速调整部署，组织精兵强将再次发起突击，从废墟中抢救出了十几个孩子和 30 多具尸体。

然而，就在抢救进行到最关键的时刻，已经垮塌的教学楼因为余震，突然和正在运行的吊车操作臂发生了游移，再次坍塌的可能性逼近了。

如果这个时候，再次进入废墟救援，将十分危险，几乎等于送死。常河下了死命令，要求钻入废墟的人，马上撤出来！等到坍塌情况稳定后再进入……然而，就在此时，几个刚从废墟中冲出来的队员，又发现了孩子。

常河大喝了一声，转身带头又一次冲进了废墟。这时，楼塌了！

一个巨大的混凝土块，从头顶上掉了下来，跟随常河冲进去的几个队友，用手死死地托住了它。

在其他救援队员的帮助下，他们互相牵扶着，废墟里的队友被拖到了安全地带。常河抱着一个孩子被拉上来后，右胳膊向下淌着血。

他又要转身去施救，被他的队员死死地拉住了："队长，你已经受伤了……"

他放声大哭："放开我！让我回去，求求你们了，让我再去救一个……我还能再救一个……"

此情此景，在场的人无不动容。

他正说着，废墟又一次坍塌了。

后来，埋在里面的孩子被陆续挖出来了，但只有一个小女孩还活着。

常河抱起这个孩子,冒着雨大叫着,向设在帐篷里的诊所跑去。

大雨中，常河告诫大家："这次地震，震源深度为 12 公里，属浅源地震。未来一段时间，余震会很活跃，大伙一定要注意保护好自己！"

如果不知道什么叫沧桑，请来这里看一看，看看这些高山、大河，还有大漠、荒原，每一片土地都是一部书，一部关于生命的书，关于生命与自然搏斗的书。

四

在肖璐的印象中，父亲肖正坤在悬壶口，就是一个传奇。

悬壶口除了有一座古镇，多为荒山和坡地。到底荒成了什么样子？《悬壶口志》是这样描述的：“山体表层多碎石、砂砾，植被极稀疏。”

但仅凭这样的描述，是无法感受其荒凉的。走近突兀嶙峋的群山，看到那一座座山峰，如同一只只伸出的手臂在向上天乞求，才能真正体会到，那些常年裸露的山体，呈现给人们的凄凉与无助。举目望去，几乎看不到任何植被，只有不同颜色的山体表层，涂鸦着一幅幅让人揪心的画面。

悬壶口就坐落在这片茫茫大山之中。

西关从公元前 2 世纪到公元 14 世纪，是横贯古印度、古希腊、波斯和中国的丝绸之路通道，悬壶口正好位于这个通道的交会点上。

一位东方史学泰斗曾经这样描述悬壶口：“这里是古印度、古希腊－罗马、波斯、汉唐文明，在世界上唯一交会的地方。”

还有一位世界知名的历史学家也坦言：“如果人有来世的话，我愿意出生在这里。”佛教从印度首先传入悬壶口，再传入中原，它的地理位置，决定了它成为“佛教文化”的一个中心。

“叮当、叮当”的打铁声不绝于耳，俨然一幅“结庐在人境，而无车马喧。问君何能尔？心远地自偏”的图画。

悬壶口，历史悠久，文化底蕴厚重，历史遗存丰富，地域文化突出，不但一直保存着完整的城镇传统格局，传统工艺、传统歌舞、民俗节庆等非物质文化遗产，在这里也得以流传和保留。

其中，悬壶口的传统手工作坊数量巨大，从业人数不少，技艺水平很高，并具有清晰的传承历史。尤其值得一提的是，这些手工艺，并非只是“博物馆式”或“标本式”的存在，而是在当地居民的日常生活中，继续发挥着作用。

集市是悬壶口最热闹的地方，每个月开放一次，尤其在河东石桥一带远近闻名。大街小巷摆满了各种套具、水壶等传统手工制品和日用品，蒸制南瓜、烧烤面饼的香味几里以外都能闻见。一些车马载着主人，在间或夹杂着行人和牲畜的大路上行走，滚起的灰尘遮天蔽日。这个时候，停驻在盐水沟内来赶集的马、牛、羊等牲畜和车辆，成为一道颇为壮观的独特风景。

每逢节假日，这里更是人流如织，既有丰富多彩的游园活动，还有斗鸡、斗狗和传统歌舞表演。使用的乐器和乐曲结构，大量地吸收了悬壶口古乐的乐理和元素。

悬壶口的老城，居住着这里约一半的人口。迷宫式的街巷纵横交错，土木结构的建筑参差不齐，拥挤不堪，房连房，楼接楼，街巷道路非常狭窄，最宽处仅为 6 米，窄处不过 1.5 米，大部分地段，即使驾驭牛马车辆，也无法通行。

老城略呈矩形，南北长，东西宽。四周古城墙大半犹存，黄土夯筑，一般高约 5 米。南墙中段辟城门，宽约 4.5 米，高 4 米。据《悬壶口 · 地理志》载：“城周二里二，高一丈七尺三寸，城楼四座，雉牌五百八十个，有四座城门：东曰登青、西曰永丰、南曰辑和、北曰保康。”

其古城沿袭2000余年，因祸乱，多次废除又多次兴建，居民内外迁徙频繁。

谁也不曾想到，眼前这座已经有2100年历史的小城，在近200年间，毁灭得如此彻底，只剩下了几段土墙、残存的城堡和松散的骨架。

攀上城墙，伫立高处远望，一些城墙已经被一些新修的房屋或院墙替代。

没有史料记载，悬壶口古城是毁于战火。

是不是发展所致，人们已经不再需要用一堵墙来护卫生活？这似乎是一个难解之谜。但从刨下的墙土来看，筑墙的泥土十分坚硬，这种坚硬形成年代久远，说明不是仅仅用来夯实墙基用的，它的真正意义在于御敌。

站在那段较完整的呈南北走势的城墙上瞭望，可以看到在墙西侧的脚下，一片茂密杂草中间，掩映着一座座坟茔。

只是这里，再也见不到一片残砖剩瓦，甚至连一件能见证历史的物件也找不到。这一切，的确，又很难把它和一座城池联系起来。

肖正坤的父亲名叫肖德，肖家在悬壶口居住的历史，已历五代。

在他的那座被三面房屋围成的“凹”字形院落里，雕花的木柱，支撑着屋檐前一条长满藤蔓的亭廊。绿色的凉棚下，是一座红砖砌台。庭院墙角的灶台上，是他爷爷的爷爷留下的一口铁锅。锅耳上，隐隐约约刻写着铁锅生产的年代：大清嘉庆年间。

肖德过世的父亲，曾是一位名满悬壶口的铁匠。他去世后，肖德将他安葬在老城内的一棵大树下。

肖德继承了父亲的手艺，又无师自通，掌握了钉马掌的手艺，并以此为生。

一天，邻居熊凤举骑着快马，一身是血地跌落在他家门口，手里抱着将近 6 岁、已经奄奄一息的女儿。

肖德和熊凤举是患难时结交的一对好兄弟。

“快，把我扶进屋里……”熊凤举断断续续地说。

“你这是咋了？”肖德焦急地问熊凤举。

“我也没弄明白怎么回事，就被别人当头砍了一刀……可能碰着土匪了……我这孩子，还小……你看，我都这样了，孩子就拜托你了……等孩子长大了，给她找个婆家……”

熊凤举死了。后来，那个女孩成了肖正坤的婆姨。她改名翠花后，做了肖璐的母亲。

肖璐出生的第二年，悬壶口暴发了严重急性呼吸综合征，引起了社会大范围恐慌，包括医务人员在内的多名患者死亡，该病很快扩散至西关乃至境外。

据说，那一年，一位外出打工的人回到了悬壶口，最初感觉有些不舒服，像是患了风寒。于是，他来到诊所瞧病。医生给他开了几服药，说问题不大，便把他打发走了。几天后，他感到病情有些加重，遂去医院又打了一针。接下来的一天，他的病情开始加剧，呼吸逐渐困难……不久，几名和他接触过的医护人员，先后出现了感染症状，之后，这个人不治身亡。

在随后的一段时间里，有关熏白醋、喝板蓝根能预防这种怪病的传言兴起，市面立刻出现了抢购风潮。平时一大包几角钱就能买到的板蓝根，价格一下子飙升了好几倍；一瓶白醋的价格，甚至卖出了原有价格的几十倍。为此，西关疾病预防控制中心预测：那时的悬壶口，存在发生大范围呼吸道传染病流行的风险。没过多久，一名从外地来悬壶口经商的商人，不幸染病身亡。随后，悬壶口政府正式宣布：中小学及幼儿园停课休学，以防疫情扩散。

祸乱、纷争、疫情，多年来一直笼罩着悬壶口。

为了躲避这些灾难，肖德举家迁往西关。局面安定后，他又收拾车马行囊，带着一家老小回到了悬壶口。对肖德而言，故土难离。在悬壶口，有他祖辈的坟茔，他也已经创下了自己的家业。更重要的是，悬壶口的这方水土养育了他，让他离不开，也不能离。

据说，悬壶口在很早的时候，因子午河水渗出地表，隔一步就是一个泉眼。所以被当地人称为“风水之地”。从秦末塞人游牧到此，至民国的千年历史长河中，这里的住户，就以达官显贵居多。

说起悬壶口，肖德坦陈：“悬壶口不算是一个很精致的地方，也不算是一个古董。确切地说，它的存在，改写了丝绸之路的历史。当然了，这里的不同时期，都有不同的样子。有的时候，整个老城看上去很脏，可以这样说吧，‘驴马满街跑，垃圾沿街倒，污水靠蒸发，遇风尘叶飘。’到了冬天，家里冷得要命，半夜小解，也得出门。逢着雨雪天，那可真是‘晴天一身土，雨天两脚泥’啊！”

老城改造时，他第一个拆了旧房。

可以这样说，在悬壶口人的灵魂世界里，对未来的诠释，发生在一条同时“向下”而又“向上”的路上，发生在他们与生活、与社会经济的碰撞中。而悬壶口等待的，只是一个被“点燃”的时刻。

佛塔遗址，距悬壶口23公里。经过2000多年的风雨剥蚀，到处是残墙断垣。寺中原本高大的讲经堂和众多的佛塔，只剩下了一座基座相对完整的塔庙。

塔庙中尚存有佛殿、佛塔和众多的佛龛，龛内佛像已无一幸存。从残墙断垣中，街道和房舍的轮廓依稀可辨。10多个千佛沿，其中大部分是禅窟，造型奇特。禅窟中，尚存部分壁画和古文字。

离塔庙不远，是一座汉代烽燧，高约16米，上下齐宽，四周是一片较为平坦的黄土地。其底部是一个长方形，东西底长6米，南北底宽4米，自下而上逐渐收缩，主体由黄土夯筑，每层黄土厚约15米，上部以胡杨等木柱为骨架，黄土与木柱间隙1米，顶部以土坯垒砌。因为地处风口，烽燧的南面，已被风吹出凹槽，远远望去，像两个并肩站立的哨兵。这座历经千年而不倒的烽燧，是悬壶口至今保存最为完好、最古老的古战争遗址。

“昔人已乘黄鹤去，此地空余黄鹤楼。黄鹤一去不复返，白云千载空悠悠。晴川历历汉阳树，芳草萋萋鹦鹉洲。日暮乡关何处是？烟波江上使人愁。”

崔颢这首诗，多多少少反映出了肖德当时的心境。

一队鸟儿高高掠过，向南。一堵老墙沉默不语。除了那远远近近的草和树，还有什么值得怀念的呢？

秋深了，树叶已开始从枝丫上悄然滑落，很哀伤的样子。那沉沉的暮气，把整个大地，染成了一片灰色。

门前，环绕在庭廊前的大叶榆，因无人修剪，枝叶已在地上散成了美人似的睡莲，骨枝上的也开始旁逸斜出。庭院中间的那块菜地，败得只剩下了枯叶和芦花。萧条的风景里，仅有秋风瑟瑟的声响。肖璐的心，好像被什么东西撕裂了，扯得生疼。

那些被岁月牵走的往事，让肖璐每每忆起，总像是走进昨天，一切都还历历在目。

悬壶口，好像是一个很小很小的村庄，又好像是一个已经破落的小屋，他真想递过手去，给它一个简单的浅握，哪怕只是一次问候。

秋天，正平静地注视着这里正在发生的感伤。

千年古镇悬壶口，随着大震的落幕，一切又恢复了平静，仿佛什么也没有发生。那惊天霹雳的呼啸，被深深地印在了大地。也许，任何痕迹也没有留下。

“明年，或许更遥远的某一天，我还会来吗？”肖璐问自己，“其实，这里新来的人，也不会知道我是谁。”

和这里待过的所有人一样，肖璐把遗憾和失落，写在了自己的履历上。

“我来了，又走了。毕竟，我也是这片土地上，一个匆匆走过的旅人啊！”肖璐感叹。

“能不走吗？”常河对肖璐说。

“为什么不走？”肖璐问。

“因为，悬壶口需要你。”

“悬壶口的人，多了去了！不单单只需要我。我即使留下来，也于事无补。你看悬壶口现在这个样子，像不像一个行将就木的病人？我已经在这里待够了，一天也不想再待下去了。”肖璐告诉常河。

“房屋垮了，还可以重建；人心散了，就再也回不拢了！不走，可以吗？”悬壶口的情势，让常河忧心如焚。

“想待，你待吧！我真的不能陪你了。大学毕业时，我爸爸要我留下来报效家乡，他毕竟在这里干了几十年。现在，连命都搭在了这里，山还是那座山，路还是那条路，一眼望不到头的荒凉，并没有改变什么模样。再待下去，我会疯的。”肖璐拒绝了常河的请求。

这次常河来悬壶口的时候，已经有了新的身份。

记得第一次来悬壶口挂职锻炼的时候，当时的情景，让常河至今难以忘怀。

他打点行装，正准备启程去车站，组织部的一位同事，悄悄地告诉他，悬壶口属于国家扶贫攻坚工作的重点地区，是一个人口小镇、经济穷镇、边防大镇、战略重镇，也是一个充满生机活力的希望之镇。这里地处两个地震带的交会处，抗震设防烈度均在 7 级以上，地震活动水平居全国第三、全省首位。恶劣的自然条件和频繁的地震灾害，严重制约了社会经济的持续发展，财政自给率不足 9%，三项主要经济指标在全省均排在最末一位。受财政状况和经济实力的制约，这里的农牧民住房条件极差，亟待实施抗震安居工程……去那里，一定要谨慎啊！遇着问题，千万不要逞强。实在不行，脚底抹油，回！即使回来，也没有什么丢人的！冰冻三尺，非一日之寒嘛！

没有想到，几年前同事的预测，如今却变成了现实：一场大地震，整个悬壶口顷刻之间变成了一片废墟。好端端的一座城镇，瞬间就碎了，平了！部分村庄刹那间被夷为平地，地震直接夺去了268人的生命……

悬壶口的贫困，到底达到什么程度？

按照中央和国务院对贫困区的划分，这里的经济指数，位居全省倒数第一。

这组数字，尚不包括物价的上涨因素。

这组庞大的阿拉伯数字，包含着一个沉重的句号和感叹号！

根据组织安排，常河来到了悬壶口调研。在经过长途跋涉之后，直累得头皮冒烟，口干舌燥。他是上级派来的第一个对悬壶口贫困现状做调查的。快要接近镇政府时，常河实在渴得难受，便敲开了路旁一家农户的门。

迎接他的，是一个脸色发黑的中年汉子。

常河做了自我介绍后，这汉子咧嘴一笑：“领导请坐，我叫我婆姨来给你烧碗开水。”

说罢，转身便往屋里跑。

常河的眼睛，盯住了这汉子的屁股：如同牛眼睛上挖了两个窟窿，两片白肉时明时灭。接着，一个满脸菜青色的中年妇女怯生生地从屋里走出来，望着常河粲然一笑，而后便蹲在灶前烧火，湿柴火弄得满屋烟雾。一会儿，一只缺了个大口子的碗里，便盛满了掺和着草木灰味道的开水。“我让我男人来陪你说话。”中年妇女说罢，转往屋里。

一会儿，那汉子迎了出来，搓着手，陪着常河聊起了天。

那汉子很谨慎地问：“你今天就在这里吃饭？”

常河还没有来得及回答，那汉子已经站了起来，跑进了屋里。紧接着，他的妻子又淘着米走了出来，而后，又跑了回去。男的接着跑出来，摸了把斧头，开始劈柴，劈完后，又跑进去；女的跟着，走出来做饭，男的便一直不露面了。

常河终于明白了：原来这两口子仅一条破裤子可穿！不仅如此，那只盛开水的破青花瓷碗，还是两人唯一的吃饭用具：轮着吃。

常河默然退出，悄悄在碗下压了50元钱，逃也似的赶去了镇政府。

听了镇政府的汇报后，常河的心，越发沉重起来。像这样的农民，在悬壶口很普遍。有的农户家里人多，仅用一口小铁锅做饭，要煮上七八锅才够吃。做一顿早饭，就得花去整整一个上午的时间；乡里妹子纷纷出走悬壶口，仅留下一些痴呆傻；找不着对象的三四十岁光棍，足可以编成一个排；痴姑娘呆妹子成为抢手货，生下的十有八九也是痴呆傻。这里见到过汽车的人，屈指可数。不知道汽车有几个轮子，是朝前开还是向后跑。悬壶口基本上没有什么资源，仅有的一个小煤矿虽然有些煤炭，但是公路条件较差，又运不出去，由于地缘偏僻，劳动力体质羸弱，多生怪病……

站在镇政府后的山丘上放眼望去，苍山如海，残阳如血，常河心潮难平。回味着镇干部沉重的话语，他禁不住两眼发酸。

通过半个多月的调查，回到单位后，常河饱含深情地一口气写下了数千字的调查报告，直呈省领导案头。

民委批转下来的这份调查报告，省主要领导在读完之后，深感震惊。他们想不到，改革开放快 30 年了，悬壶口的人，生活还如此贫困，我们对不起他们……

由此，让常河想起了多年以前，看过的一则关于悬壶口的报道：那是一个春天，一位中央大员，在临去西关视察前，点名要去悬壶口。来到悬壶口，呈现在他面前的，是一派歌舞升平的繁荣景象。当他在一位牧民家里做客时，只见那炕上，挂着吃不完的马肉和风干肉；桌子上，堆着吃不完的点心和水果；孩子们穿着不知从哪儿弄来的新衣裳，尽情地向他展示着悬壶口的繁荣和富有。

这位大员满意地笑了，陪同人员也笑了，大家都笑了。

但悬壶口的贫困状况，还是被这位精明的大员察觉到了。汽车经过中途的子午村，他突然要求下车。为什么呢？因为他看到在不远处，两个衣衫褴褛的孩子，手里拿着一块甜菜干相互争执着，决定谁来吃。震惊之余，他毅然拍板，给悬壶口人

2000多万元的粮棉赊销，以解决温饱问题。

这位大员的警觉，直接致使了省里的大小领导们，陆陆续续地赶赴悬壶口，察看贫困状况。最终，促成了全省贫困地区工作会议在悬壶口的召开。那已经是当年9月的事了。

多少年过去了，而现在，悬壶口的贫困，绝不亚于那时。在精准扶贫政策出台之前，这里绝大多数村庄和农牧民，仍然普遍居住着简陋的“土坯房”“石头房”；更有甚者，有的还居住在“地窝子”里。这样的“住房”，不要说抗御地震，就是刮风下雨，也难免发生坍塌。

居所，是人类最基本的家园！如果没有家园，很难想象，这些农牧民应该去哪里。

五

肖璐仿佛铁了心了，这一次的决定，九头牛都拉不回来。

其实，他有自己的苦衷。

早在半年前，他就和梅子约好了，去上海发展。梅子是他的恋人，感情很好。谁知道这该死的地震，把他这事给搅了。

“发生了这么大的事，镇子上正缺人手。你现在这个时候走，是不是有点儿不近人情？”常河说着，有点儿急了。

“你还让我怎么近人情？我爸爸没了，他是镇长。镇长都死了，谁还愿意待在这儿？”肖璐说。

“我！肖璐，今天我把话撂在这儿：只要我活着，悬壶口一天不脱贫，我就一天不离开这里。”常河说。

“你？我还真信不过。上次你来了一年，一事无成，后来只能夹着尾巴灰溜溜地走了。说大话，谁不会？当心闪了自己的舌头。”肖璐不冷不热地回敬了常河一句。

“都什么时候了？我不想在这里和你拌嘴！有本事，咱们就在这次抗震安居工程攻坚战上见。”常河脖子上的青筋暴了起来。

“那是你的事，恕不奉陪。”肖璐说。

“这不是哪一个人的事！这件事和悬壶口所有的人都息息相关。肖璐，我相信你行！我需要一个合作者。”

“算了，别唱高调了！谁不了解你们这些挂职干部？整个‘三陪’，陪吃、陪喝、陪玩，等待提拔；时间一到，脚底抹油，走人！谁还管我们这些小老百姓的死活。山还是那座山，梁也还是那道梁……”

“你父亲走了，我也很难受。但仅仅难过，是解决不了任何问题的。这些年来，镇长为了悬壶口彻底摆脱贫困，操碎了心。现在他倒下了，但他立的旗帜不能倒。如果想让他安息，我们只能接过他的旗帜，别无选择！”常河铿锵有力地说。

“那……谈何容易？父亲生前把改变悬壶口的面貌看得比命都重，几次目标即将实现，可是一遇到天灾人祸，立刻又反弹到改变的初期，甚至还不如以前。我看，算了吧！咱们大路朝天，各走一边。”

说到底，肖璐压根儿不相信常河说的那一套。

“撂挑子走人，一退六二五？行啊！在这里，我光屁股一个人，一人吃饱，全家不饿，那还不简单？我就是想做点儿事，做成点儿事，这，算是一个理由吧！老镇长走了，连个商量事的人都没有。有事，我找谁说去？”看着肖璐，常河很诚恳地说。

“常河兄啊！我知道你是一个有责任、有担当的人，就是这一点，我父亲非常欣赏你。但欣赏归欣赏，现实归现实。悬壶口在我心里，就是鸡肋，弃之可惜，食之无味。没办法，它已经是一个心结，挥之不去。这样吧！我还得走。因为上海那边，有人在等我，很急。再说白一点儿，去那边，事关我今后的事业和婚姻。如果有缘分，我们还会见面的。假如真的有那么一天的话，我们再叙今天。行吗？”

常河没能留住肖璐，眼睁睁地看着他走了。

在这次地震中，镇政府是破坏最严重的地方。许多建筑物，已经面目全非。包括老镇长肖正坤和他的亲戚，有 5 人遇难。

翠花已经顾不上去埋葬从瓦砾中挖出的亲人，她几乎是用带着风的速度，跑遍了镇子上几个主要的街道，召集了一部分骨干，在逐户寻找和营救存活者的同时，开始在一些废墟上搭建简易的砖木结构、彩钢砖混结构、木板框架房等新房。

常河的救援队和她会合的时候，他紧紧地握住翠花的手说："翠花，你身为妇联主任，有这样的担当和责任，我谢谢你。地震虽然强烈，但震不垮悬壶口人的意志。"

他一边说着，一边和翠花一道走进这些新房，深入了解其造价、结构、抗震性能等情况。常河再三叮咛翠花，新建住房，一定要搞好规划，按照安全、经济、实用的原则，充分考虑抗震、加固、避灾，提高抗震强度，保证质量，要向灾民们提供价格合理的建筑材料。

当天中午，常河来到悬壶口中学。学校原来的教室，大多已经在地震中倒塌或成为危房。他走进用帐篷搭起的临时教室，亲切地向师生们问好，鼓励孩子们努力学习，多学本领，长大后，建设好家乡。

尔后，常河又马不停蹄地去了医院，探望那些在地震中受伤的人。每到一个病房，他都要仔细询问受伤灾民的伤情和治疗情况，同时向医护人员表示问候，并叮嘱他们精心看护和治疗伤员。

当天晚上，常河在汇报抗震救灾工作时提出，灾区当前的重中之重，就是要抓好生产自救、重建家园和社会稳定工作。要一手抓抗震救灾，一手抓恢复生产。重建家园，一定要抓紧住房、校舍、医院等与灾区群众生产生活密切相关的设施建设。

悬壶口的震后重建，牵动着每一个人的心。抗震安居工程建设，已经箭在弦上。

震后重建这么大的重任，常河居然交给了翠花？这让许多人百思不得其解。

后来，常河给大伙解开了这个谜团。

他说，在面临人生灾难和重大抉择的时刻，女人往往比男人更理智。同样是悲痛难当，但她们绝不会让感情欺骗理智。男人的理智是逻辑，与感情异质，容易在感情的冲击下溃散；女人的理智是直觉，与感情同质。所以，她们的理智，能够在感情的汹涌中保持得完好无损。在很多问题上，男人站得高些，视野宽些，所以容易瞻前顾后；但女人更贴近生命的自然之道。当男人为亲人的去世痛心疾首时，女人也会抚尸恸哭，然后替尸体洗浴更衣，送逝者踏上通往天国的路。

半年后，遭遇灾难的悬壶口，重新站了起来。

卖牛肉粉丝的小店，已有好几位顾客在吃早餐，街对面的农贸市场，已是人声喧哗。只是那些随处可见的房屋裂痕和“危险”标识，还在提醒着人们，这里，是半年前的那场大地震的震中区。在唯一复课的学校——悬壶口县幼儿园，一群孩子正排着队进教室，欢快地喊着“一、二、一”。这还是一所白墙、红柱、蓝顶的板房学校。为防止孩子们摔伤，台阶下面铺设了地垫。在一间教室外墙上，贴着用五颜六色的纸，精心叠成的小房子，旁边还有几个引人注目的字：“重建家园我出力！”

幼儿园对面的子午山上，海拔近2000米的子午村，用砖头和水泥展开的重建工程，正在紧张有序地进行中。这里是悬壶口首个灾后永久住房建设的试点，大部分房屋的主体结构都已经立了起来。在已垮塌的原镇政府房屋旁，一栋全框架结构、抗震烈度9级的楼房即将完工。正在忙碌的工人说，这栋集学校、办公、镇卫生所等功能于一体的两层楼房，将于12月中旬验收。

在悬壶口最大的过渡安置点板房区，许多居民都已经出门上班或参与灾后重建去了，留在家的主妇，正在公共水龙头下洗着衣服。这个能容纳约2000名居民的板房区，不但有了诸如“家常餐厅”这种大众饭店，而且还有了移动电话营业厅和多家银行的自动取款机，以及一所设有多个科室的卫生院。

板房区的图书室如常开放，一位老大爷正在翻阅当地报纸。在悬壶口报刊栏上，刊登着许多灾区重建和确保过冬的消息。

似乎没有人注意到，这一天，是距地震发生整整半年的日子。所到之处，人们只是微笑着互相打招呼，然后又回过头去，专注到自己正在做的事情之中。

下午2时28分，阳光照耀着斑驳破碎的子午峰，显得散乱而嶙峋；而山脚下的子午河，已经没有了以前那种轻快而明朗的流淌声，而是如同一匹腾空而起、仰天长啸的烈马，撒开四蹄，向着下游，奔腾而去。

第二章
积贫积弱，让政府寝食难安

中央痛下决心，在悬壶口投下巨资，打造让农牧民安居乐业的“精准扶贫”工程。

一

西关的悬壶口，有10多万人。据说，这个地方人口最多的时候，有50万之巨。听当地的老人们说，这里的历史，至少可以追溯到2100年前。

但不知什么原因，这个位于中国西北角的古镇，已经淡出人们视野很久很久了。

但也有人说，这里的没落，始于一场罕见的大地震。

那一天，天昏地暗，日月无光。据称，在那次地震中，悬壶口变成了一片废墟。

悬壶口是西关最大的一个乡镇,所有的建筑物都是由泥砖、黏土、麦秆和胡杨树干建成。当时，悬壶口占地10平方公里，被胡杨林包围着，独居一隅的自然环境，吸引了不少人来此定居，生活得以延续。

这个靠近沙漠边缘的小镇，周围散落有大片的胡杨。南下子午冰川的雪水下泄至此，把这里围成了一片绿洲。

“秋水时至，百川灌河，泾流之大，两涘渚崖之间，不辩牛马。”《庄子·秋水》中的这段话，在这里完成了诠释。

胡杨是一种高大的落叶乔木，树高一般15米以上，最高可达30多米。胸径约2米，足可数人合抱，是悬壶口最古老的树种。由于其惊人的抗旱、御沙、耐盐碱能力，因而有“活着，一千年不死；死了，一千年不倒；倒了，一千年不朽”之说。

远在1.39亿年前的白垩纪，胡杨的祖先就出现了。2500万年前，其首先抵达了西关的山间盆地；1200万年前，它的身影，已经遍及中亚和中国西北。

胡杨的叶形会随着阶段的发育而变化，故而又有“异叶杨”之称。它的苗期叶细长如线；5年至15年龄，叶形变宽如柳；15年龄以后，叶形似扇，两面同色，颇像银杏，蔚然翠绿，迎风摇曳。它是生活在沙漠中唯一的乔木树种，几乎见证了中国西北干旱区走向荒漠化的全部过程。

如今，在中国，除了在柴达木盆地、河西走廊、内蒙古阿拉善等地还可以见到为数不多的胡杨以外，全国胡杨林面积的90%以上，都蜷缩于西关，而其中的90%又集中在悬壶口。为了适应干旱的生存环境，它在生长的过程中，在体型和发育上做了许多改变，例如叶革质化、枝上长毛，甚至幼树叶如柳月，以减少水分的蒸发。

胡杨是一种跟着水走的植物，沙漠河流流向哪里，它就跟随到哪里。

由于沙漠河流的流向无常和变化频繁，胡杨在沙漠中靠着发达的根系，处处留下了曾经驻足的痕迹。只要地下水位不低于4米，它就能够生活得自由自在；在地下水位跌到6至9米后，它的生命才会受到威胁。

悬壶口的胡杨，是地球上胡杨最多的一片分布区，曾经十分辉煌。西汉时期，这里的胡杨覆盖率在40%以上。人们的吃、穿、住、行，都得靠它。在清代，仍“胡桐（即胡杨）遍野，而成森林”。但从20世纪50年代中期至70年代中期的短短20年间，这里的胡杨林面积，已经由52万公顷锐减至35万公顷，减少近三分之一；在其流经河流的下游，胡杨林更是锐减70%。在幸存下来的树林中，衰退林占了相当部分。胡杨及其林下植物的消亡，致使悬壶口成为西关沙尘暴两大策源区之一。

“悬壶口的……现……现状，不能再……再这样维系下去了！”肖正坤被从废墟中挖出来的时候，已经奄奄一息：“住房条件……太……太差了。得着手搞……搞抗震……抗震安居工程。再不搞，再来一次地……地震，悬……悬壶口就完了……”他知道自己已经不行了，紧紧地抓住翠花的手说。

“我知道，我知道！老东西，你感觉怎么样？一定要挺住啊！”翠花老泪纵横，声嘶力竭地喊了起来。

“这次，我恐……恐怕真……真的不行了，别再在我身上费……费劲了，赶紧救……救人……”

翠花做梦也没有想到，这句话竟然成了他们的永别。

站在镇政府临时由彩板门窗组合而成的办公区内，接替丈夫肖正坤做了镇长的翠花，对新近刚被任命为悬壶口镇第一书记的常河说：“肖正坤在世时，彻底改变悬壶口的面貌，是他最大的心愿。这么多年以来，他也为此做了很大的努力。我认为，他已经尽心了！悬壶口现在这个烂摊子，要想改变，谈何容易？”

谈到肖正坤，翠花十分感慨。

毕竟，地震并没有走远。

可以说，悬壶口的胡杨林，曾经是肖正坤手中的一张名片。

在国家实施天然林保护工程以前，悬壶口的收入就是以木材采伐、生产为主。在木材经营最红火的20世纪80年代，他们一年最多要砍伐近10万立方米木材，平均每年在6万立方米左右。

1998年，国家开始实施天然林保护工程，当年，悬壶口被列入全国首批试点单位，木材产量由6万立方米，调减到不足1万立方米；全面禁伐后，森工产业陷入停顿。

“国家的林业方针已经做了重大调整，我们今后该怎么办？”在镇一年一度的经济工作会议上，肖正坤要大伙调整想法，出点子，找出路，“大家都知道，靠山吃山，靠水吃水。

我们的工作重心一定要转变，也必须转变。我要强调的是，我们要利用三年的时间，分流安置大部分职工，其余的一小部分，转移到天然林的管护上。对于这个建议，大伙可以畅所欲言。”

“三年？是不是太急了？”肖正坤的一席话，让会议炸了锅。一时间，人们开始交头接耳，议论纷纷。

对肖正坤而言，这个决定具体实施起来，难度不言而喻：财政上没钱支持，但工作不仅要做，而且还要做好。

会议结束后，裁撤森工产业的消息像长了翅膀，在悬壶口沸沸扬扬地传开了。

一些与悬壶口一起成长，甚至为悬壶口的发展流过血汗的老人，他们对亲自参加建设的一草一木，有着深厚的感情，也过惯了苦日子。他们对待物质利益的追求，在恪守艰苦朴素、任劳任怨信条的同时，形成了一套固有的思维模式，就如同对待衣服一样——新三年，旧三年，缝缝补补又三年。如果要当着他们的面，把他们亲手添置的盆盆罐罐打碎，并承诺再给他们一个更好的，那坚决不行。怎么了？他们会说：“我原来的那个不是挺好吗？为啥不能凑合着用？为啥还要花钱买新的？”这些老人会一直追着这个话题，叨叨个不停。

肖正坤在会议上的这个发言，无疑是触碰了这块不该碰的奶酪：“干得好好的，为什么要改革？这不是胡闹吗？有必要把大伙都弄下岗吗？这不是胡整吗？”

肖璐也毫不隐讳地谈了自己的看法："生产对象没有了，企业怎样生存？但转过头来想一想，天然林生长周期很长，几斧头下去，就会造成林业资源的迅速枯竭。长此以往，一定会带来灾难性的后果。现在国家富了，积累多了，国家拿出政策，实施天然林保护工程，这对社会和国家来说，是利大于弊的好事！"

面对一些人的不理解和各方压力，肖正坤仍然十分冷静。他一再告诫自己："在其位，就要谋其政。在位一天，只要能为大伙做一些实事，就问心无愧。但改革不能停下来，更不能下马。这是对事业负责，对国家负责，对悬壶口的后人负责！"

一切变化，都源于一种新观念的确立。

从某种意义上说，一个人心中有什么，他看到的就是什么。在肖正坤的心里，计划一旦决定下来，只能靠勇气和行动，而不是单凭语言的力量。

"选择一项事业，就是选择一种生活方式。有些事，会一直刻在记忆里。即使忘记了当时的情景，忘记了当时的承诺，忘记了当时的困难，每当想起当时的那种感受，也永远都有一种温馨萦绕在心头。比如肖正坤。"翠花含着泪说。

翠花记得肖正坤曾经告诉她，这个世界，既不是有钱人的世界，也不是有权人的世界，而是有心人的世界；经营自己的信仰，能使人找到自己的目标；没有信念，这个世界无异于无边无际的暗夜。其实，一个人能否得到真正的幸福，始于他能否找到快乐。

悬壶口深化改革的重锤,就如同巨型挖掘机那长长的手臂，开始挖起了第一铲土……

这时，肖正坤心情十分激动，酝酿已久的宏伟蓝图，不再是印在纸上的符号，从现在开始，将逐步变成现实。尽管未来，困难还会很多很多，但今天，毕竟向前迈出了一大步，并且是坚实的一大步。

悬壶口人在混沌和希望中，期待着这场历史上壮士断腕的改革：保护胡杨林，深化林业改革，促进悬壶口走生产转型、生活富裕、生态良好的可持续发展道路，全年计划完成营造林10万亩以上，治理沙化土地30万亩……

基本路线确定之后，干部就是主要因素。

事情看上去没有那么简单，但操作起来，还是很快让大伙看到了曙光。

7个森林管护所、森林管护站不但建了起来，形成了“横向到边、纵向到点”的森林管护网络体系，而且责任也落实到了每一个山头、地块和人头，管护模式发生了根本转变。

这些森林管护站、所，不但利用森林资源优势，建起了后续产业多功能平台，让职工们能养殖的养殖，能种植的种植，能畜牧的畜牧；而且还搞起了旅游，提出了自己的发展理念：

增加一份收入，富裕一个家庭。没有做不到的，只有想不到的。

这样下来，一个人平均一年增收 2000 元至 3000 元。森林蓄积量由过去的 5000 万立方米增加到 8000 万立方米，累计少生产木材 30 万立方米，累计完成公益林建设任务 30 多万亩，管护森林面积达到了 1 万亩，他们在维护生态屏障的同时，也为国家守住了一片青山。

自此，悬壶口经济模式，开始实现从以木材生产为主，向以生态建设为主的历史性转变。

在市场经济大潮中远航，让肖正坤听到了惊涛骇浪的涛声。那涛声恰似一根纤绳，勒在流汗的背上，硌入血脉，殷红点点……

悬壶口的经验和成绩，让国家林业部门十分赞赏。一位官员开诚布公地这样评价："领导作风硬，有开拓精神，真正是在干实事、干大事，思路明确，工作扎实。在产业建设上也很有创新，给后续工作注入了活力。很不简单！"

掩埋了肖正坤，翠花并没有悲天悯人地哭号，而是悄悄地擦干了眼泪。她没有把失去亲人的痛苦简单地归咎或者怪罪于那场灾难。

不管人们曾经对天灾人祸有过多少腹诽，但在这个并不温暖的下午，却忍不住地被眼前的这个女人感动了！感动于她那简单却意味深长的几句话，她毕竟刚刚失去了丈夫！是翠花让大伙明白了，什么是人性的光辉，什么是永不言弃。

二

这是一个让人开始产生联想的季节。

秋季已随着秋风的到来，渐渐舒卷了风中渐变黄色的叶，从树梢上飘飞下来，零落成泥。常河忽然感到了一种压抑，想冲出城镇喧嚣的包围，独自一人去郊外感受一份清新和宁静。

汽车沿着悬壶口那条一波三折的土路，一直向前方驰去，约莫走了 30 余公里，在穿过西关煤矿之后，随即向右拐进了一条岔道，顺着一片高低起伏的丘陵，走进了子午山脚下的一条长 5.8 公里、宽约 1 公里三面环山的山沟。

这条山沟，让常河不但触摸到了自然的物象和独特中的古朴，而且在感受静淡的同时，也体会到了寂寞在风中伴舞的滋味。仿佛一串串走远又走近的时光，在他的眼前晃来晃去。

这是悬壶口的子午谷，岁月在这里留下了深深的刻痕。子午谷恰似静泊在天空下的湖泊，漂着一轮秋月，一半明媚，一半忧伤，对着能够倾听的人倾谈。

子午谷在常河眼里，一直是一个很庞大、很丰富的存在，如同很有些时间感且自然形成的一处山水，转眼间，就隐入一片连绵起伏、亘古如卧的丘陵中了。偶尔，他的眼前会闪出一座座半截矮墙，间或炊烟的一角，但那只能证明，那仅仅是一处早已被人遗弃的居所。

站在这一片广阔而且持久的丘陵上，常河常常有一种很渺小、很卑微的感觉：其实，一个人在这里，充其量不过是一粒黄土，而一座丘陵，也仅仅是山脉海拔的诠释者。然而，当他拐过几座真正的山后，突然间，他又看见了那条壮丽的子午河。因为是站在丘陵的顶部，因为是俯视，他所见的子午河，更像一条挂在悬壶口的彩绸。

子午谷就这样安静地坐落在一片丘陵的深处，并在那深处不动声色地延续着它的一切。这里所有的人，操着各种各样的工具，镢头、铁锤、木尺、秤杆，它们的对象是成捆的庄稼、厚实的土地。一个正在坡地上用手扬着土粪的农夫在常河的眼前闪过时，他可以想象出，他们凝视着正在生长的庄稼时的心情。尽管，他们的幸福和喜悦不显山不露水，但是，仍然可以从他们锄地时发出的“吭、吭”的有节奏的声响中，体会到他们的快乐。

当常河从一片树林中穿过时，他发现，它们仍然和他第一次看见时一模一样。其实，这些树木即使在已经去世的老人眼里，也不会有多少变化，也许它们中间最小的一棵，也有几百年的树龄。但是，常河还是讶于一个山村存在的顽强。一个无非是有着一些茅草房、板房，甚至泥砖砌成的土屋、干打垒和百十来号人的村子,怎么就能够穿越过这么长的时间存在下来，而且没有任何衰败的迹象?

这里，不会因为任何一个人的离去或到来，失去什么；也不会因为谁的出现而多出什么。它以自己的方式、自己的时间感以及自己的逻辑存在着。就像一个性格内向的人，从出生的那天起，就始终如一地守护着自己的内心。事实上，很多人不光无法揭示它的内心，甚至，如果在没有人的指引下，要在这片广阔的丘陵上，轻而易举地找到子午谷，也许相当困难。

因为子午谷的存在，完全没有章法。它隐藏在丘陵的深处，以至于根本无法依靠经验，判断它究竟会坐落在什么地方。它可能会在任何一条山沟，一面坡地，或者是一块台坝上出现，它会在人们没有任何思想准备的情况下，好像一只从土洞里跃出来的野兔一样，闯进人们的视野中。即使是一张比例尺很小的地图，也无法详细地标注出它的存在。在这里，有时候，一段路，干脆就是一段田埂。

子午谷这种优越的自然条件，让常河大开眼界。

这里隐藏的自然和文化内涵，如同沉淀在人类心灵里的奢侈念想，在缓慢而长期的演变中，渗透出了无数杰出的段落和辉煌的篇章。它们就如同一个个精神奇迹，在呈现出某种深度和广度的同时，也回应了人类的一种呼唤：心灵渴望、精神难题和存在真相。

常河想，如果一个人，只是为了猎奇而进入子午谷，那么，他一定无法知道，这个村子存在的意义和存在下来的理由。子午谷在最不引人注目的角落里自得风水,必然有其存在的理由。

常河相信，这里哪怕是一座再小的丘陵，也能穿越时空；而它发出的哪怕是一盏麻油灯一样的光亮，也会照亮一块无法用大小来衡量的地面，也会照亮在这块地面上存在着的所有事物。或许，它还会把一些光亮，抖落在人们的眼前，让人们有理由相信，铺开在自己前面的路，是一条可以走下去的路。

“第一次跟肖正坤去胡杨林，我惊讶得屏住了呼吸。我真的想不到，世界上竟然还有这么美丽的地方！当时我就暗下决心，一定要来这里看看秋天，来看看这里震撼人心的绝美……后来，悬壶口发生了一场很大的火灾，我的那个想法没能实现，直到今天。”翠花动情地说。

翠花的话，让常河不但想起了那场火灾，而且记忆犹新。

那一年，气候异常。进入 7 月以后，连日持续高温，降水量比历年同期减少了六到八成，并出现了异常活跃的干雷暴天气。那次森林火灾，就是由雷击引发的。

“听说那场火灾的扑救和后来的预防，悬壶口解决了一个世界性的难题，方法是肖正坤想出来的？”常河问翠花。

“是啊！那次特别悬，差一点儿就把林区荡平了。着火点发生在一片原始次生胡杨林区，几乎不具备任何交通条件。再加上那片林子长期处于干旱状态，少有人来，灭火水源非常短缺，致使森林里常年累积的腐殖层被引燃，形成的大片地下火与地表火同时烧了起来。那火大的呀，火光把半个天都映红了。救火队带着灭火设备赶到时，所有人都惊呆了：这哪是林火呀，简直就是火海！一时间，大伙竟然显得束手无策……后来，还是肖正坤想出了一个主意——动员人工挖开了腐殖层直至土层和岩石层,形成了很宽很宽的隔离带,才有效地控制了火势……那情势，现在想起来，还感到后怕。”谈起那场林火，翠花仍心有余悸。

“那么大的火，扑灭用了多长时间？”常河问。

“大概用了多长时间，记不清了，但是很快。隔离带形成之后，肖正坤又马不停蹄地组织铲车和挖掘机，修了一条简易的公路。这样，许多灭火设备就运进来了。其实，我觉得吧，这些都是次要的。最关键的，还是在扑救过程中，肖正坤指挥得当。你想想看，这么多的人，这么多的物资，没有统一指挥和协调，那不乱套了？我记得肖正坤当时说，必须采用分区包干、分段负责、层层布防的方式，合理调动人员和新型灭火水枪以及灭火弹等高科技设备，充分发挥大兵团优势，实施陆空协同、立体式作战……幸运的是，这次火灾没有造成重大人员伤亡，森林资源的损失，也降到了最低。火灾扑灭后，国家林业局的专家来复查时说，这次火灾扑救，创造了世界森林火灾扑救史上的奇迹……”翠花说着说着，就泣不成声了。

“再后来呢？”常河问。

“没有什么再后来了。”翠花止住了哭声。

“我是说，火灾之后……”常河欲言又止。

“那场火灾之后，国家开始搞天然林保护工程，森工采伐被叫停了。”翠花说。

“那你们不就失去了经济来源？”常河疑惑地问。

“上有政策，下有对策。不管上面怎么搞，民以食为天，老百姓总是要吃饭的。肖正坤去省里开了个会，回来就嚷着要改革。说什么林区停采以后，一切精力都要放在森林防护和林下资源的开发上……”

“不是搞起来了吗？”

“搞是搞起来了，可你不想想，刚搞森林防护站那会儿，他是天天不着家啊！”

听到常河谈起肖正坤，翠花又情不自禁地悲从中来。

常河还没有来悬壶口的时候，就是在那次火灾不久后的一个偶然场合，真正见识了肖正坤。

车队刚刚进入胡杨林区，就被一群人拦住了：“下车，全部下车，前面正在修路。”

“这是省政府的车，专门下来搞调研的……”

常河的话还没有说完，就被一个眉宇间看上去透着英气的中年汉子打断了："不是专门拦你们的车，所有的车都过不去。下车吧！徒步进林区。各位听好了，随身带有打火机的，请交给门口的护林员，千万不要带火种。"

"酒，可以吗？"常河又问了一句。

"当然不行！那是易燃物品。"那个汉子回答。

"这是省里专门犒劳护林队员的。"常河补充说道。

"那就卸下来，放在门卫值班室。这是规定。"

"放在门卫值班室？你们的驻地离这儿还有多远？"

"5 公里。"汉子说。

"5 公里？卸在这儿？拉倒吧！就这条件，走进去，那人不全散架了？"常河说。

"小兄弟，你以为来这儿旅游啊？你进去看看就知道了，护林员的吃、住，都是什么条件。他们一直住在当地牧民的家里。牧民搬到哪里，他们就走到哪里，一个月也回不了一次家。等回到家的时候，浑身上下都长满了虱子……"

那一年，常河从别人的口里了解到，和他说话的那个人，名叫肖正坤。

在后来的谈话中，肖正坤谈起了三个人。一个是叫古岳峰的采伐工人。20 世纪 60 年代，他们在从事森工采伐作业时，发生了黑风暴，7 个人中，只有他 1 个人活了下来。那次黑风暴，损失了他的两只手。最后，他去医院，在手腕上做了两只橡皮手，搞起了裁缝。还有一位，名叫张楠。其他人都冬休了，他一个人留下来看工地。森工队临走时，给他留下了 3 只过不了冬天的淘汰羊。可是，等到第二年春季职工们回来的时候，留下的 3 只羊，变成了 6 只。原来，他 1 只也没有舍得吃。那个时候，偷采木头的现象很严重。他每天裹着皮大衣，机动巡防，到了晚上，随便找个树洞就睡了。后来，林业局的一位领导非常欣赏他的敬业精神，把他举荐到林业大学深造，后来他居然坐上了林场的第二把交椅。那场“红色风暴”之后，他被人从林场副场长的位置上拉了下来，甚至整个人都被摁在地上践踏。他从此心灰意冷，退隐官场，做了一个普通老百姓。另外一位是赵平安，他是一位大夫。当时在林区，没有医疗条件，他在山上用菜刀给牧民割过阑尾，用刀子给孕妇接过生……山上许多人的命，都是他救下的。他在自己的屋里，搭了 10 多张床，专门给牧民看病。

这里没有高耸的纪念碑，却有树，有花，有水。

肖正坤告诉常河，这三个人，留在了他的心里。如果不知道什么叫沧桑，就来这里看看吧！这些普通的护林员，不会说什么漂亮的官话、套话、大话，更没有什么豪言壮语，但他们却能用命去捍卫一种信念，那就是把林区变成人类的栖息地，变成自己的家园。这些森林，这些生命的原色，是留给后人，泽及后人的。同时，也向每一个人提出了一个严肃的问题：我的战友，我的同学，我的同事，我的朋友，我的孩子，你，准备在生态环境中，扮演一个什么样的角色？

那一天，肖正坤给常河讲了很多。

“刚搞森工采伐的时候，那真叫苦。第一个冬天，我步行去归楞，不小心掉进了河里，棉鞋冻成了冰疙瘩，在火墙上烤了一个星期都没有烤干……当时，我们住的地窝子里，什么也没有，只能把胳膊粗的树干劈成两半，下置四个木墩子，就算是床了。第一次做森工采伐，师傅告诉我，树下的小树，能避开的，一定要避开；离河床 50 米远和离山顶 50 米远以内的树木不能伐，否则，就破坏了林相……伐树时，要喊号子。我当时使用的是那种按机油和汽油比例 1 比 15 的油锯，可装两公斤油。雪有一米多深，在伐树前，先给自己打一个安全道。有一次，师傅在伐一棵弯树时，没想到，树心是空的，树倒下来，正好把师傅压在了树下。我冲上去救他，他却朝我直喊：‘不要管我，先把油锯拿开！’当时，我每月工资是 40 元，而一台油锯，价值 700 多元哪！还有一次，我们正在采伐时，听到‘顺山倒了’的号子声刚刚响起，就见一名职工倒下去了。我们跑过去一看，他浑身是血地躺在地上，整个森工队的青年职工都吓哭了。这时，我师傅冲了过来，把自己的衣服往这位职工的身上一盖，抱起来就往林外跑，拦住一辆解放车就出了林子……一直以来，我以为自己很幸运。没有想到的是，森工这活计，谁也不能保证没有走神的时候。记得有一年冬天，我正在打皮，听到两位工友喊起了‘下山倒了’，我没有留意。因为，这个号子明确无误地告诉我，树正倒向另外一个方向。我埋下头来，继续做自己的事。就在这时，正在倒下的树，由于截口不对，扭匝了，变成了‘横山倒’，那两位工友当时吓得声音都变了，只对我大喊了一声：‘肖正坤，注意！’我抬头一看，发现这棵树正朝我这边倒下来。我立刻跳了起来，抱着头钻进了一处三棵树的树杈之中。树倒下来之后，大伙都以为我被砸死了。他们没想到，半个小时后，我竟然从地上爬了起来，脸上被树枝剐得血肉模糊……”

肖正坤给常河讲了他人生最难忘的一件事，那年他 29 岁。

有一年，他被派去搞木材流送。他记得那是人间四月天，天还有些冷。流送的水道是 56 公里，从小水流流到大水流。

“我们先把木材用铁钩钩住，然后，用杠子一根一根地推下水。遇到河床上的石头，得有人沿河疏浚，干了 5 年的木材流送，40 多岁的何文山、26 岁的古道边和 30 多岁的谢有权以身殉职……”说到这里，肖正坤惋惜地叹了一口气。

当时，流送的木材被河水中的障碍物挡住了，逐渐堆积起来，疏浚起来已经十分困难。再加上都是 10 米长的木料，天又冷，把迅速积聚起来的木材冻在了一起，怎么拆也拆不开。有人建议用炮炸开，领导不同意，只能用人拆。

按常理，河道疏浚，只能等到晚上水小的时候。因为白天有太阳，把山上的雪晒化了，水很大，不利于操作。

肖正坤把一根 50 米长的绳子，一头连着自己，一头绑在岸上，下河疏浚。没疏开几根，湍急的河水就把他的背心和裤衩全部冲走了。疏开的木头，在不停地翻滚中还撞折了肖正坤的腿，他只好赤条条地上了岸。

刚刚疏开的木材，再一次遇障，继而冻在了一起。

“看来,一个人不行,得多上去几个人。有没有人愿意去？”带队的班长问了一句。

他们三人均争先恐后要求前往。

“我去！”班长的话音刚落，何文山、古道边和谢有权挺身而出，继而，三人穿起帆布裤子，争先恐后地跳到了流送的木材上，沿河疏浚，不幸被水浪卷下，沉入木材下，壮烈牺牲。

“那天，我是被马驮回去的。马在跃过一条河涧时，我从马背上掉了下来。这时，马不走了，直到我醒过来。好在缰绳我还执在手里，那匹马卧了下来，硬是用嘴咬着缰绳，一点儿一点儿把我重新拖回到马背上。回到家里，我百感交集，抱着马头就哭了，我告诉翠花说：‘如果没有这匹马，我就冻死在野地里喂狼了，我要感谢这匹马。’后来我离开森工岗位的时候，临行前，我告诉同事：‘这匹马到了退役的时候，不要卖掉它，一定要告诉我。’两年后，这匹马老了，我花了 1200 元，把马买了回来，送给了我在牧场里的一位要好的牧民，让这匹老马在好一些的环境中，能够多活几年。那个时候，粮食送不进林区，只能就地取材，炒大麦、吃土豆是常有的事。要说住的地方，很简单，随便挖个坑，就能住好几个人。至于娱乐条件，就更好说了。每个月休息一天，这天就是去别的同事的地窝子里串串门，走一走，看一看，这是唯一的娱乐方式。那时的人，对钱的概念很模糊，心跟玻璃似的，给人的感觉很透亮。可现在，一切都变了。很多人仿佛掉进了钱眼儿里，人心像是上面糊了一层纸，琢磨不透了……”

说到这里，肖正坤很难过，说不下去了。

“其实，肖正坤从来就没有离开过我，一直都在。”常河这句话，好像是对翠花说的，又好像是说给自己听的。

常河从一道河到另一道河，沿着一个个不知名的村子蹒跚地向前走着。和这些河、这些村子一样，他不知道在他的前方，等待自己的将是什么。

没来悬壶口之前，在常河的想象中，那里应该是一片草原，任由浩荡的风，在天边游牧。蓝天下，一碧千里；绿色渲染的美丽，轻轻流入云际。

来到这里才知道，这里并不是一片大草原，离它不远处的子午山上，每年都有大半年的日子，冷风从山的那边刮过来，又刮过去，不少时间，这里都是冷的。

山，虽然在不远处，却并不苍茫，这里除了冷风，还有北方常见的植被——青杨。青杨长得很高很大，许多树上筑有乌鸦的窝巢，窝巢都搭建在树梢上，但那是一个纯净的高处，离地很远，离天很近。

悬壶口就在这样的环境中默默地站立着,一站就是许多年。

三

西关的落日，很美!

依着绵延起伏的沙梁，在浩瀚如海的万顷戈壁上，以冲天的磅礴之势，徐徐下沉，就像一叶轻舟于波涛中，迎着彼岸，缓缓远去，愈来愈小，愈走愈远，渐渐地，只剩下一个点，一个璀璨的金黄色的亮点，然后，再猛然搅起几缕天边的晚霞，深情地站在光芒里，静静地回眸，片刻之后便随着沉去的云彩，融进了遥远的地平线。

悬壶口，曾经让常河在这里吻别了20世纪最后一缕阳光!

“一千年的太阳，被一千匹骏马驮走了，带走了一千年的夜与昼，驮来了又一千年太阳，把光芒洒满一千个地方……

“以一千年神灵的名义，愿山有一千年白雪的覆盖，愿水有一千年的歌唱不断，愿我们的祖国繁荣昌盛，愿天下人，有一千年流着酥油的生活……”

世界学者“当代荷马”在70名诵诗歌手和20名金雕勇士的簇拥下，开始领诵西关有史以来最为壮观、恢宏的英雄史诗《千古绝唱》。

那歌声将来自全国各地的宾朋、记者和上千名身着盛装的农牧民会聚在一起，将20世纪最后一缕阳光，目送到西关的崇山峻岭之中。

阳光，晚霞，落日，群山，都是一样的。无疑，今天这缕夕阳，却让常河整整地走过了一个世纪！

毕竟，人们赋予了它太多的内容和内涵，眷念让所有过去的日子，都变得回肠荡气和刻骨铭心。

就像河水，犹如古希腊哲学先知赫拉克利特所言：人不可能两次踏入同一条河流。

一条以西关为主题的文化脐带，将世纪的更替、岁月的轮回紧紧地联结在一起。高原上那种古老、淳朴、原始和蛮荒，在这条脐带上，缓缓地流动着一个民族的图腾。

萧伯纳说：“人生不是一支短短的蜡烛，而是一支由我们暂时拿着的火炬，我们一定要把它烧得十分光明灿烂，然后交给下一代的人们。”

“子在川上曰：逝者如斯夫！”

青山依旧在，几度夕阳红！

西关，如果不是自己得天独厚的中国最西端的地理位置，如果不是中国送走 20 世纪最后一缕阳光的地方，恐怕没有去过那里的人们，永远也不会知道它的名字。

这里的群山、草原、炊烟和戈壁，并没有因为这一次百年一遇的盛典，而改变它的模样，似乎一切还是从前那样，只是西关从此让世界了解了这里。

但是，常河不能否认，这里的存在，装满了寂寞。很多东西在沉默之后便被人们遗忘。人的足迹、牲畜的蹄印，清晰而散乱地写在高低起伏的高原上，如同自然界不经意地在上面点缀过的岁月散章。

这里的河流大多是季节河，而这些季节河的生命里程，似乎都很短，短得一年里有三分之二的时间处于死亡状态。

干枯的季节河干裸着河床，任牧人手执牧鞭，在大风刮起的细小沙尘里放牧羊群，在枯草的摇摆中行走。其实，当常河远远地在辽阔的高原上站定，眼望一轮夕阳，在洒尽辉煌之后，徐徐沉落，他知道，新的生命伴着黎明已经悄然诞生。

不远处的西关边防站以冰冷名世，那一座哨楼，就是镶嵌在冰谷与子午山之间的巍峨冰雕，在百年梦想中站成了永恒的孤独。永恒中，所有的冰峰和飞雪，已经握别了大海。

只是，西关口岸在用一种火红的色彩，为南来北往的旅人，宣泄着漂泊的气氛。

已经没有生命的子午河的河床，成了道道车辙，那些匆忙走过的人们，背负一个个梦想，好像是在从一个熟悉的村庄，走向另一个陌生的村庄。

贫穷、封闭、落后和愚昧，带给人们的是战争、杀戮和死亡。

明天的太阳就要升起来了，天上零星的雪花飘落着，犹如洁白的丝带在飞舞。这些春的使者，虽然在严冬、酷寒和冷霜面前，显得脆弱和无助，但是它们一旦融入大地，和大地母亲的身躯连为一体，就会爆发出前所未有的遒劲和韧力，去向死亡挑战，去和绿洲会合，去做一次神圣的涅槃，为大地奉上一曲无声的颂歌，然后用自己的香消玉殒，去保护春天生长出的一片片草地和一棵棵胡杨。

那雪，白得不染纤尘，只有一味的淡淡的白，像是子午山脚下的冰川融水，静静地滑飘而行。蓝天白云连同冰峰覆盖的雪冠，倒映在波光之中，在碧绿里，透出蓝色的底蕴。

宁静的牧野，宁静的群山，用粗犷、坦荡和自然细腻，表达着赤裸的心灵想唱的歌谣。这歌谣唱就唱得石破天惊，喊就喊得心旌摇曳，让石头淌出泪珠，让情歌留住深情。

雪飘落的地方，草绿了；河流经过的地方，庄稼绿了。因为河流，土地变成了田野，伴着用木栅栏扎成的羊圈，生存的人们成了庄稼人，流动的帐篷变成了固定的冒着炊烟的家园。人们不仅可以在传统祭牲仪式上，猎鹰、叼羊、赛马，围着篝火欢呼雀跃，而且还可以以各种定居的方式，来祝捷、放歌和舞蹈。生活好像在这个时候，就变成了一杯甘醇可口的流着酥油的奶茶……

炊烟袅袅，飘散在乡村的上空。那种清淡与安宁，是一种繁衍与生活的氛围。

当常河夹在一批批蜂拥而至来自天南海北的人群中间，他一直埋藏在心里的那份呐喊，终于复活了：请给一个本来淳厚的村庄以一片宁静吧。还自然于这大山，于这子午河。它们并不需要粉饰、包装和任何形式，它们只需要一种内容，一份简单的幸福和幸福的愿望。即便是一种被牧歌唱响后，努力走回来的声音；即便是被风雪抽打的脸上，那种甜丝丝的感觉……它们走不出自己的视野，只希望在远远的视野边缘，和文明、富裕、发展以及绿色的树、白色的云，站在一起。

“今天是 3 月 8 日，我给妈妈打个电话！”梅子说，“别忘了，待一会儿，你也要打哦！”

今天都 3 月 8 日了？梅子的一句话提醒了肖璐。

“是啊！上次和母亲通电话是什么时间？我已经记不清楚了。梅子，你先把电话放下，我先来吧！”肖璐对梅子说。

他拨通了翠花的电话。电话那头只响了一声，就传来了母亲的声音：“谁啊？”

“妈，是我！对不起，最近太忙，这么久才想起给您打电话。”“孩子，别这么说！我知道，你在干大事。有那么多的事需要你处理！我理解……”

挂了电话，肖璐泪流满面。他似乎看见母亲正在用皲裂的双手，擦拭着眼角的泪水。母亲没有抱怨，也没有要求，可肖璐深知，母亲等这个电话，一定等了很久。但他并不是母亲所说的那样，到底有多少事，需要自己去做啊！

但令他想不到的是，走出悬壶口，一别故乡，就是许多年。

眼下，已是仲夏时节，当烂漫的绿色绽开蔓延时，肖璐在这悄无声息的风景里，仿佛听见了自己心中隐约响起的薄如蝉翼的窸窣声。那一刻，他看见了夏的青翠，在时光中的流转，看见了绿色浓浓的窗外，那散发着丁香花香味的草坪……是啊！该回悬壶口看看了。这么多年过去了，那里现在变得怎么样了？

悬壶口是一个很美的地方。

在那儿生活的时候，肖璐一直这样认为。在他的心里，那里是他的根。起初他一点儿也说不清楚，这么浸濡着他生命河流的故乡，为什么要离开？

当真的离开之后，肖璐明白了，自己当时为什么要走。

肖璐坐着拖拉机出了悬壶口之后，直奔西关火车站。他是坐着火车离开那片养育过他童年、少年和青年时代的土地、河流和山峦的。从此，他就像一个没有根的游子，一粒随风飘飞的尘埃，一直在路上走着。他从村镇走进了城市，又从一座城市走进了另一座城市，最后，把自己走成了一个没有吉卜赛血统的吉卜赛人，一个居无定所的异乡人。

白驹过隙，岁月的日历竟然一翻就是几十年。当肖璐在人生的路上，走过童年、少年，走成了青年之后，他猛然回首，看到以前和他一起行走的人，很多不是无果而终，就是走向了阴阳两界，更多的，则走得杳无音信。一种绝无仅有的沧桑感，就像乡间土路上的灰尘，在他的眼前织成了网。有时，那些过去的身影，老是在他的眼前晃动，挥之不去。

那些影子从山坳的这边走过去了，又从那边走过来了，身后是雪杉、胡杨林、沙海、戈壁和山脉织成的画布，他与这些人相处的时光，在上面重重地着彩。他仿佛又沿着过去走过的路，来来回回重新走了一遍。沿途路过的村庄、集镇、城市，都在用一种漠然的目光，审视着他这样一个不知从哪儿冒出来的陌生人。那些抱着孩子在路上行走的村妇，有的还挺着白花花的大奶子奶着孩子，他从她们身边走过，她们像是什么也没有发生，照例干着自己的事情，神情旁若无人而且大胆。这时候，远远近近地就可以听见鸡犬相闻的声音了。先是雄鸡站在村旁边的土台上引颈一吼，村子里马上有许多只公鸡紧跟着一阵长嘶，刚刚吐出鱼肚色的天边，瞬间就挂出了一道彩霞，火红的太阳，伸着懒腰在地平线上蹭了几下，然后，拔腿一跃，将整个身躯站成了一团灿烂的红。此时，一声犬吠，四边立刻就会有无数只狗响应起来，把飘着炊烟的村庄，搅得朝气蓬勃起来。

重新回到悬壶口，过去那种很古朴的感觉没有了，取而代之的，是一种被拒绝和陌生。走到哪里，这种感觉都是浸入骨髓的，那些高高低低的楼群，把人性全部锁在了以户为单位的单元里，他想打开里面的亲情、友情和温情，但是，他没有钥匙，他无法打开它。所以，肖璐只能站在大街上，看着满街流动的车辆，数着夜幕中的楼群里洒落下来的灯光，无所适从。因为，这些流动的车辆和楼群里洒落下来的灯光，和他没有一丁点儿的关系。他仿佛就是陷落在城市建筑群中，千千万万个方向迷失者之一。

那一刻，他的心好凉。

这么多年过去了，躲在都市一角的肖璐，其实，无时无刻不在思念故乡。他想，有一天，当自己的身影和父亲一样，在这个世界上，也静静地变成了夜色，双脚跨出门槛，就意味着不再回来。他肯定会在离开之前，用几朵红花把房间装饰一下，并且收拾干净。因为他知道，自己永远做不了房东，而这房子，明天还会有人来住。

他知道，在路上行走的心情，与常人有着本质的不同，意味着走一条踽踽独行的道路，少有同行者或听到喝彩声。这对于人生，就是一种检验：能耐得住如此的淡泊吗？淡泊明志，宁静致远，烟林寒树，旷野戈壁，幽亭枯槎，苍苔残垣……这些，都足以把人带入一种远古般的安宁中。

然而，当他沿着父母从悬壶口牵出的那条路线，走进江南，走进大上海，连系他们血脉的那个故乡，已经离他太远太远了。远得只剩下了一种心结。因为，他把种子播在了悬壶口，已经生根、开花、结果，他还能放得下吗？

有时，他又想，人的一生，一些东西，真的就放不下吗？不是说，时间可以慢慢改变一切吗？

四

秋已很深。几株红柳蜷缩着身躯，在风中颤抖，花絮落了一地。

四周是低矮的灰黄色土山，零星散落着的几十户人家，参差不齐地坐落在悬壶口黄土地高低不平的丘陵之间，空旷的原野上，弥漫着一种单调枯燥的气息。几幢高大的烟囱，孤独地傲视着长空，随风摆动的烟尘，在空中形成了一条缓缓走散的飘带。

这是一个小厂，以营销红砖为业。小厂的生产，维持着一个乡镇企业的规模。常河并不知道，就是这么一个砖厂，几乎就是悬壶口全部的工业，它倾注了肖正坤太多的心血。当年，一大批从森工采伐上裁撤下来的职工，基本上全部被肖正坤安排在了这里。工人们要吃饭哪!

这里所有上了年纪的职工，在砖厂已经生活了几十年。几十年哪！再没有走出过大山，走出过自己视野中熟悉的山坳。

人这一辈子，不就是这么几十年？韶华已逝，两鬓斑白，留在脑海中最深刻的记忆，除了被岁月牵走的东西之外，就是那一座座山丘，变成了平地，向后推移了几百米。平地上已经开始渗水,咸咸的清水溢出地面,周围便又泛起了灰白色的碱斑。

静谧伴着岁月的风尘，苦苦地守望着这灰色的天、灰色的云和灰色的大山。

“枯藤老树昏鸦，小桥流水人家。古道西风瘦马，夕阳西下，断肠人在天涯。”站在被生命揉搓得斑驳陆离的荒原上，常河有一种受了创伤的感觉。

那一张张被风剑雨霜刻画的面孔，站在常河眼前，如同一枚枚刚出土的汉简。

一位70岁高龄的老人，拉着一辆满载土坯的板车，在吃力地走着。他似乎显得很疲惫，那深深碾过的车辙，在常河的视野中，弯弯曲曲扭成了一幅畸形的板画。看见常河，他饱经沧桑而又浑浊的眼眸，一下子亮了起来。但仅仅是一瞬，顷刻之后又黯淡下来，好像有许多忧伤，一起涌向他那酷似烈日的被雨水冲刷过的面颊。

“老人家，您好啊！”常河上前打招呼。

这是他第一次来悬壶口时，接触过的一位老人。

“好什么好啊，苟且活着。”老人干咳了一声，“想好好活来着。可眼下这地震，又把所有的希望震没了。”

“老人家，你还记得我吗？我们见过面的。”常河说。

“见过的人多了去了！已经没有那么好的记性了。现在当官的，跟走马灯似的，有几个会被记住？倒是有被记住的，但是死了！”老人像是自言自语。

是啊！这么多年来，自从来悬壶口挂职回去之后，常河几乎很少再来这里，竟没有机会再回这山地来看看。不想，再一次见面，老人却变得如此老态龙钟。那缓缓的步履中，有对往昔的依恋，有对青春岁月的回顾，也有对几十年劳作不息而至今依然贫困的微词。

到底为什么呢？人们甚至来不及去回味活着的意义和道理，就匆匆地向着人生的终点走去。走得这样匆忙，这样百无聊赖，又这样无可奈何。

贫困始终像一条灰色的影子，一直陪伴着悬壶口。朝升暮落，几度春秋，老人似乎在寻求维系生活的一个平衡点，最后，老在了悬壶口。

“老人家，我知道您叫张楠，肖正坤镇长跟我谈过您的。”常河说。

“肖正坤镇长？你认识肖正坤？”老人的眼睛一下子亮了

起来。

“您就是那位一个人在林子里守了一个冬天，把3只淘汰羊变成了6只的护林员呀！”常河对老人说。

“这一点儿小事,你是怎么知道的？”张楠的脚步停了下来。

“是肖镇长告诉我的。”

“肖镇长？唉！好人不长久啊！他可是我们大伙的主心骨啊！可惜了啊，一场地震，没了。他这一走，悬壶口今后的路，该怎么走，大伙心里都没有谱。有时我就想啊，就是让我这把老骨头走了，他也不能走啊！为什么会是他呢？如果再给他一些时间，我相信，悬壶口一定不是这个样子。我现在老眼昏花了，有些人和事记不大清楚了。你是……”张楠抬起头，看着常河。

“我叫常河，前些年在这儿挂过职，现在是第一书记。”

“第一书记？这么快上面就派人来了？”张楠定定地看着眼前这位一脸和气的后生，心里如同打翻了五味瓶，很不是滋味。为什么呢？在悬壶口待了大半辈子的张楠，深知悬壶口的现状，他担心常河来这里，会影响他的仕途。

心直口快的张楠老人说出了自己的想法。

“既然是组织安排，我得服从分配。”常河很平静地笑了笑，继而转过身来，很谦虚地对张楠说：“张师傅，您是悬壶口的老人，也了解悬壶口的情况，我刚从外地过来，很多问题还摸不着头绪。您觉得我的工作，应该从什么地方入手呢？”

“应该多去基层蹲点、调研，这样才有可能掌握第一手的资料。”张楠肯定地说。

张楠没有想到，常河不仅采纳了他的建议，而且亲力亲为。常河的亲民姿态，很快在悬壶口打开了局面。后来，张楠好几次再去镇政府，问起常河时，机关工作人员不是告知他下基层了，就是“可能去下边了，我们在机关平时也很少见到他。您如果要找他，去村里准能看见他。”

张楠很感慨：像这样亲民的领导，已经有些年不见了！

“这不是常河吗？你来了？为什么不吱一声呢？走，去家里坐坐。”和常河打招呼的，是张雅琪。

她是张楠膝下的独生女，虽然已过青春年华，但风韵犹存。

面对张雅琪，常河有些尴尬。如果不是一场误会，常河或许就成了张楠的女婿。

少女时的张雅琪长得很漂亮，扎着两条羊角小辫，一见人，脸就红扑扑的像苹果一样。上高中时，她是同学们眼中公认的“校花”。但眼前的这个女人，带着一个看上去很瘦弱的孩子，远远地在向常河打招呼。话音没落，人已像一阵旋风似的，飘到了他的眼前。那对往日美丽的眼睛里，似乎蒙上了一层含蓄的面纱，让人有些看不透，仿佛被碱斑浸泡了太久的情感里，流露出一种淡淡的忧伤。

“是的，该去她家坐坐，但谈些什么呢？”常河想。往事如烟，时光如梭，许多事情在经过岁月的洗礼之后，竟然不能用最简单的语言，来表达分别后的日子！常河的心里，顿时涌现出一种莫名其妙的惆怅。面对张雅琪那灼人的目光，他好像又回到了从前，但他很快就冷静下来了：自己已经不再是从前的自己了。

他不能用交谈的方式，去再现一段历史。因为，那些过去，总让人想起男人的勇敢和女人的浪漫，想起少男少女年轻时，都曾经有过的憧憬和理想。但这一切，一旦回到现实，都会被击得支离破碎。常河不想欺骗自己。

他记得也是在这样一个冷风送秋的日子，一纸省政府公务员录用通知书，寄到了张雅琪手中，张雅琪在第一时间告诉了常河。就在这个时候，正在悬壶口挂职的常河，接到了他远在省城的老师的电话，他甚至连一个拒绝的理由都没有，动员张雅琪放弃了这次离开悬壶口的机会，把指标让给了老师的女儿。

“我知道，虽然悬壶口现在还很贫困，但我相信，这样的日子不会持续太久。不管今后怎么样，我会一直守在你身边。如果你坚持想离开这儿，明年就再考一次。我了解你的实力。”常河说。

“只要你还在这儿，我就一直陪着你，哪儿也不去。”张雅琪向常河表明了心迹。

谁知道，老天跟他们开了一个天大的玩笑！他俩之间的这段誓言，余温还没有降下来，常河就接到了调回原单位就职的通知。那一天，常河那个想改变悬壶口的梦想，碎了！被现实扯得七零八落。

他走了，张雅琪却留在了悬壶口。

那个残缺不全的梦，遗失在了常河的心里。

“人这一辈子，总不能一直待在自己编织的梦里，自生自灭吧。我们在构筑梦想的时候，是不是还应该想想我们的老人和孩子？谁不想过好日子？他们应该有属于自己的更好的未来。这个未来，必须能够遮风挡雨，必须能够安居乐业，能够让他们在多少年后，还能时时想起。梦很长，路也很长，不论是谁，都还要一直走下去……”多年来，常河常常这样想。

际遇、世故、权力甚至岁月，把常河变成了一个沧桑的亲历者。

那一年，常河在毫无征兆的情况下，突然被免去了职务，返回了省城，原因众说纷纭。在很长一段时间，悬壶口的官员名册里，甚至没有常河的名字。然而，接触过他的人都说，常河身上有一股气，这股气，让悬壶口的许多人记住了他。

有人说，常河来悬壶口挂职，贪玩，不作为，镇政府里基本上见不到他的影子；也有人说，常河在悬壶口待的这一年多时间，基本上摸清了这里的历史成因、地理概况和经济状态，对今后的规划和发展，意义重大。

从肖正坤那里，有人多多少少找出了一些常河临走前留下的只言片语。

在常河留下的资料中，有大段关于悬壶口的论述：

“特殊的地理环境，导致了悬壶口大多数住房都建在山前地带，人们依托河流和溢出的地下水耕作生存。仅有的十几平方公里的绿洲经济区，却集中了90%以上的人口，绝大部分人口集聚在两个‘马蹄’形中的各个‘结点’上，这些‘结点’，呈珠状稀疏排列，造成了人口聚集区、经济带与地震带同区同带分布的特征，使得悬壶口成为遭受地震灾害最为严重的地区。”

他在调研报告中写道：在整个20世纪全国出现的5次地震活跃期中，悬壶口不但都发生了大地震，而且地震活动强度大、频度高。

自1895年第一次地震活跃期开始，到1906年，悬壶口频发了10次7级以上的地震。其中，1902年发生的8级地震，倒塌房屋万余间，造成山体崩塌，平地裂缝，死亡近千人，牲畜伤亡惨重，震感平均半径540公里，面积达93万平方公里。

1931年的那次地震，有感范围达300平方公里，平均半径1000公里。在悬壶口，产生了一条长159公里、最宽处4公里、最大水平错位14米、垂直断距最大位1.4米的地震断裂带。极震区内基岩崩裂，山体滑塌近 30 米。

1985 年，西关发生 7.1 级地震，县城新式工业和民用建筑大部分受到了严重破坏。据抽样调查表明，受到中等以上破坏的达 77%，损坏占 23%。考虑到西关特殊的地理环境以及地震造成的人员伤亡和经济损失，中央和省政府批准在距原西关县城东北约 6 公里处，重建新县城。工程从 1986 年 10 月动工，历经 3 年，于 1989 年 10 月，西关新县城落成。这是自 1949 年 10 月中华人民共和国成立以来，中国大地上由于地震而被迫迁址的第一座县城。

1997 年，悬壶口在 85 天时间内，发生了 7 次 6 级地震。

据统计，仅 20 世纪以来，悬壶口发生的 6 级以上地震就超过了 100 次。

可以说，悬壶口绝对不是一块简单的土地。

由此，常河肯定，悬壶口的地震安全问题，已成为全面建成小康社会的制约因素，必将引起中央高层的高度重视。

常河的这个报告，给他惹了一个不小的麻烦。

有关部门找到他，希望他能从大局出发，把那个已经寄给中央相关部委的报告撤回来。给出的理由很简单：悬壶口的事，是中央考虑的，由不得我们这些小老百姓指手画脚。往大了说，多少年都是这样，大伙司空见惯了，还是少管一些闲事吧！免得惹是生非。再说了，省里主管领导刚上任不久，应当支持他的工作，维护他的形象，这份报告会给他的工作增添压力，云云。

面对质疑，常河心平气和地回应：“那只是一个调研报告。之所以报上去，是希望这个问题能引起重视。怎么惹是生非了？我只是提出了我的见解。你觉得不合适或者不理解，可以不参与。假如我下次遇到一些问题，我还会向你请教。”

没有一拍两散，也没有盛气凌人，常河云淡风轻地诉说着这一切。

毕竟，凡人的世俗生活中，也有炊烟。不如意之事，十有八九，哪能事事顺心呢？

常河说：“我就是个俗人，没有先天干大事的天赋，就靠认真、担当和责任，你们高抬我了。很多人以为我是一个官儿，其实，和土地打交道，我就是一个地地道道的农民。我在悬壶口待了一年，无非春种秋耘，夏收冬藏。这一年，让我在传承了几千年的耕作活动中，见到了为活着而劳动的农民，也尝到了贫穷的滋味。说得透彻一点儿，‘百年大计，应该以农为本。’只有农民，才是我们世俗生活的掌舵者，唯有学会世俗生活，我们才能体验到中国最平凡的那一群人的生存状态。在悬壶口，如果把我放到人堆里，没有人认识我是谁。”

结果不言而喻。

常河记得自己刚去悬壶口的时候，在他之前去的那些官员，不是衣冠楚楚，就是风度翩翩，聊的也是平民疾苦和社会弊端，曲高和寡，他们都是精英阶层，哪里受过地震之苦？所以老百姓不满意。

而常河跟他们不同。他的行事原则，就像一个彻头彻尾的农民，多以当地最朴实平凡的老百姓为服务对象。那些坐而论道、与当地人生活完全脱节的官员，没法真正领悟到他的厚重与真实。

在工地上，有人请他吃饭，直接现做的大碗菜、馅饼，常河连咬带嚼给吞了，一点没有挑三拣四的样子。

后来，张雅琪谈起常河留给她的印象："这个人够俗，也真正懂得老百姓。世俗不是庸俗，而是更接地气，毕竟大部分人都是喜欢吃五谷杂粮的'俗人'。"

知世故而不世故，处江湖而远江湖，是做人的最高境界。

但在张雅琪眼里，常河的境界，就是做个俗人。

常河挂职时间未满，职务突然被免。临离开悬壶口，他作了一个题为"悬壶口需要一场真正的改革"的讲话。会议结束后，他宣布：今后不再做类似的讲话，也不再参加任何社会活动。

回到省城，他基本上闭门不出。天气好的时候，有人看到他绕着街心公园的步道在散步，上午、下午各一次。在悬壶口人的眼里，他或许就是最没有权力却很有影响力的那位官员。走的时候，他没有在悬壶口留下任何题字，也没有任何一座建筑、任何一条道路冠上他的题词。有人说，他的一些做法过于激进，触犯了某些高层的利益；也有人认为，常河性格太硬，在政治上“过于单纯”。

几年过去了，波澜荣辱归于平静。

2008年悬壶口地震发生后，省政府召开全省电视电话动员会议，启动了具有历史意义的城乡抗震安居工程建设。同时，提出了工程建设的总体目标：用5年左右的时间，通过国家部分资金的投入，主要依靠群众自身力量，以拆迁重建、抗震加固等方式，使全省城乡住宅抗震设防水平普遍提高，基本可以抵御6至7级左右地震造成的灾害损失。

常河说，认识地震现象，完善和重构城乡建设新体系，无论对中国还是世界而言，对国民经济的发展都至关重要。

五

悬壶口的大街，是十分宁静的那种。这里，决然见不到绿色的草甸上悠然自得的牛羊或畜群，甚至独立行走的马。视野很开阔，天空高远而深邃。偶有几只不知名的鸟儿飞过，蓝天依然是蓝天，大地仍旧是大地，并没有因为几只鸟的飞过而改变什么模样。这里，在经过它的人眼里，更像一处很朴素的部落。

现在的肖璐，很怀念悬壶口。那个被放牧了多年的草原，就是他的根。

当他来到上海，见到了那些在世界上任何一个角落都能随便见到的，由钢筋和水泥浇筑起来的楼群、街道和立交桥，他就像一位失去了草原的牧人，沿街寻找着牧群和青草的味道。

来到一座陌生的城市，一个人总要走陌生的路，看陌生的风景，听陌生的歌。然而，在某个不经意的瞬间，肖璐忽然发现，这座城市让他曾经想要忘记的事情却怎么也忘不掉，反而有一种温暖的阳光照射在脸上的感觉。

有些事，会一直刻在记忆里，即使忘记了时间，忘记了过程，忘记了当时的情景，但是，每当想起关于经历这些事时的那种感受，他相信，那就是一道深深的烙印。

因为，时光不会永远停留在原处，一定会在某一处街角或桥边，被岁月无声地卷走。

有人说，爱上一座城，是因为城中住着某个喜欢的人。他想，爱上一座城，其实不需要理由。也许，是为了城里的一道风景，一段往事，一堵老墙，甚至是一张熟悉的脸。

或许，仅仅为了这座城。就像爱上一个人，没有前因，无关风月，只是爱了。

走入上海这座大都市，开始的时候，肖璐是按照自己的思维，去安排起居生活。就像他在悬壶口生活那样，清晨，推开窗门，放阳光进来；傍晚合窗，送阳光远去，整个过程，除了慢坡上一些随意走动的牛羊，听不见一点儿声音，也看不见什么东西。可在眼前这座容纳了几千万人的城市里，走入他视野的，是一阵阵疾奔的马蹄声，刺进了如血的残阳，在寂寂的苍穹下，用喧嚣踏碎了一路上的宁静。

窗外，细雨蒙蒙，是朱自清笔下的春之心曲，肖璐愿意淋这雾般温柔的雨，就像雪中独行，看自己留下的脚印和踏雪的响声那般惬意。

他本是喜欢孤独的。

独自一人站在雪野上，欣赏雪中的胡杨，树枝上挂着如晶体一样的雪花，他便常常陶醉于这样一种情趣。

天暖起来了，但早春的江南仍然有些冷。他应梅子的邀约，来到了上海。他们曾经从大学一直读到研究生，一起待了8年，是很好的同学兼恋人。

大学毕业那年，父亲肖正坤要他回悬壶口，他没有答应，说是读完研究生再说，父亲依了他。后来读完研究生，父亲说家乡需要他这样的人才，让他无论如何也要回悬壶口看看。

回到家乡，他没有去任何单位应聘上岗，而是把目光聚集在了水果的营销上。在他看来，营销可是大学问，尤其在西关这样一个瓜果之乡。

他把他的打算告诉了远在上海的梅子，立刻得到了梅子的双手赞成。因为没有门店，他只能把来自西关的农产品批发给上海本地人，靠批发挣钱。后来，他又四处筹措资金，在上海建了一个3000吨的冷库，又建起了一家西关特色农产品专卖店，生意做得顺风顺水。然而，他并不满足，不久，他和别人合伙，收购了上海崇明岛现代农业科技园2000亩设施农业基地，将西关特色农产品引种到崇明岛，实现了终端销售。

通过与科研院所合作，采用温控技术，肖璐在崇明岛示范种植哈密瓜、薰衣草等特色农产品，并建成“西关味道一条街”，以期扩大西关农产品的影响力。

“如果顺利的话，明年1月，上海崇明岛200亩哈密瓜将成熟上市，届时我们将以休闲观光农业模式，吸引游客亲自采摘、品尝西关农产品；明年10月，我们和另外一家公司合作，在上海迪士尼乐园旁引种200亩的薰衣草，将与迪士尼同期开园。我们就是希望通过这种形式，推介西关农产品，宣传西关，宣传悬壶口。”肖璐说。

再后来，他成立了悬壶口果乡酒业有限公司，并开始酿酒。很快酿制出了品质卓越的“果乡”系列：果乡干白、果乡干红、果乡艾可可、果乡金贝纳、果乡安东尼、果乡典藏等数款不同风格的有机葡萄酒，公司逐步发展成为悬壶口的高端葡萄酒符号和悬壶口的特色名片。完成股权结构变更后，其母公司已经拥有中国最大的自有连片有机酿酒葡萄基地3.3万亩，同时建起了1万吨葡萄加工生产线和3000平方米的地下酒窖。

其中，由悬壶口果乡酒业有限公司生产的果乡艾可可、果乡金贝纳、果乡安东尼等多款葡萄酒，先后荣获“西关著名商标”和“中国驰名商标”。“果乡”系列葡萄酒自上市以来，知名度和美誉度逐渐攀升，其销量已经占到西北高端市场的70%以上；并且销往北京、上海、大连、广州、深圳、西安等城市，品牌影响力正在逐步扩大，同时，还被指定为首届亚欧博览会首席战略合作伙伴及唯一指定用葡萄酒、第二届亚欧博览会A级供应商。

在肖璐的眼前，昔日的一片戈壁滩，如今已经美景连片。用他的话说，“果乡”意为金色的田野，就是寓意着葡萄故乡，美酒之都。他的愿景是使西关成为中国的葡萄酒之乡，让所有消费者体验愉悦。他坚信：好葡萄酒是种出来的；一亩地一桶酒、一株葡萄一瓶酒；产品质量无小事，力争出厂产品质量合格率100%……

肖璐想，有梅子的支持，他的事业会越做越大，越做越强。

刚下飞机，还没出候机室，梅子已经来接他了。

不过，梅子不是一个人来的。她的身边，还站着一位打扮得很入时的中年女子和一位长得很帅气的男子。

经介绍，肖璐才知道，一位是梅子的母亲兰捷，另一位是她在信中常常提及的孟文豪。

这就是那位经济学院最优秀的讲师孟文豪吗？挺有意思。听梅子在信中说，孟文豪不久以后，就要回西关与他旧日的女友完婚，可在这里，他却与梅子形影不离。梅子悄悄告诉肖璐，这是她母亲最欣赏的女婿标准，她希望自己的女儿将来就嫁给这样的男人。

肖璐不想过问太多，因为他知道，每个人都有自己的生活原则。从谈话中，他了解到梅子和孟文豪之间那一段算不上爱情的罗曼史。

孟文豪原是经济学院的执教老师，梅子研究生毕业留校后的第二天，梅子的母亲兰捷即带着孟文豪去看她。后来，就经常一道外出游玩，很熟悉了，便无所不谈。相识后不久的一个周末，他们去咖啡厅，孟文豪把他的成长史和关于自己女友的那个故事说给梅子听，梅子被深深地感动了。

她从孟文豪的谈话中，隐隐觉得他似乎并不喜欢自己的那位女友，她把这种感觉说了出来。

孟文豪很惊讶地点点头说："你的感觉没错！我见过那么多女孩子，你是第一个能看得出这一点的人。"

浪漫的故事经过加工，总是很动人的。

孟文豪的那位女友，是他同期不同班的同学，在家里是独生女。

据说，当初她喜欢孟文豪，孟文豪不同意。毕业后她仍痴心不改，才有了后来的故事。她爱他近似于痴，甚至连性命都不顾，孟文豪心软了。她的父母曾是孟文豪的老师，她刚大病初愈的母亲曾经当着孟文豪的面说："我们就这么一个女儿，她是这样的爱你，你一定不要对不起她。"他连拒绝的理由都没有，背着一身男子汉的责任答应了她。

这些事发生没多久，女友的全家调往大西北的西关，梅子理解孟文豪的善良和男子汉的责任心。她为他感到遗憾。

梅子的母亲兰捷自称绝无那种夺人之爱的“邪念”。因为，她觉得孟文豪很适合做梅子的男朋友，至于适不适合做她的女婿，她自己心知肚明，但她得征求梅子的意见。跟孟文豪在一起，她担心梅子会太自卑。兰捷没有办法帮孟文豪，只能常常去看他，让他高兴些。对孟文豪前去西关这件事，他们只能会心地苦笑。

在机场，看着他们三个人一起来接自己，开始的时候，肖璐还有些感动。可眼前这情形，却不像是来接他，却很像在为孟文豪送别。更让人费解的是，兰捷拉着孟文豪和梅子的手，有说不完的话，眼里含满了柔情蜜意。

肖璐只好转过身，独独地靠在候机室的角落里，他们全然没有觉察。此时此刻，肖璐感觉自己正在扮演着一个很不光彩的角色。或许，此刻孟文豪的那位女友，正在苦苦相思。这又何必呢？逢场作戏，彼此又心照不宣。

为这事，他想劝劝梅子。没有想到，话刚开口，就被兰捷堵了回来：“哎哟哟，一个大男人，就这么小肚鸡肠啊！他们是师生，多说两句话，怎么了？总是这样胡乱猜疑，不好的！像是患了神经过敏症……”

肖璐顿时无言。

来到上海，在梅子的要求下，肖璐就暂时栖居在兰捷家里。但没过多久，他就因为生活理念的不同而与兰捷发生了争执。肖璐不愿意忍气吞声，只好搬出去住了。在临走前，兰捷给肖璐约法三章：无论多忙，只要在上海，每天必须回家吃饭。肖璐答应了。

在以后的日子里，肖璐每次下班回家，总是想把餐桌搞得丰富一些，可是兰捷却很挑剔，不是说太浪费了，就是油放多了；不是太咸了，就是太甜了……总之，肖璐在兰捷的眼里，就是横竖看不上，搞得肖璐很添堵。

梅子知道他的委屈。每当这个时候，梅子都会很轻柔地对他说："老人嘛，你让让她，退一步海阔天空嘛！"肖璐一时竟无言以对。

不在悬壶口发展了，来到上海后，肖璐只好另起炉灶，重新开始。

为了试水，他找了当地的几个农民经纪人，把西关的农产品运进了上海市场。但这种方法对接手段少、层次低、组织程度差，很难适应上海激烈的市场竞争。没干多久，他就觉得力不从心了。因为，经纪人不仅难以与大超市、连锁店对接，也不适应今后上海农产品市场升级的要求。

有人提醒他，他经手的这种西关农产品，由于企业生产规模相对偏小，季节性强，很多有特色的产品满足不了客户的订单，或在供应一两次后就断了货，无法长期稳定供货，很难创出品牌效应，也难以与大型超市、大卖场对接。另外，上海市民习惯于精细消费，而他经营的这些产品，往往包装过大且粗糙，即食性差，也在一定程度上影响了销售。

在一些大的市场里，由他供应的西关农产品则处于“被动营销”的状态，批发市场里，西关林果产品经销商和大型连锁超市的供应商，全部是上海当地或外地的经销商，西关的企业只是定向供货，没有一家企业与这些大型连锁超市建立农超对接关系。另外，产地批发市场建设滞后，交易方式落后，远离主体消费市场，物流仓储水平低，冷链运输建设滞后，产品运至消费市场损耗严重这些因素，也严重制约了西关农产品的销售。

肖璐想，西关农产品要想以更大规模、更高层次进入内地市场，首先要树立西关作为食用农产品绿色安全供给地的良好形象。加强品牌建设，以品牌促进推广和销售。同时，加强农产品质量标准体系建设，重点抓好农业投入及使用标准、产地环境标准、农产品加工技术规程等系列标准，加强加工前环节、加工过程质量控制，严把加工产品出厂关，确保不是优质产品不出西关。

他认为，外销平台的建设关键，还是要强化市场流通体系和营销主体建设，积极推行农超对接。应该这样说，西关农产品进超市是大势所趋，而这些农产品进超市，对西关农产品流通组织化程度的提高，提出了更高要求：不但要大力培育、壮大市场营销主体，以龙头企业、农民合作社与专业协会、营销大户为重点，培养一支眼界开阔、适应变化、勇于开拓、善于研究、会抓机遇的产品营销队伍，而且还要扶持奖励一批上海当地经营西关农产品的企业，帮助其迅速做大做强，使之成为连接西关农产品和华东大市场的重要纽带。

“在营销上，我打算实行分层销售和价格阶梯式战略。因为不论什么地方，都有白领和大众这两大消费群体。既要为高收入消费群体提供物精价昂的上品和极品，也要为大众消费群体提供物美价廉的产品。”肖璐说。

“帆已经张开，就等待起航了！”回到家里，肖璐兴奋地把自己的这个打算告诉了梅子。

“机会，就是给你这样有思想的人准备的。肖璐，我相信你能做好！”梅子鼓励他。

“哎哟！刚有了一点点想法，就觉得自己是大老板了？尾巴都翘上天了！告诉你吧，别得意太早了，上海可是一个世界级的大都市，比不了你们乡下的……”一进门，肖璐就被兰捷浇了一盆冷水，心里很不是滋味。

“阿姨，您咋这样说呢？我还没干，你咋就说干不成呢？”肖璐冲了兰捷一句。

“哎哟，还没有给我做女婿吧？你就这样了。等将来做了我的女婿，还不骑在我的头上拉屎拉尿？”兰捷跳了起来。

“妈，你就少说两句吧！其实肖璐也没有说什么。”梅子连忙去劝自己的母亲。

“你这傻妮子，还没有过门，胳膊肘就向外面拐了？我的娘哎，我这一辈子算是白疼你了！”兰捷一不做，二不休，干脆哭号着一屁股坐在了地上，不起来了。

“阿姨，阿姨，您这是干什么呀？好好好，对不起，对不起！我错了，还不行吗？”肖璐一看这阵势，傻了！

“人家孟文豪，要钱有钱，要学问有学问，要模样有模样，哪一点不如你？你来横插一杠子？不知道上辈子造了什么孽，我们家梅子挑来挑去，竟然挑了你这么一个货色！这让我以后怎么活呀！”兰捷又歇斯底里地哭了起来。

“阿姨，既然你这么不待见我，那好，我走，免得闪瞎了你的眼。”肖璐说着，拿起衣服，就要夺门而去。

“肖璐，我妈发癫，你也疯了？不要和她一般见识。今天你听好了，这里就是你的家，哪里也不许去！你动动脑子好不好？我妈就是再闹，最后也是我嫁给你，又不是她。让她闹吧，等到消停了，她自然就不闹了！”梅子说完，把肖璐推进了自己的卧室，继而，“哐”的一声，关上了门。

“梅子，你这个没良心的……”兰捷一看，人都走没了，从地上站了起来，打住了自己的哭号声。

孟文豪走了，临行前，他的眼里噙满了泪水。他对兰捷说：“我是把梅子当作一个好朋友去对待的。我走了，怕她孤独。”他低着头，转过身来，做出一副很痛苦的样子，对梅子说：“人生没有了知己，活着如一具干尸。你能等我回来吗？我会像以前一样待你。”

“我相信！但我觉得你更像一个导演。这次去西关，不像是去完婚，而是像去拍电影。”梅子笑着说。

“随你怎么说吧！我得走了。”孟文豪潇洒地挥了挥手，拖着皮箱，走了。

想到他那里冬天很冷，兰捷抓紧时间为他织了一条白围巾。围巾白得像雪，她想，孟文豪收到后一定会喜欢的。另外，兰捷还买了一些南方的特产果脯，一同寄给他。

是啊！冬天到了，西关现在已经是白雪的世界。厚厚的雪线下，仍埋着那么一丝春天的希望。兰捷总是哀叹自己的命不好，生了一个女儿，又为她找了肖璐这么一个不着调的女婿，自己今后该怎么办呢？好在孟文豪还没有和他老师的女儿成婚，梅子和他身后的那道门，还没有完全关闭。想到这里，兰捷情不自禁地笑了。但她心里清楚，她至今说不清孟文豪和肖璐，哪一个更适合做她的女婿。

鸿雁飞回，孟文豪仍然幽默、热情，只是叹息他不能把白雪寄给兰捷和梅子。而兰捷真的有点儿替他担心，怕他越过自己规定的界限，那样，白雪将要化成水了。

凝重的炊烟在西关上空袅袅飘散，闲情逸致的样子，很娴恬，很静美。线条般规划成形的条田上，仍有残剩的雪片。

孟文豪还没来得及与女友完婚，就又捧着调令再度踏上了去往上海的旅程。

梅子说不清为什么，心里只有一种无名的失落感。

孟文豪的女友给梅子写了一封长长的信，这回，她要梅子帮她联系单位，她不想再待在西关。这是她堕完胎后，悔恨交加时，寄给梅子的一封信里告诉她的。她不再恋白雪，也没有再提孟文豪给梅子寄白雪的事。

孟文豪的女友留给春天最好的礼物，就是那条叠得整整齐齐的白围巾。

“终于没能走到一起，是天意的安排吗？”兰捷好像故意在问梅子。

“他俩挺有意思，像两朵漂浮的云，走散了，又被风刮回了南方。路还长，谁也不知道终点到底在哪儿。顺其自然吧！”梅子仿佛是在对自己说。

经过一段时间的磨合，肖璐的新产品——悬壶口红富士苹果摆进了上海的展位。

这年秋天，上海西郊国际农产品展示直销中心，西关的展位上，“悬壶口红富士苹果”刚一端上展台，就被前来参会的市民和客商争抢一空。

肖璐看到这种情景，十分兴奋："尽管悬壶口红富士苹果久负盛名，我们还是通过标准化有机种植，确保这种苹果含糖量一直稳定在一个水平上,很多经销商都是到产地实地考察后，就直接下了订单。"

"真想不到，我们悬壶口的产品在上海这么有销路。"自从和肖璐联系上，常河就与他签了 200 万元的"悬壶口红富士苹果"销售合同。

紧接着，常河又把肖璐带到了悬壶口住村工作组，给他介绍了悬壶口新搞出来的热风烘干杏。品质与包装的提升，使悬壶口的名优特农产品在上海展示会上声名鹊起。

"上海人吃东西很精，品质要好，还要绿色环保，哪怕贵一点儿也行。"肖璐告诉常河，"这样吧，我先在上海长宁区武夷路开一家悬壶口特产农产品专卖店，经营鲜果、红枣、核桃以及沙棘汁和黑加仑，视经营的情况，我们再谈合作。"

为了进一步加大在上海的市场开拓力度，肖璐联合相关的果业集团，共同搭建起了悬壶口农产品上海和华东展示中心，初步形成了"一会展、两中心、百家店"的农产品外销平台格局。

六

悬壶口的地震安全问题，成了奔小康的最大障碍。作为扶贫工作队队长，作为悬壶口镇第一书记，常河感觉肩上的担子沉甸甸的。

在第一次联合办公会议上，常河告诫与会者："我们现在讲精准扶贫，到底怎么扶？从哪儿扶？我看，安居才能乐业！这是大前提。没有稳定的基础建设做保障，说一千，道一万，一切都是瞎掰。我们大伙都看到了，地震中的房屋建筑倒塌，是造成人员伤亡和经济损失的主要原因。所以，我认为，加强房屋建筑的抗震设防，提高抗御地震的能力，就是我们眼下要做的精准扶贫、让老百姓安居乐业的大事。过去，联合国有个秘书长，叫安南，针对地震，他就说过：'预防不仅比救助更人道，而且更廉价。'"

为此，在《国务院关于加强防震减灾工作的通知》中，明确了我国防震减灾工作的奋斗目标之一是"到2020年，我国基本具备综合抗御6级左右，相当于各地区地震基本烈度的地震的能力"。

随后，中央又多次强调，要进一步加强震灾预防工作，建立和完善震灾社会管理服务机制，要特别重视多震区广大农村地区的防震抗震工作，通过实施"地震安全农居工程"，逐步改善农村抗震能力薄弱的状况。

"农村地区是我国防震减灾工作的薄弱环节，没有农村民居的抗震安全，防震减灾和奔小康的奋斗目标绝不可能实现。"常河坦言："国务院文件明确要求，防震减灾工作必须由局部的重点防御向有重点的全面防御转变，并将‘逐步实施农村民居地震安全工程’，作为我国防震减灾工作的八项重点任务之一。”

“什么叫抗震安居工程呢？这以前从来没有搞过，该怎么搞？搞到什么程度？这都需要有一个明确的指标才成。否则，搞不成，或者没搞好，上面怪罪下来，也够我们喝一壶的。”翠花忧心忡忡地说。

“你说得没错。要想搞懂什么是抗震安居工程，首先就要给大伙普及地震知识。只要把这个问题弄懂了，其他问题就会迎刃而解。翠花，我先找一些关于地震和预防的资料给你，你来安排印刷，争取做到人手一份。”

一连几天，常河连续开了几个会，夜晚办公室的灯光，也一直亮到天明。

全国防震减灾工作会议提出：“地方各级人民政府必须高度重视并尽快改变农村民居基本不设防的状况，提高农民的居住安全水平，要组织专门力量，开发推广科学合理、经济适用，符合当地风俗习惯，能够达到抗震设防要求、不同户型结构的农村民居建设图集和施工技术，通过政策引导和扶持，使广大农民把建设安全农居变为维护自身生命安全的自觉行动。”

有了相关的政策引导，常河和翠花吃下了一颗定心丸。基于此，“抗震安居工程”在悬壶口正式启动。

“大伙都往跟前凑凑，常书记有话要讲！”悬壶口广场上，稀稀拉拉地坐了一些人，翠花在一旁忙不迭地招呼着。

“乡亲们，几年前，咱们这儿发生了一次很大的地震，搞得大伙人心惶惶。其实，地震这个东西，也没有什么可怕的，咱们要对它有个大致的了解。”常河手里拿着一个小喇叭，很正式地给大伙鞠了一个躬，在一块小黑板前开讲了。

“说得通俗一点儿，地震就是地球表层的快速振动，在古代，又称为地动。作为一种突发式自然灾害，地震是人类面临的最大天敌。全世界每年大约要发生 500 万次地震，其中，人能够感觉到的地震有 5 万次左右，能造成严重破坏的大地震约 20 次，而特大地震平均每年只有 1 次。大地震或特大地震在瞬间就可以造成山崩地裂、河流改道、房屋倒塌、堤坝溃决，并引发一些次生灾害，给人民生命财产造成严重破坏。如果把全世界的地震在地面上的位置都标示在地图上，可以看出，全球的地震带分布得非常不均匀。造成这样一个极不均匀的地震带分布的主要原因，是板块运动。全球绝大多数地震带都分布在板块边界上，比如喜马拉雅山地区的地震，就是印度板块与欧亚板块碰撞的结果，这种碰撞也正是珠穆朗玛峰成为‘世界屋脊’的主要原因。”

“别扯犊子了！常书记，你说的这些，大伙听不懂，像听天书。来句利索的话，到底怎么整？”就在常河讲得滔滔不绝的时候，台下的一位老人举起了手，打断了他的话。

“年轻人，让我讲两句，行不？我叫古岳峰，东北人，自打我爷爷那一代就来到了悬壶口。我在这儿待了一辈子，对这里的事，了解一些。”

“当然可以。欢迎欢迎！今天咱们这个会，就是要集思广益，提出问题，解决问题。老人家，请上来讲。”常河带头鼓起了掌。

“悬壶口这个地方有些说法，不但充满了数不尽的恩怨、祸乱和生死别离，而且沿子午山直至悬壶口，有一条活动频繁的地震带。就为这个，我们的老辈们，在这里遭遇过不同的命运。尽管如此，每年还是有人不断地背井离乡来到这里。为什么呢？因为这里聚集了财富，聚集了人气，也聚集了巧取豪夺、行侠天下。在古代，据说鳌鱼负载着大山和大地，当鳌鱼累了，想翻一下身的时候，就会发生地震。相传女娲炼五色石补天后，立了东西南北四根天柱，后来水神共工，因与火神祝融发动战争失败后一时气愤，怒触不周山，导致其中一根天柱塌了，其他三根也遭到了损坏。女娲担心天要塌下来，于是，找了一条很大的鳌鱼，砍下了它的四条腿，支撑住了天空，才立住了四极。这个传说，随着时间的推移，鳌鱼立天变成了鳌鱼负地，代代相传至今。当然了，这都是神话。但对于我们悬壶口人来说，虽然经历了一场又一场的劫难，最终不但没有毁灭，而且能够从容应对，不断得到发展。所以我要说，立住自己的四极，才是我们当前必须解决的问题。因为生活还要继续……”

“古师傅，谢谢您！您给我们上了很生动的一课，也给了我很大的启发。简单地说，我们现行的抗震目标，就是要做到‘小震不坏、中震可修、大震不倒’。根据这个指导思想，悬壶口确定了自己抗震安居工程建设的思路，未来一段时间，是我们悬壶口经济社会发展的重要战略机遇期，农村地区经济将以较快的速度增长，农村民房更新换代将进入一个新的高潮，对农村民居地震安全，提出了更高要求。随着我们经济社会的持续快速发展，农民已基本解决了温饱问题，全面建设小康社会的进程日益加快，建造新型民居已成为农牧民生活的基本需求，同时，对民居地震安全也提出了新的要求。近一段时间以来，我们已经针对悬壶口地震活动频繁、灾害严重的现实，通过抗震加固、拆迁重建等方式，着力提高农牧民住宅的抗震能力。应该说，认识地震现象，完善和重构城乡建设新体系，无论对中国还是世界，对国民经济的发展都至关重要。”常河紧紧地握住了古岳峰的手。

常河没有想到，那两只手，竟然是一双橡皮手！

悬壶口积极推行的“抗震安居、建设小康”工程第一阶段告竣之后，中央一位领导来到了这里，他站在一幢新落成的民居前，很欣慰地说：“悬壶口在国家支持下，实施的抗震安居工程，是一项造福人民的民心工程，得到了广大群众的衷心拥护……”

常河在来悬壶口之前，曾经有人这样给他预言：“一张白纸，没有负担，好写最新最美的文字，好画最新最美的图画。”

果真如此？

常河算过一笔账，从 1949 年 10 月中华人民共和国成立算起，一晃几十年过去了，西关虽然发生了很大的变化，但基本上没能出现什么奇迹，哲人预言的新美图画，在这里并未落下浓重的色彩。

那最新最美的文字和图画，宛如高悬在天边的彩虹，可望，但不可即。但这块没有负担的白纸，被写写画画几十年后，反倒成了国家的负担，成了年年扶持、岁岁救济的对象。

这张白纸，便是赫赫有名的西关悬壶口。

从一道河到更远的地方，如果是春天，这里看不到苍凉，倒是很像一个色彩之王，漂亮，美丽，高远，闲适。在丰腴和静寂的包装下，它穿透大地的秀色，把一种很剔透、很明媚的东西，传递到天上去。

七

“悬壶口地处子午山与子午河之间，环绕蕴含着丰富的石油和天然气资源，周边还有 5 个口岸，战略位置前突，是我国尚待开发的地区和向西开放的前沿。但长期的交通不便，制约了我们的发展。与邻近的地区相比，难以形成经济优势。因此，修建一条横贯悬壶口的铁路，对于促进这里的石油开发、建立石油天然气化工基地和粮棉基地，推动对外开放，具有十分重要的意义。”在全省的经济工作会议上，常河大胆地提出了自己的见解。

让他没有想到的是，他的这个见解，正好和国家西部战略高度吻合。

经勘查，悬壶口的油气极为丰富，远景资源为101亿吨和8.3万亿立方米，是我国石油工业的接替区。随着油气的勘探开发，西关将新开发一批石油化工和石油天然气项目，成为重要的石油化工基地。而发展石油化工业，运输问题便是当务之急。

“毋庸置疑，这对我们来说，肯定是个机会。”常河对翠花说，“目前，无论西关，还是悬壶口，运输主要靠公路。而公路运输，明显地存在着运距长、运费高、运能小的问题，远远适应不了油田开发、原油和成品油外运，以及采油设备输送的需要。因此，我认为，建设一条横贯悬壶口的铁路，将成为悬壶口石油资源开发建设的主动脉，极大地带动这里石油化工业的起步和腾飞。你也知道，多少年来，咱们的棉花单产和总产量，在全国都名列前茅，瓜果产量、品种闻名中外。但是，由于汽车运输能力的制约，许多产品长期被搁在地头，烂在地里。果农一年又一年的辛勤劳动，付之东流，资源优势难以转化为经济优势，致使大部分悬壶口人至今依然贫困。根据国家提出的建设小康社会的蓝图，悬壶口的国民经济发展要上一个新台阶。要想富，先修路。这是常识。铁路是国民经济的大动脉，而要实现这一目标，没有铁路也是难以达到的。”

“乘坐火车，是悬壶口几代人的愿望，大伙把铁路看成生命线、幸福线和致富线。但是我听说，国家要修的那条铁路，是迄今为止，咱们省在人口密集区内兴建的里程最长、辐射面积最广的一条铁路，从地理位置上看，铁路并不经过我们悬壶口呀！”翠花有些担忧地说。

“这不要紧。虽然铁路没有经过我们悬壶口，但途经的胡杨和子午两个车站，都能成为悬壶口的物资集散地，从而使我们的汽车运输距离缩短为30公里和50公里。另外，咱们镇政府还应该再做些努力，让铁路线再向我们悬壶口靠近一些，告诉铁道部门，我们不吝啬土地。”群英会上，古岳峰首先放了一炮。

“是啊！这么多年过去了，我们终于有机会了，绝不要轻易舍弃。”古岳峰的一番话，鼓噪得张楠也蠢蠢欲动起来，“我们还可以组织一些闲散人手，到铁路工地打工去。”

“哎哟哟，你们这群老梆子，让常河这么一忽悠，就像是打了鸡血似的。修铁路，这是多大的事，怎么就轮着你们在这里指手画脚了？”站在一旁的张雅琪说话了。

“怎么说话呢？傻妮子。古叔他们可都是你的老辈子，说话尊重点儿。”张楠赶紧说了一句。

“不打紧的。雅琪这闺女，打小就像个小子似的，我喜欢。她是嫌我们老了，不中用了。干事，还是要看他们年轻人！”古岳峰笑了笑，用眼睛睨了一下常河，说。

“我们是老了，但想过好日子的心，没有老啊！难道我们的主意，真的不如年轻人，过时了？”张楠问。

这时，常河赶紧走过来，一把拉起了张楠，“张叔，您这是说啥呢？谁也不能说你们过时了！现在都什么年代了？按照联合国现行的说法，你们现在这个年龄，还属于中年。”

“哈哈哈，还是常河会说话，赚我们老头子开心哪！咱们言归正传，就组织一支铁服务队，一方面学习建筑施工技术，另一方面为我们搞抗震安居工程储备人才。”古岳峰说。

“那行，我算一个！”张楠说。

“我也算一个。”这时，从人群里走出一个人，大伙定睛一看，愣了：这不是赵平安吗？

据传，森工禁伐之后，在一个秋高气爽的日子，赵平安告别故土，登程北去，去往了黄沙漫天的塞外。

一路上，马嘶雁鸣，他心绪难平，无限感伤。于是，他催动坐骑，踏尘冲出了胡杨林区。

从此，在悬壶口，没有人再见过他。

那个情景，很容易让人想起白居易的那句“愁苦辛勤憔悴尽，如今却似画图中”，一种不尽的怜惜与感叹，一种无限的迷离与悲苦。

后来，不知谁说的，赵平安已经死了，就埋在胡杨林区。他的墓上，长满了碧绿的青草。可听去过的人说，墓上已经是一片枯黄，稀疏且萧瑟，像是赵平安留下的一缕忧伤。

沿着过去森工采伐的路，肖正坤在世的时候，去找过。据说没有找到赵平安的墓地，他找了很多地方，一无所获。回来的路上，肖正坤很伤感，他说，如果不是搞天保工程，硬逼着赵平安下山，他肯定不会死。赵平安就这样死了，他那孤绝凄美的灵魂，将何以安宁？

这个传说，一直在悬壶口流传了很久。

那时，在悬壶口，只要有人提起赵平安，很多女人就会心不由己地想起这个男人。因为，在她们的心里，这个人是天底下最胆大心细、最有担当的男人，他给了她们一个完整的家。在林子里，一些难产的女人，如果不是赵平安，很难想象，她们的今天会是什么样子。

常河记得，肖正坤第一次向他提起赵平安的时候，他并没有在意。只是后来，他让张雅琪把那个公务员名额让给他老师的女儿时，惹得张雅琪和他大吵了一架。就在那时，他碰到了肖正坤。

那天，肖正坤问他："你是她爱的人，她是你爱的人吗？"常河愕然。

肖正坤告诉他，这件事如果发生在赵平安身上，他一定会对你说，一个为你哭到撕心裂肺的女人，是爱你爱到骨头里的，你不要辜负；一个为你放弃事业的女人，是爱你爱到灵魂里的，请你也不要放弃。女人的情绪和男人的事业一样，需要经营。

听完肖正坤的话，常河才感到了愧疚。因为，张雅琪在离开他的时候，他没有能够留住她。走的时候，她流了许多泪，因为她说，要去一个没有常河却是她想去的地方。

最后，张雅琪还没有来得及离开悬壶口，常河却先走了。他是夏天走的。张雅琪独自一个人在悬壶口过完了整个夏天。

当常河再一次来到悬壶口的时候，特别希望能够见到张雅琪。

他一个人走在从住所到水房的路上，四周没有一个人，除了几棵胡杨，就是扑面而来的阴冷的风。有时他常常这样想：“当初，我来到悬壶口，是不是因为生活在这里的一个人？”

悬壶口的秋天，好像很不经意间就来了，那些在阳光下晒了一个夏天的树木、青草，刹那间就黄了、红了、紫了、白了、凋了，常河甚至没有来得及去回味。

悬壶口的秋天一来，漫长的等待就开始了。秋天是这个漫长等待的开始。

常河想，如果以后自己怀念这里，最怀念的，也许就是它的秋天。它如一曲忧伤至极的长调，或者如一曲荡气回肠的呼麦，任轻柔的晚风，透过窗，透过昨日，让往事和时光，站成了一种安静的姿势。

第三章

曾经沧海，却是梦开始的地方

工程项目办运筹帷幄，常河临危受命。广袤的草原，梦一样的天堂。张雅琪想，总有一天，她会拉着他，于浑厚寂静的时光中，坐着两把旧椅子，在太阳下，慢慢地老去……

一

悬壶口的风，有一种草原的情结。它在历遍历史沧桑的同时，与这片土地结下了深厚的渊源。

繁华笙歌，细数流年，平凡的日子，安静地行走。

人生的行走，会遭遇到不同的人。结识张雅琪，以至于过了很长一段时间后，常河竟然想不起看到过的一些漂亮风景，但却会对她的真知灼见津津乐道。她应该算是一个很有意思的人吧！随着时间的流逝，他和她的故事留在了常河的记忆中。

悬壶口算是一座现代化程度不高的城镇，街道两旁，格局单调的平房和两三层的老房子，呈现着地道的北方风格。这里的人醇厚、朴实，让人感到亲切、真诚。听说常河又回到了悬壶口，张雅琪那几天显得特别兴奋，稍闲下来的时候，她为常河准备了一桌丰盛的晚宴。那种盛情，就像迎接一位很多年没有相见的老朋友。比起许多地方所呈现的大一统故作华贵的冷艳，常河在这里闻到了久违的草原的味道。

常河相信，人这一辈子，会有许多人伴行。有的，伴自己一程；有的，伴自己一生。有人的地方就有江湖，只是，江湖风大浪涌，需要自己把握。恰似狼在荒野上喊一嗓子，会喊来自己的同类；鬣狗喊一嗓子，会喊来另外的鬣狗。相同的品性、志趣和目标，可以把相似的生命体聚在一起。

这个世界太闹了，于是，张雅琪的谦卑、内敛和低调，就显得异常珍贵。

起初，对常河的出现，张雅琪并不以为意。可随着时间的蔓延，她心里到底还是放不下，于不知不觉中被他的一种情绪感染，有时，还有种莫名的关切和感动。常河见到她时，亦是如此。

其实，常河这次再来的时候，张雅琪觉得，过去的一切都已经走远，或许，他只是想静静地来悬壶口走一程，走遍这里的每一个角落，去看绿色的沉静，流淌的河流，悠然的草地，还有天边那一抹嫣红……然后，他会洗去风尘，潇洒地返回省城，去重温仕途的旧梦。

然而，在这个一年中最多彩的季节，常河再来的时候，却让张雅琪有些吃惊，他好像铁了心要留在这里了。他的表情出奇的淡定，就仿佛走进了梦中的草原。那海一样的草地，白莲花般的毡房，飘着蒙古长调和马头琴的琴声，流淌在奶茶和祝酒歌里。马群，成片的马群，奔涌而出，冲向远方。

广袤的草原，梦一般的天堂。

有了那些足够淡定的因素之后，他们经常坐在一起，用同样的心情，感受茶的芳香，倾听风的呼吸，放下所有的一切，让心淡一点儿，再淡一点儿，淡成一泓清水。

这个时候，张雅琪就想，总有一天，她会拉着他，去往一个没有名字的好地方。那时，他们都老了，没有力气再去跋山涉水。但她还是想和他再续写一段情缘，于浑厚、寂静的时光中，坐着两把旧椅子，在太阳下，慢慢地老去。

在悬壶口待久了，张雅琪便生出许多依恋。在她想走的时候，却越发舍不得了。

她想起了常河第一次离开悬壶口时，给她讲的那句话："我想，今后不管我走了多远，只要有机会，我一定还会再来悬壶口看看！因为，这里，有我的信念；这里，有我的汗水；这里，有我的朋友；这里，还有我的思念。就如同我刚来的时候，我一定还会奔着这里的一些人而来！"

张雅琪想，那种情景，常河的内心一定非常痛苦。因为，他会觉得，他不是挂职期满被组织上接回去的，而是被赶走的！

走进悬壶口老城，半明半暗的土墙阴影被拉得很长。巷子内，道路蜿蜒曲折，让人仿佛走进了时光隧道，循着千年的历史，向源头的深处走去。

600 多座依坡而建错落有致的民居，构成迷宫般的格局，在 400 多米的高坡上铺陈开来，扑面而来的，是浓郁的旧式风情。它们是不同历史时期的标本和切片，穿过悠久的年月，累积成了现在这个样子。

悬壶口是国家地震局确定的高地震烈度区城镇。但城中的建筑大多年代久远，土木结构房屋多有百年以上历史，部分民居已达360多年，早已不具备抗震能力，属于危房或濒危房，相当一部分居民住房为后续搭建的楼上楼，不具备抗震能力，老城改造前，整个老城区居民危房达2000多户，危房面积达到了10多万平方米。

古镇上，居住着近1万户居民。由于街巷纵横交错，土木结构的建筑参差不齐，拥挤不堪，房连房，楼接楼，街巷道路狭窄，最宽处仅为6米，窄处不过1.5米，大部分地段机动车无法通行，居民运载东西十分困难。

“如果发生火灾，消防车是根本进不来的。”走进老城，常河感到了深深的忧患。

其实，忧患还不止这些。20世纪五六十年代，老城区挖掘了24公里长的防空洞，在遭受多次地震破坏和长期雨雪水浸泡后，很多地方不时发生塌陷事故，造成大批民房倒塌、开裂、倾斜；与此同时，古老落后的排水设施，加上地表污水的跑冒滴漏和浸泡，导致地基塌陷，成片房屋开裂倾斜。

“咱们这里的不少民居，已经有百年以上的历史，部分民居已近400年，我还是那句话：要坚持‘修旧如旧’的原则，要作为重点民居和重点文物，实施加固和维护。”工地施工现场，常河走走停停，不停地给古岳峰交代着必须要注意的事项。

正在这时，镇长翠花看见常河，便满头大汗地朝他这边跑了过来：“常书记，新选址的两个安置小区基础建设和绿化工程已经基本完成。一号住宅小区总建设用地10公顷，总建筑面积7.6万平方米，其中，住宅建筑4.5万平方米，公共建筑面积1.33万平方米，绿化覆盖率50%以上，可以入住居民334户；二号住宅小区占地面积超过9公顷，总建筑面积3.5万平方米，其中，住宅建筑面积2.9万平方米，由‘105’‘85’‘75’三种类型组成，小区绿化覆盖率56%，小区内设有文化娱乐中心、生活服务中心、社会服务中心和公共休闲亭阁，目前已入住居民342户。这次住房建设，我们从规划、设计、施工、管理几个方面，本着高起点、高标准、高质量、高速度的原则，要求所有单位的住房建设，都必须纳入小区规划范围内，把绿化作为重中之重，重点突出‘绿’‘衬’‘全’‘配’四个特点，使住宅小区内绿化覆盖率达到50%以上，坚持绿化与小区配套建设同步进行，做到‘建设一片，绿出一片’，体现‘远看像花园，近看是家园’的效果。现在最棘手的问题是，需要安置的居民有2000多户，同意安置的不到40%。怎么办？”

“古镇老宅是一些老人的命根子，他们对自已用夯土筑成的老屋，有着无法释怀的情感，多数人不愿意离开，这个可以理解。咱们古人早就说过‘金窝，银窝，不如自己的狗窝’嘛，话虽然糙了点儿，但理不糙啊！那可是老一辈传承了千百年的家啊！处理这样一个老大难问题，直接关系到镇党委、镇政府对抗震安居工程建设的信心和决心，同时，也牵动着老百姓的切身利益，可谓牵一发而动全身，如果处理不当，必然会激发群众和政府的矛盾。不是小事啊！翠花镇长，你可是镇上的老人，又深得老镇长的真传。这个问题，对你来说，我想，不会没有办法的！嗯？”常河对着翠花诡秘地一笑。

“常书记,都什么时候了,急死人了,你还有心思开玩笑？”翠花看上去真的有些急了。

“不是开玩笑，我说的是真话。肖镇长在这里德高望重，算是老江湖了。他最拿手的是什么？群众基础！这个，你懂。”常河对翠花笑了笑，走了。

“这个常河，鬼点子真多，真会借力打力。”望着常河的背影，翠花嘴里嘟囔了一句。

“这个时候，就得让领导干部首先站出来，舍小家为大家，舍局部利益为全局利益，带好头，做抗震安居工程政策的坚定执行人。”翠花再一次组织召开相关利益责任人联席会议。

会议上，翠花向与会者承诺：“拆除旧房，政府除了按照有关规定给予补偿以外，还会在指定的规划区内给每户补偿 5 分宅基地；对于生活困难、家庭中无固定职业的，按有关政策给予优先安排就业。对于在拆迁中遇到的‘钉子户’，拆迁人员要做到‘打不还手，骂不还口’，耐心细致地做工作；对生活困难的拆迁户，首先要为其解决过渡房，安排生活必需品，主动为其搬家。要真正做到政策到位，群众满意。”

尽管做了大量的工作，翠花的嘴皮子都快磨破了，搬迁工作仍然进行得十分缓慢。

“我是没招了！看来，我做不好这个镇长。”在安置小区，翠花一边用手擦着汗，一边给常河打电话。

“谁说你做不好这个镇长？我看你很敬业，做得已经很好了。把头转过来，看看你的身后。”

翠花转过身来，发现常河真的就站在她的身后。

“你什么时候来的？我怎么不知道？”看着常河，翠花刚才还火烧火燎的心情，顿时敞亮了许多。

这个时候，她才发现，常河身上有不少肖正坤的影子！他们俩处事风格太像了：真抓实干、雷厉风行……

此时此刻，展现在他们眼前的，是这样一幅景象：

小区内，树木被修剪得十分整洁，看上去就知道是经过花工精心剪理过的；那些草坪和鲜花，透着人文的匠心，透着花园般的尊贵。

但整个小区，却几乎见不到走动的居民，没有挂窗帘的一扇扇窗户，很直白地告诉人们：这些楼房都是空着的，一楼的部分窗户玻璃已经破碎，被物业的工作人员用木板钉上了。

“不得不承认，当初对居民的疏散工作，我们考虑得有些简单了！怎么办呢？这一课既然没有上好，那么，我们就把落下的课程重新给补上。”常河坚定地说。

已经从古镇搬迁到安置小区的张雅琪告诉常河，搬进新小区后，她以前的生活方式，被完全改变了：“以前在古镇，没事的时候，邻居们在一起可以聊天，可现在住进了楼房，连对门是谁都不知道，更不要说在一起聊天了。过去睡觉时，一直都睡在土炕上，现在改成床了，根本睡不着，只好睡在地板上……”

过去，张雅琪在镇上一直从事披肩制作，制作好的披肩，一部分拿到附近的批发市场去销售，一部分在自已家里就被游客们抢购了。

“华东、江南和西南的游客，特别喜欢我做的披肩，我不用出门，每天就可以卖掉十几条。可现在，搬进了楼房，就再也没有人来买了。”

张楠也对老房子充满了留恋：“老房子是我们家老祖宗建造的，有 200 多个年头了。起初是 5 间平房，后来上面又加了 5 间，成了土楼。掐指算算，这个土窝窝里生出了 38 代后人，人丁兴旺，活得自在。”

千百年来，悬壶口人用黄土精心营造了古镇的老城，老城养育了一代又一代人。

经过国家住建部、计委和省有关单位多次项目的重编制定，省计划委员会批复了“悬壶口老城区抗震加固及部分基础设施改造项目”，工程主要内容包括：降低老城区人口密度，有计划地外迁2000户居民，建设两个安置小区；老城区部分基础设施改造；老城区典型民居、重点文物加固及防空洞回填和护坡的加固。

悬壶口老城，被中国学者评价为中国仅存的古西域文化的特色老城，联合国专家称其为“丝绸之路”上遗存的最为重要的老城。然而，老城内，不少建筑的修筑年代已经超过了400年，由于年久失修，位于地震带上的悬壶口老城区的房屋，已经承受不了地震等自然灾害的一次又一次的袭击了。

为了让老城区居民住上既抗震又保持原貌的新房子，悬壶口政府开始陆续拆除了5046平方米危房，采取原址重建、自拆统建的方式进行改造，政府帮助建房屋主体，居民自行进行装修。

张雅琪做梦也没有想到，在悬壶口苦守了30多年的自己，还能住上宽敞明亮的新楼房。

她对常河说：“过去，我一直这样想，如果我这辈子都不离开悬壶口，是不是就得和土得掉渣的老屋一起殉葬了？没想到，你不但帮我重修了一个新房子，还通了地下水，这是我做梦也没有想到的事。真的！”

她告诉常河，悬壶口老城区以前的居住条件非常恶劣，特别是核心区，建筑密度高达70%以上。房连房，楼连楼，拥挤不堪。街巷也非常狭窄，有的五口之家，仅住在8平方米的房子里。这里属于地震多发地区，老城区居民的住房大多是土木、砖木结构，部分房屋摇摇欲坠，根本不具备抗震条件，居民的生命财产安全时刻受到威胁。一旦发生灾害，后果无法想象。

常河对她说：“悬壶口老城区在实施改造项目中，居民自主参与一对一改造设计，改造后的建筑形态，保留了原有的建筑特征和居民传统生活习惯。这充分体现了尊重生命、以人为本的精神，完全符合国际惯例的改造原则。”

在此次悬壶口老城区危旧房改造综合治理项目过程中，悬壶口政府决定，对于老房面积不足50平方米的居民，可以用老房置换政府专门在别处修建的50平方米的单元房。

张雅琪说：“虽然留恋以前的老房子，但搬到这边来以后，感觉特别好。以前住在老房子里，一会儿不是下水道堵了，就是又漏雨了。因为房间太小，来了客人，都不知道往哪儿领。吃饭和上厕所的地方挨得都很近。现在的房子就宽敞多了：一间用来招待客人，一间做卧室，还有一间，可以用来当餐厅。现在我是安心待在悬壶口了，哪儿也不去。我现在住的房子，水、电、暖齐全，连外面下雨都没有感觉。心情一好，感觉自已又年轻了许多。”

在悬壶口老城改造的过程中，政府不但完善了供水、排水、电力、电信、通气等配套设施，而且还把一些面积较小的危旧老房拆除之后拓成了道路，原先的巷道上空的过街楼，也被抬高了一层，消防车可以方便地开进老城区。住在这里的居民的生活得到了极大的改善。

针对老城在改造过程中的贫困户和低保户，政府也相应出台了一些惠民政策。

常河说：“第一，居民搬到安置小区以后，5 年内，只交 50% 的取暖费，剩下的 50%，由政府承担；第二，每一个低保户，每人每月增加 100 元的补助；第三，新的安置小区已经建起了贸易市场，对低保户，免费提供一个做生意的摊位。另外，为了出行方便，我们还免费给每一位低保户提供乘坐公共汽车的票证。”

悬壶口老城区改造项目，作为改善民生的头等大事，从中央到地方，各级政府都投入了大量的人力、物力和财力，让悬壶口人切切实实地感受到了来自党中央的温暖。

二

几年前，第一列墨绿色的火车，从省城和西关相向徐徐开出，这是从省城开往西关，也是从西关开往省城的首趟列车。

车厢里，常河在跟一群记者聊天。

“我是去悬壶口挂职的，”常河自我介绍，“但我对那里不了解，工作十几年了，这还是第一次去。该怎么评价悬壶口呢？如果说贫穷也算是特色的话，那它的特色就在于此。”

列车驰过平原山川，爬过崇山峻岭，便开始钻山洞，到达终点站西关的时候，已是黎明时分。记者们在站台上，再度要常河发表挂职感言。常河很自信地说：“这趟列车，对悬壶口来说，可能是一趟发财车。”

但一年以后，常河就因“水土不服”和遭受了一系列的周折，不得不提前调离了悬壶口，神色黯然地登上了这趟“发财车”，临行前，他发出了一声沉重的叹息：“悬壶口啊……”

常河这位20多岁即担任处长，30岁出头就担任了一家大型国企的党委书记和副总经理的经济专家，在悬壶口竟然一筹莫展。

一个发财梦破灭了。

应该说，悬壶口是一道风尘厚重的历史大门，蕴藏着一串装满血泪史的人生密码！常河年轻时的豪情，给人的感觉是磅礴、大气；而适逢中年那一份印着“调离”的文书，则多少让他携带了人生的无奈和苍凉。

悬壶口曾经是“丝绸之路”上处于咽喉地位的古镇，在中国西部，是最早的国际市场和东西方贸易的交会点。

这里历史悠久，有文字记载的历史就有2100多年，唐代唐玄奘的《大唐西域记》，对悬壶口有很详尽的记述。在《马可·波罗游记》中，它还被描写成货如云囤、人如蜂聚的“东方开罗”。那些充满地域特色的人文气息，以及纵横交织、曲曲弯弯、迷宫般的古老小巷，和着依崖而建的古老民宅，错落有致，在夕阳的余晖下，显得十分神秘。

悬壶口老城80%都是土木、砖木结构，地震隐患特别大，需要全面改造，政府计划用5年时间，完成近万户民居的改造，完善8个核心片区的水、电、暖、气、路和环卫等配套设施。

对于居民所关心的在改造中如何保护古城风貌的问题，常河有自己的见解：大量民居，特别是古宅和民居是院落式的，就地改造，不改变它的风貌，只是在整体上要打通一些防火通道。部分已失去风貌特征的建筑，则改建成具有民族风格的楼房。他坦言，旧城改造，中央、省政府都给予了大力支持，是一项惠民工程。

几千年的悬壶口发展史，一是战乱不止，二是拥兵自重，除此之外，似乎没有第三条路可走。

以悬壶口人的勇敢、慓悍、智慧和献身精神，似乎是不可能沦落到这个困境的。这是一个奇特的历史现象，在饱经战火的土地上，往往结不出丰收的硕果，也往往成为经济最落后的贫困区。这现象似乎印证了“穷则思变”的道理，但自中华人民共和国成立以后的几十年里，悬壶口经济的发展仍然多少不遂人意，为什么呢？

这真是一个复杂的简单问题。

1985 年 8 月 23 日，悬壶口发生 7.4 级大地震，整个城镇顷刻之间变成了一片废墟。好端端的一座城，瞬间就碎了，平了！

三年后的 2 月 24 日，又发生一场 6.8 级大地震，部分村庄刹那间被夷为平地，地震再次夺去了 200 多条生命。

最近 10 年来，悬壶口多次发生 6 级以上地震，造成了重大的人员伤亡和经济损失。

据统计，悬壶口有近 5000 户房屋需要改造加固。

居所，是人类最基本的家园！如果没有家园，很难想象，这些农牧民应该去哪里。

经过评估，悬壶口被列为全国最主要的贫困区之一。

于是，一份份材料、一份份申请报告，通过各种途径、各种渠道，飞到省委、省政府，飞向中央。

悬壶口三项主要经济指标，在全省均排在最末一位。受财政状况和经济实力的制约，在实施抗震安居工程之前，这里的住房条件，基本上全是不具备任何抗震设防能力的“土坯房”“石头房”。

来到悬壶口，常河在第一次常委会上，郑重承诺：“我是第二次来悬壶口，来的目的就一个：彻底改变悬壶口的贫困面貌！给我 5 年时间，如果实现不了这个目标，我不但会引咎辞职，而且会作为一个普通老百姓，永远留在悬壶口！”

“地震，已经是悬壶口人的一个梦魇。如果不能把这个问题解决好，就算谈得再多，都是扯淡！这几年，我没有做其他的事，就是一心一意想把抗震安居工程搞好。假如按照我们的设想，这个工程搞成了，就是让我去见马克思，我也认了！”在和翠花的一次促膝长谈时，常河表明了自己的心迹：“只是有一点，千万不要把我当成外人。”

在经过多次深入考察和论证之后，常河提出了要在建房技术上实现“八大转变”：一是选址上的转变；二是基础上的转变；三是防腐上的转变；四是构造上的转变；五是连接上的转变；六是强度上的转变；七是模式上的转变；八是观念上的转变。

在社会效益上，要发挥“三大作用”：一是密切干群关系，广大干部要与农牧民同吃、同住、同劳动、同学习、同建房；二是要拉动经济，带动水泥、红砖、钢筋、木材、砂石料等建筑材料和房地产市场的快速发展；三是维护社会稳定。

悬壶口作为集“少、边、贫、山”于一体的半农半牧贫困地区，除了木材，红砖、水泥、钢材都严重匮乏，有的地方甚至连烧制红砖的黏土都没有，实施抗震安居工程的难度超乎想象。

“这的确是个问题。如果不用这些硬件建材，我们可不可以找一些替代产品，来解决这个难题？”

经过常河这么一点拨，大伙发挥群策群力的力量，一种石木结构、内框外墙新模式的民居，被创造性地设计出来了。这不但填补了农牧民建房结构上的空白，而且解决了建材、资金、工匠匮乏的实际困难，探索出了一条高寒山区牧区乡镇实施抗震安居工程的新路子。

这种石木结构的民居，既降低了建设成本，又解决了建材问题。另外，还统筹兼顾将城乡抗震安居工程，同小城镇建设、乡村公路建设、农网改造、农牧民搬迁、土地开发、人畜饮水、社会扶贫和广播电视村村通等工程有机地结合了起来。他们充分利用荒滩、荒地，沿国道、省道及县乡道路，呈“非”字形进行集中连片规划建设，通盘考虑水、电、路、房、园等生产生活设施建设，科学进行规划，力争做到通水、通电、通路；有果园、有林带、有草料地、有牲畜棚圈；文化、教育、卫生、商业网点、基层政权配套等“三通、四有、五配套”。

与此同时，常河和镇政府还及时制定了切实可行的《资金筹措方案》，把农牧民定居、防病改水、信贷资金、以工代赈、对口扶贫及社会捐助等可用于农村建设的各种资金捆绑使用，采取干部捐款、对口扶贫、以富帮贫、投工投劳、互助共建等多种办法，积极破解资金不足的难题。

有人警告常河："你现在只有两条路可走：要么成功，要么死亡。其他的，别无选择。"

常河笑了："何谓成功？何谓死亡？"

来人告诉他："悬壶口不是一块净土，它极可能是一个陷阱。你听说过'天倾西北，地陷东南'的事吗？"

常河眨了眨眼，然后摇了摇头。

"1935年，著名的地理学家胡焕庸提出，从东北瑷珲到西南的腾冲，画一道斜线，在斜线之东南，集中了中国36%的国土面积和96%的人口。而在胡焕庸线西北，则集中了国土面积的64%，以及4%的人口。东西部人口的比例为96%比4%。如今，瑷珲已经变成为了黑河，此前的'瑷珲—腾冲'线，变成了'黑河—腾冲'线。而且经过70多年，虽然随着中国疆域的变化，以及社会经济人口的发展，比例仅是略有小变，但大势未变。胡焕庸线在中国具有极高的战略意义，是中国多重意义上的分割线。其中最重要的意义，在于经济和人口。

就人口而言，整个东部的人口总量达到13亿，而西部人口不足1亿；就单位土地面积的人口容量而言，东部的人口密度超过西部的40倍；就经济总量而言，据2000年统计，为95.7%比4.3%……广袤的国土，稀疏的人口，使西部成为净土。其实，忍受寂寞，有时候收获的就是安宁；享受繁华，必然要付出巨大的代价。历史上，西部是中原的屏障，东西线是中国的生死线……”

“你是不是想让我知难而退？”常河看了对方一眼，说，“我也可以告诉你，只有解决了中国西部的问题，中央决策才游刃有余。在当代中国，西部至关重要。未来中国‘一带一路建设’的推进，必然取道悬壶口，对南亚、东南亚诸国的竞争，也可通过青藏高原来实现战略主动。悬壶口尽管当下困难重重，我相信，在这片大地的深处和荒凉的深处，一定有最深的力量。”

三

四季流转。街上往来的人群，依旧熙熙攘攘，抗震安居工程的实施，似乎并没有影响人们的衣食住行，一切都在变化和不变中，有条不紊地进行着。一些过往的人或事，或遁入流年深处，或缄默尘封。

匆匆走过的那一袭清凉，没有挽留住过往，时光如水而逝。

清晨，天刚亮，常河就迫不及待地来到了赵平安的家，敲响了门。

“什么事啊，这么早？”赵平安一边穿衣服，一边问。

“想去老林子那边看看，您不是熟门熟路吗？一起去，怎么样？”常河问。

“哎呀，常书记，你真会挑日子。秋天的老林子，那叫一幅画呀！我好这口。”赵平安爽快地说着，就出了门。

“怎么去？”看着门口空荡荡的，没有一辆车，赵平安很纳闷。

“我准备了两匹马，咱们骑马去。”常河用手指了指不远处的树。赵平安一看，树下果然拴着两匹马。

“好久没有这样放松了！那咱们就走。”赵平安说着，从树上解下马缰绳，纵身跳了上去，策马而去。

来到林区，正是晌午。不经意间，几片黄叶在他们眼前猝然落下，被微风轻轻带过，便在路的拐角处，垒成了一堆堆金色的碎片，凉意随即扑面而来。常河的心，猛然紧搐了一下：时光竟然在漫不经心地流逝着，秋天不期而至。

远山，丘陵，在暖暖的阳光下，凝成了姹紫嫣红的油画，但山上已经鲜有人往。许多树枝上，仍然挂着青碧的叶片，却俨然失去了往日的光鲜，多少显得落寞和无奈。一缕微光，透过树林的枝丫，悄然无息地洒在地上，身影被拖了老长。

常河和赵平安的目光，在长满灌木丛的丘陵间穿越，感受着阳光洒在远山上的温暖。远处，是城市喧哗的声音。他俩此时宁静的心情缓缓荡漾开来，仿佛在捧着一本书，抑或是沏了一杯淡淡的茶，坐于山巅，独享一份淡泊与自如。

赵平安选了一块石阶坐下，目光幽静而深远，没有人知道他在想什么，也许他什么也没有想，仅仅想坐在那里而已。常河在他的身旁坐了下来，赵平安没有回顾，抬起眼帘，只是在常河的脸上稍作停留，继而又移往别处，去凝视他的远方。他们就那样静静地坐着，没有交流，没有沟通，却仿佛神交已久。

许久，赵平安站起身来，说了句："要起风了，准备再坐一会儿？"

"是啊！不知不觉又走到了秋天。"常河说。

"这是一个很容易让人产生联想的季节。时光淹没了水声，日子一天一天变老，喧嚣走出了视野，名利已经离去。还有什么呢？有的，恐怕只是怀念和回忆。每一个人走到这个时候，就什么都活明白了。就像这落叶，一切归于沉寂。"赵平安站了起来。

又见秋凉。过去的、现在的所有往事，都在记忆的梳理中，慢慢地和着岁月的风尘，走远了。常河想。

漫步于这清寂的山野中，身影和空中丝丝凉意轻轻摩擦着，脚底下发出"咔嚓、咔嚓"的响声，如同心灵在时间的游移中与时空对话，那些河边的芦花，河畔的柳影，山峦间的虫唱，旷野的夜月，顷刻之间都鲜活了起来。

他俩于近郊远山上，沏一碗清茶，任由茶的芬芳在空气中弥漫，自由自在地随着轻风，飞到很高很高的蓝天白云中去。他们的心境，也恰似一碧如洗的天空一样，敞亮而辽远。那种休闲和安恬，虽然在品一壶新茶，最初的感觉，总是淡淡的，有些苦涩，但苦涩中，却也透着一丝丝清香。有时又更像在聆听一首歌，远远地，有些绵厚，有些悠长，有些动人，也有些伤感。

在常河的心里，秋天已经是个传奇，是一个只能仰望的季节。它早已隔着如许烟波岁月，隔着人们眼中的深情，站成了书籍中的一页剪影。

在许多人眼里，树木秋声，便意味着山满寒色，秋风西作，草木零落，多肃杀之声。然而，他认为，秋的丰盈、积淀、成熟和大美，往往也隐含于这凋敝之中。

“小常啊！这个时候，你约我到这里来，该不是醉翁之意不在酒吧？”赵平安笑着问了一声。

“赵大夫果然眼光犀利，把我看透了！”常河笑了，“您是这里的老人，现在，悬壶口的这盘大棋，已经开始下了。铁路、公路、抗震安居工程，正在有序地推进。我想听听您的意见。这儿清静，适合交流。”

“我就是一个糟老头子，闲人而已。哪能有啥主意？”

常河整了整衣冠，走到赵平安面前，规规矩矩地鞠了一躬，说：“第一次来悬壶口，我是带着很大的信心来的。谁知道后果会是那样！现在想起来，只能说明那个时候太年轻了！这次来，我就想，倾其所有，做成一件事。我不想给我的人生留下一个残缺的断章。也许很多年以后，没有人会记得我是谁，但悬壶口的历史被延续了下来。”谈起自己的初衷，常河如履薄冰，如临深渊。

“如果你真的看淡了仕途，看淡了名利，看淡了一切尔虞我诈，你完全可以选择去一个更好的地方，不会选择悬壶口。”赵平安睨了一眼常河，说。

“在秋天面前，时间，是一段最好的沉默。因为，没有哪一个人，能够真正走进秋天。无论是躯体，还是灵魂。秋天，是人生的一本书，慢慢翻到最后，便是花的喧响，雪的静谧。对我而言，爱一个季节，大约便是长远的，一生一世的事情。因此爱得慎重，却恒久。就像悬壶口。”常河看着赵平安，一字一顿地说。

“为什么是我？”赵平安问。

“因为肖正坤镇长生前有交代，如果遇到大事不能决断，就找您、张楠和古岳峰。”

“你相信我？在悬壶口，我的口碑可不好。有人管我叫兽医……”

“我了解过，那是不得已而为之。毕竟，您把那孩子救了。否则，就是胎死腹中的悲剧。您是那个孩子来到这个世界上见的第一个人。您还记得他吗？”

“当然。那孩子很争气，后来考上了一所不错的大学，还读了研究生。”

“真不简单。他人呢？”常河问。

“留在了南方。前一段时间，听说我们这儿在招聘人才，他还给我推荐了一个人。你不问，我还差点儿忘了这茬儿。”赵平安说着，猛地用手拍了一下自己的脑门。

“叫什么名字？”

“一个叫孟文豪的人，听说是一个大学的经济学讲师，满腹经纶，很有韬略。年龄不大，与你同龄吧！他人已经来到了这边。”

“那就把他请来，我们正急需这方面的人才。还有赵大夫，我准备聘请您、张楠、古岳峰做政府的参事，参政议政，真正担负起悬壶口兴亡的重任。”

“小常，我看做参事这个事就算了。说实话，打个针、做个手术还成，这当官还真不行！我们三个，大字识不了一箩筐，到时候给你闹出了笑话，你该怎么收场啊？”赵平安说。

“古人说读万卷书，行万里路。您的双脚，都快把悬壶口的地面平了，还说没文化？如果你们没文化，那您给我讲讲，什么样的人才算是有文化？文化不是讲讲大道理，忽悠住人，是经验，是真抓实干，说白了，是一份担当和责任。我相信您对悬壶口的感情。”常河说完，定定地看着赵平安。

“那……行吧！但我事先声明一下：事情搞砸了，你别怪我是一个老古董。好，我现在就请孟文豪。”

赵平安走了。

孟文豪来了。

根据相关地方志记载，很多年前，悬壶口是一片海。海在退却的时候，在已经闭合的山体上，切出了一块连接山外的出口，才变成了现在这个样子。

至于悬壶口以前是不是一片海，孟文豪不清楚。但他知道，那个又穷又贫困的地方，是一处美丽而神秘的存在。那里雪峰耸峙，碧水蓝天，森林葱郁，草原如画，被称为“神的花园”。

去之前，听人说悬壶口有几大奇观：一是逆子午河上漂形成的千米枯木长堤；二是经常出没于河中拉马入水的巨型“水怪”；三是雨过天晴时才有的奇景——子午山云海佛光。

孟文豪到悬壶口的时候，“秋老虎”正横行。

整个窗外通体透亮，车过子午谷的时候，天蓝得彻骨，一盆盆火仿佛从天上倒下来，整个大地都在燃烧。

“这个鬼天气，太热了。还有多远？能不能快点儿？”孟文豪把手伸出窗外，感觉一丁点儿风也没有，有点沮丧地问。

“快了！”司机告诉他。

“快了，是什么意思？”

“等着凉风拂面的时候，就到了。去悬壶口，要学会让心慢慢地静下来。”司机不紧不慢地说。

翻过子午山，气候骤然凉爽起来。

沿途的苍松翠柏、白桦林和欧洲山杨，在沟谷中，站成了一排排风姿绰约的美女；浅浅的草滩，清幽的湖湾，舒缓的白云，激荡的流水，掩映在这片古老的山里。那情景，让时光顿时回到了从前。那天，孟文豪说，那次遇见，让他走进了诗情画意。他还说，在他的梦境中，最美的风景，就是这个样子。

孟文豪没有来过悬壶口。

在他的感觉中，自己就像一个不远千里来看子午山的懵懂少年，悬壶口就如同山脚下那株个子高挑却很瘦弱的胡杨。他们彼此相隔很远，但心里总是把对方放在最渴望见面的位置。

来到悬壶口，他大失所望，“天哪！这是什么鬼地方？”

当着赵平安的面，孟文豪当即就吼了起来。

“你这是干什么？初来乍到，先熟悉熟悉环境，权当旅游吧！不一定非要留下来。我们悬壶口人很厚道，也讲规矩：来了，欢迎；走了，欢送！先感受一下吧！”赵平安对孟文豪的话并不感到气愤。

“从前这里的条件更差，现在已经好多啦。悬壶口未来的发展还要靠您这位经济专家的帮助。老镇长肖正坤带着大伙，在这里干了几十年。如果不是地震，他现在还活着。”赵平安对孟文豪说，“那也是悬壶口十分严峻的一段时期。从 1998 年开始，国家开始实施天保工程，这里被纳入国家试点单位，后来，经过国家天保办官员确定，由于多年来我们采用合理的择伐方式，天然林一直保持着很好的原始林象，这为悬壶口全面开展天然林保护奠定了基础。有人说，我们的林区缺乏有文化的生态背景；也有人说，体制转型了，以前悬壶口搞的林区经济，能否找到新的经济增长点？针对这个问题，老镇长也在摸索中总结经验：既然不让砍树了，林区后续产业如何发展？所以，苗木业、种植业、养殖业、旅游业，这个关于多功能平台的建设，被他首先提了出来。我们先从身边的院落引入文化元素，这种被引入的生态文化含义很丰富，诸如在树上搭建鸟窝，修建具有生态文化特色的生态走廊、生态大道，举办形式多样的职工生态摄影，等等。我们现在搞的生态建设、后续产业、文化建设、职工收入等一系列工程，就是在做这样一种汇集，一种展示……”

没有了森工产业，有人开始走旁门左道，惦记起地下的金子。禁伐的第一年，悬壶口从内地甘肃、青海一下涌入了 2 万多人，在子午河沿岸 20 多公里有组织地挖矿淘金。

这怎么得了？这里的林业资源必被破坏殆尽。

肖正坤一边打报告向上级机关陈述情况，一边组织人力，在主要路口盖房子设卡，阻止淘金者进入林区。一天，他独自一人带着枪进了林区，他刚在一棵老树下坐定，准备喝点儿水继续赶路时，发现三个人朝自己坐着的地方走来，见了他之后，神色慌张地拔腿就跑。他一想不对，立刻从树下站起来追了过去。那三个人跑了 200 多米远以后，他拔出手枪，对空鸣了一枪，以示警告。然而，那三个人不但没有停下来的意思，反而跑得更快了。于是，肖正坤对空又放了一枪。这时，一个人将缠在腰上的东西扔在了地上，待再跑时，三人被肖正坤抓了个正着。他打开袋子一看，发现里面全是金子。

其中一个年岁较大的淘金人对肖正坤说："我们只是随便挖了一些，全部给你。就当你没有见过我们，这样行不？放我们走吧！"

肖正坤明白了，他毫不犹豫地把他们交给了当地公安局。经过确认，他所缉获的，是 3.2 公斤黄金。

后来，银行的工作人员找到他说："如果你把黄金交给银行，可以拿到 17% 的提成。"

肖正坤笑了笑，说了句："没有人不喜欢钱，但它不是我的。"因为他知道，这是职责所在。

他曾经对常河说："搞森林采伐很辛苦，每月工资只有几十元钱，福利也很少，去工地只能骑马。不搞森工采伐了，有些人利欲熏心，又打起了林下淘金的主意，这怎么行？他们根本就不清楚，为了一些蝇头小利，极易造成森林衰退、草场退化、水土流失、冰川退缩、水环境恶化、病虫鼠害严重和生物多样性丧失，长此以往，森林就完了。"

常河记得，当时，肖正坤还动情地引用了恩格斯《自然辩证法》里的一段话：“我们不要过分陶醉于我们人类对自然界的胜利。对于每一次这样的胜利，自然界都对我们进行了报复。每一次胜利，起初确实取得了我们预期的结果，但是以后和再往后却发生完全不同的、出乎意料的影响，常常把最初的结果又消除了。美索不达米亚、希腊、小亚细亚以及其他各地的居民，为了得到耕地，毁灭了森林，但是他们做梦也想不到，这些地方，今天竟因此而成为不毛之地。因为，他们使这些地方失去了森林，也失去了水分的积聚中心和贮藏库。阿尔卑斯山的意大利人，当他们在山南坡，把在山北坡得到精心保护的那同一种树林砍光用尽时，没有预料到，这样一来，他们就把本地区的高山牲畜业的根基毁掉了；他们更没有预料到，他们这样做，竟使山泉在一年中的大部分时间内枯竭了，同时，在雨季，又使更加凶猛的洪水，倾泻到平原上……古今中外，这样的教训太多了。”

“想想悬壶口的这些老人吧！他们为了自己的信念，把命都留在了这里。我们为什么就不能试一试呢？不要急，信念是慢慢建立起来的，可是选择更重要。可能，在其他地方，我们做不了别人眼里精致的样子，那么就在这里，认真地做好自己。更何况，你并不了解这里，时间长了，兴许你会喜欢它。”

雾散，梦醒。

临离开悬壶口的那天清晨，孟文豪对常河说，他走了那段千米长堤，也上了子午山，但没有看见佛光。听人说，河里的“水怪”只是传说，其实是一种叫作“哲罗鲑”的大红鱼。

很多年以后，常河才明白了孟文豪话里的内容，但那已经是千帆过后的沉寂了。

四

冬天很快就来了。翠花给常河打来电话：“天冷了，我想去看看新建的抗震安居小区。”

“那就一块儿去吧！我也想出去走走。”常河在电话里告诉她，“哎，还有一件事，正想问你呢！”

“什么事？”

“肖璐打电话来，说想回来看看。”

“好事啊！他倒是没有跟我说。看来，他更相信你。”

“那倒不是。我问过他‘你妈妈知道这件事吗？’他说不知道，但很快就会知道的。”

“我看你这是要么没话找话，要么就是大白天说胡话。逗我开心呢！咱们别聊了，待会儿见面再说吧！”翠花说完，放下了电话。

那年的冬天，好像很不经意间就来了，那些在阳光下晒了夏秋两个季节的树木、青草，刹那间就黄了，红了，紫了，凋了，谢了，枯萎了，常河甚至没来得及回味。

那是常河再次来到悬壶口，待过的最冷的冬天。

那一年的冬天实在太冷了，以至于常河半夜起来小解，刚撒出来的那壶尿，硬生生地冻成了一截冰凌，在地上耸起一根坚挺的冰柱，冷冷地支在雪地上傲视着苍穹。常河不喜欢刚才还冒着热气不可一世的家伙，顷刻之间，变成这副冰冷的模样。他找来木棍，将那截高昂着头颅的冰凌拦腰敲断，冰凌霎时“哗啦”一声脆响，散落一地。

回到屋里，翠花辗转反侧，一直难以入睡。望着窗外已经逐渐泛白的天空，忧心忡忡。儿子到底怎么想的？他在上海是不是发生了什么事？迫使他回来发展的愿望如此强烈？她觉得内心很纠结、很烦躁，此刻却找不到一个可以去倾诉的对象。

天，渐渐地亮了。翠花从床上坐了起来，走到窗前，轻轻地推开窗户，一股寒气夹杂着雪花扑面而来，她不由得打了一个寒战。

一个人的凌晨，一个人的天空，连续下了两天两夜的雪，已经明显小了下来，窗外是一片雪的世界。

如果是过去，她肯定会望着这片静谧的旷野，产生无穷的遐想，也一定会在这些遐想中安然入睡。

她走出户外，一个人漫无目的地在雪地上走了很多路，最后在一条小河边停了下来。看到河中那一层一层的冰凌，看到远方一望无垠的白，她的胸腔里像堵了一块棉团，发闷，想哭。静立的树，冰封的山，在翠花眼里，构成了一道伤感的风景。

常河告诉她：“肖璐之所以想回来发展，可能还有更深层次的理由。这个，我说不好。但对悬壶口来说，这个决定无疑是天大的好事。我只是对他说，不管你将来在哪儿发展，请带着阳光般的心情启程。在许多人的眼里，悬壶口河，绝不是一个沉默的悬念。它在雪的落照中，更像一首澎湃的歌。你现在的选择，也许就是一种成长。可能有一天，你会笑着说出这段让你难过的往事……”

肖璐去上海的时候，给梅子的母亲兰捷带了很多悬壶口当地的土特产，兰捷把这些东西馈赠给了亲朋好友。

大学毕业后，在悬壶口待的这几年，肖璐没有沿着父亲肖正坤给他指定的路线——林下资源开发的老路走下去，而是另辟蹊径，开始专门研究当地的农副产品市场。他想，有朝一日将悬壶口的农副产品组织起来，到内地去开全国连锁专卖店。

这一次，当他把雪莲花、罗布麻、薰衣草、巴旦木、核桃、大枣、葡萄干、肉苁蓉等几十种特产带给兰捷，兰捷的一位在当地县中医院做院长的表亲品尝之后，立刻睁大了眼睛，很惊奇地告诉兰捷：“这哪是什么土特产？都是中药，我们医院基本都有！”

兰捷这位远亲的提醒，使肖璐茅塞顿开。

他兴奋地对梅子说，他已经找到了自己的立足点。那就是自己总结出的一句话：“生命在于营养。”

营养从哪里来？营养来自大自然，来自农副产品的各种供应，从而也起到了预防和治疗疾病的作用。比如，葡萄干对心脑血管、雪莲花对关节炎，都有预防和治疗的作用；罗布麻对人体血压平衡，具有良好的疗效……悬壶口种植的农副产品，因光照强、昼夜温差大和无污染等多种因素，和内地的许多产品相比，质量和营养都更好。

随着生活水平的提高，当人们刚刚明白牛奶对健康有益时，却在里面发现了添加的“三聚氰胺”；当人们开始有能力每天吃上一个鸡蛋时，鸡蛋也出现了问题，甚至大米等许多食品……消费者惊愕了、震惊了：真正放心的农副产品在哪里呢？

通过调研，肖璐发现，悬壶口的农副产品虽然很好，却没有很好的卖点。更重要的是，许多农副产品在经过深加工之后，不但不增值，反而降低了附加值。比如说，每公斤葡萄干的出品，约需 5 公斤鲜食葡萄，而 1 公斤的葡萄干，卖不到内地 1 公斤鲜食葡萄的价格。这类情况，不但在西北，在西关，在悬壶口的农村，也相当普遍。他认为，究其根源，还是在于消费者弄不明白农副产品本身的特殊功能。

肖璐说：“产品再好，只有少数专家和农民种植户自己知道，怎么推广？许多外地人来到悬壶口，就是想买这里的特色农副产品，却不知道该去哪儿买。我在无数次调研时发现，悬壶口的很多加工企业，都在省城找门面房或设专卖店，各自为政，一盘散沙，很难形成规模经营。同时，这种传统的经营模式，不但普遍存在脏、乱、差的情况，而且市场混乱，鱼龙混杂，假冒伪劣和地摊货横行，这些因素，严重影响了特色农副产品的经营和销售。我就是想打造一个产业聚焦、集约经营、全国独有的全省最大的农副产品经营市场，形成一条完整的产业链，为原产地生产厂家、采购商、加盟商、零售和旅游消费者，提供一站式服务，使悬壶口的产品走向全国，走向世界。”

“这个计划太宏大、太专业了，听起来都让人感到热血沸腾。无疑，这个市场如果建成，一定会成为人流、物流、信息流、资金流的汇聚之地。对悬壶口，不但可以保供应、稳物价、惠民生，弘扬民族文化，而且还会将‘三农’产品有力地推向国内外市场，成为悬壶口农副产品‘走出去’的原发基地和‘永不落幕的农副产品亚欧博览会’，以及悬壶口走向世界的窗口。亲爱的，这么一个庞大的计划，同样也需要一笔庞大的资金做支撑。这个问题，你想过了吗？”望着眼前这个让她痴迷的男人，梅子心里同样充满了憧憬。

“当然想过了。农产品外销平台建设，是未来调整农业产业结构之后必然而紧迫的选择。目前，悬壶口的特色农产品，正处在由规模生产型向市场经营型的转变时期，加快农产品市场开拓和外销平台建设,不仅是推进农业产业发展的客观需要，也是促进农民增收、维护农村稳定的重要任务。”肖璐一语道破了机关，“最近，咱们省里，相继在北京、上海、广州建立了三大农产品外销平台，实施以市场开拓为重点的优势资源转换战略。听说，为了鼓励农产品销售，从今年开始，财政厅和商务厅每年还将从‘省促进内贸流通发展专项资金’中，拿出1000 万元，用于农产品的现代流通项目建设呢！”

“真的？太好了！你这不是正好赶上机会了吗？”听了这个消息，梅子开心极了。

“海阔凭鱼跃，天高任鸟飞。适逢这么一个大时代，我感到自己很幸运。我已经和悬壶口的书记常河联系好了，最近就飞过去一趟。”肖璐对梅子说。

“我支持你！那边天还冷，我给你妈织了一件毛衣，你顺便带给她。”梅子说。

“梅子，你看，我和你母亲处成这样，你还对我妈这样上心，真是难为你了！”肖璐含情脉脉地看着梅子。

“我妈就那样！小市民嘛，看谁都像农村人。好像她从娘胎里出来，就是城里人似的。你千万不要和她一般见识！”梅子说。

“我知道该怎么做，放心！”肖璐走向前去，一把把梅子搂进了怀里。

正在这时，门开了，兰捷冲了过来。

“哎呀呀，怎么还抱上了？即使谈恋爱，也不兴这样啊！男女有别，授受不亲。梅子还是黄花大闺女呢，假如你们成不了，将来怎么嫁人哪！”兰捷不依不饶地大呼小叫起来。

“妈，别闹了成不成？你不知道隔墙有耳吗？丢死人了！我在和肖璐谈正事呢！你不要搅和行不行？”梅子也急了。

“你说什么？我搅和？你这该死的妮子，真是女大不由娘啊！孰轻孰重你搞不清楚？我给你讲了多少次了，孟文豪有什么不好？吃皇粮的，又是大学讲师，以后还可能是副教授甚至教授，你为什么就不听呢？你看看你给我选的这个女婿，让我说什么好呢？算了算了，我懒得再说。你不是要回你们那个乡下吗？那就赶紧走吧！我也落个眼不见心不烦。”兰捷跺着脚说。

“妈，你就积点儿口德吧！也不怕风大闪了舌头。肖璐，别理她，咱们走！”

梅子一把拉起肖璐的手，走了。

望着他们远去的背影，兰捷禁不住悲从中来：“天哪！我怎么这样命苦啊！”

色泽艳丽、口感绝佳的悬壶口特色农产品在上海刚一面世，就受到了市民及经销商的热烈追捧。

展会尚未开始，闻讯而来的市民就已经在馆外排起了长队，展会现场更是人头攒动，人们围着展台抢购的场景，屡见不鲜。肖璐和常河联手，牛刀小试，即吸引了国内的几十家采购商参加交易和洽谈，吸引了 2 万多人参观，现场日均销售额达到了 70 余万元。

"我要 1 斤悬壶口香梨！"

"我要 3 斤悬壶口灰枣！"

展示会上，几位上海老太太在人群中边挤边喊。

促销员忙不迭地问："你们要的这些香梨、灰枣有很多种牌子啊，要哪种？"

得到的回答却是："我们不知道的呀！都有些什么品牌？我们也想知道的呀！"

此次展销会，肖璐不仅为悬壶口的农产品找到了市场，同时，也促成了一批悬壶口的企业与上海及国外一些知名大企业达成长期合作的意向。这预示着悬壶口的系列农产品将漂洋过海，远销北美市场。

常河激动地对肖璐说："这次展会，不仅成了我们悬壶口中小企业的最佳发展平台，让品牌落了地，更主要的是，让我们的产品与消费者有了零距离接触，效果很好。"

"展会的效果虽然出来了，但让我担忧的是，叫得响的产品，未必就是叫得响的品牌。我们悬壶口的农产品尽管种类多、品质好，有着内地省市农产品无法比拟的优势，但远离内地主要消费市场，一直成为农产品‘走出去’的一大难题。展会上，我还真的发现了不少问题。”肖璐分析说：“我们的产品在上海市场的知名度总体不高，缺少叫得响的品牌。即便是在市场上有一定名气的香梨、灰枣，也没有自己的品牌。所以，一些地区的同类产品，打着悬壶口的名号出售，不但影响了我们产品的声誉，而且抢了我们的生意。今后，我们该怎么做？”

面对出现的新问题，肖璐陷入了深深的思考。

“这两年，我们根据现代农业新阶段的发展要求，将国家林业局关于退耕还林中‘建设20%的经济林、建设80%的生态林’的‘二八’指标，结合悬壶口的地域特色，改成了‘倒二八’指标，即在全镇推广发展20%的生态林、80%的经济林，适时将特色农产品工作重点，由基地建设转向了市场开拓。也就是说，在产品‘走出去’的基础上，启动农产品市场开拓战略的第二阶段——‘走进去’。将一级销售平台，不断向二、三线城市推进，进而实现覆盖全国重点市场的目标。”常河对肖璐说。

自此，“走出去，走进去”，成为常河和肖璐联手合作的不二选择。

肖璐坦言：“悬壶口的农产品为什么要走出去？因为悬壶口远离内地消费市场，是一个相对封闭独立的经济区。过去别人说我们悬壶口‘没有商品，没有产品，只有礼品’，‘一袋子装不下，一车装不满’。我们要调整产业结构，强化营销理念，从农业发展的主线来讲，就必须面向全省、国内、国际‘走出去’！通过这次农产品展销会的试水，我觉得，不能再用计划经济的眼光去办展会了，应该好好研究一下，今后的展会该怎么办。经过通盘考虑，应该大胆地设想一个‘走进去’的理念。”

“太好了，这次展会，不仅给悬壶口的企业进入上海及华东市场提供了极好的通道和平台，也为上海市民购买悬壶口的优质农副产品，提供了极大方便。无论对悬壶口的农业产业化发展，还是对上海市民的需求，这都是一个双赢的举措！”梅子由衷地说。

“是啊！要想使咱们的特色农副产品及时转化成为商品，并不断加工转化提高其附加值，实现优势产品的最大市场效益，给农牧民带来最大经济利益，就必须坚定不移地‘走出去’，通过加强市场平台建设和市场开拓体系建设，实现悬壶口优势农业资源与全国和国外大市场的有效衔接。”通过这次展会，常河更加坚定了对悬壶口的信心。

回到悬壶口，常河和翠花召集大伙，为此专门组织召开了一次专题会议，明确提出，大力提高农产品加工转化能力和市场开拓能力，把开拓农产品外销市场、推进农业产业化经营作为一项重大的战略措施，抓紧抓好。同时决定，从当年开始，连续5年安排财政专项资金，用于支持农副产品外销平台建设。并提出以北京、上海、广州三大展会为突破口，并借助其影响力，辐射华北、东北、华东、华南地区，力争用3至5年时间，在外销平台建设方面取得重大突破。

“外销平台建设，为悬壶口农产品‘走出去’建立了一个大通道。有了这个通道，我们对悬壶口特色农产品‘走出去’，就充满了信心。但目前面临的一些难题，也令人十分焦虑。”谈及外销平台建设中的品牌建设、企业规模、原产地认证等诸多问题时，肖璐颇为担忧。

据他已经掌握的情况，近年来，北京对外地进入的农产品均实施准入制，只有有机绿色产品，才能进入北京市场。而悬壶口通过认证的产品不多，规模较小，使得多数产品进入北京市场面临尴尬。同时，由于许多产品未获原产地认证，使得内地一些实力较强的企业在悬壶口大量收购农产品，通过重新包装，挂自已的品牌提价销售，其结果是内地企业收益，而对辛苦劳作一年的悬壶口农民来说，收获并不大。

常河接过肖璐的话头说：“市场开拓的核心，是品牌，市场开拓战略，就是实施优质农副产品品牌战略。要想长期稳定地占领农产品市场，我们就必须在抓品牌、创名牌上下大功夫。另外，完善外销平台建设，还需着力打造集收购、加工、储藏、保鲜、运输、销售、配送、监管、服务为一体的现代农产品物流体系，运用现代市场宣传经营手段，推进现代农业市场化；着力加强农产品全程质量监管。只有这样，才能使我们的外销平台建设基础更加牢固，悬壶口的农产品才可能走得更远。”

一段历史走远了，一段历史开始了。

站在子午山上，这里的宁静、高远、秀丽，让常河和肖璐体会到了悬壶口的从容和恬淡。这里的山水，以及虽小但却很精致的村落，或者随意点缀在村中木屋栅栏旁的胡杨、大叶榆或金黄或翠绿，在晨光和夕阳下闪烁着的金光，与木屋、炊烟、挑水的村妇和牧羊的孩童一起，营造着家园的温馨，释放着一种生命独有的暖意。

就在这一年 6 月，悬壶口电子商务科技园区挂牌成立，作为悬壶口着力打造的特色林果精深加工基地和电子商务产业发展平台，采用政府主导、企业建设、第三方管理、国内外企业广泛参与的方式建设，集电子商务聚集、孵化、运营、研发、培训等多功能于一体，成为悬壶口市场开拓和现代农业经济创新发展的标杆。

悬壶口逐步开始实施政府职能平台和企业市场平台适度分离、独立运营、创新开拓、有统有分的林果业销售发展思路，为在更深层面和更高层次上推进市场开拓体系建设，奠定了良好的基础。

第二年的金秋，在刚刚结束的第二届悬壶口农产品北京交易会上，悬壶口健康、绿色、营养、美味的农产品赢得了北京消费者的欢迎。短短 8 天的交易会，共接待采购商、经销商、批发市场负责人、代理商 100 多人次，现场接待消费者约 5 万人次。贸易成交总额达到 8000 万元，现场销售金额达到 620 多万元。

“今天，我可以很负责任地告诉你，从现在起，我们农产品市场开拓战略，已经完成了第一阶段‘走出去’的任务。在市场布局、外销平台建设、营销模式创新、品牌创建保护等方面，均取得了一定的实效，有力地推动了悬壶口现代农业由生产型向市场经营型、由平面向立体、由单向向全方位、由传统向现代转变的进程。这次展会，引入市场机制办展、鼓励企业协会办展，成了交易会的新亮点，首次将农产品营销协会作为承办单位之一，逐步实现了交易会与市场接轨，突出展会特色，帮助企业打出品牌。随着特色农产品盛果期的全面到来，今后几年，悬壶口的特色林果产量也将迅速增加，在销售方面，将承担更多的压力。我认为，不断创新运营机制，创新展销活动，创新营销模式，将成为特色农产品外销的长期而复杂的任务。”常河对肖璐说。

“我现在在想另一个问题，就是让悬壶口再长出一对腾飞的翅膀。”肖璐说。

“怎么讲？”常河饶有兴趣地问。

“咱们悬壶口是闻名遐迩的瓜果之乡，栽培瓜果的历史有2000多年，在特殊的生态环境下生产出来的果品，如葡萄、香梨、苹果、核桃、石榴、枣、杏等，大都品质优异，风味独特，蜚声海外。区域内种植林果的悠久历史，为今后的长远发展创造了条件。我想，培养一支基本的骨干技术队伍和一批林果专业户，培育一批具有地方特色的优良品种和驰名果品，是不是到时候了？我了解悬壶口这个地方，没有森林，就没有老百姓的生存条件，没有林业的发展，就没有经济社会的可持续发展。”肖璐分析道。

“悬壶口林果业该如何走好关键时期的这步棋？我和你的想法不谋而合！还有一点，我也得提醒你：我们的特色林果深加工与品牌的创立，也已经到了刻不容缓的地步。”常河加了一句，说：“我们的果品贮藏保鲜率，要达到45%以上，加工率达到35%以上，才能保证果品采摘后，保质保价地陆续被市场消化。如果加工跟不上，一定会影响林果业今后的健康发展。”

“你的意思是，悬壶口林果业发展进入转型升级的新阶段，将不可避免地迎来产业向纵深发展的战略机遇期？”肖璐道破了玄机，然后，伸出了大拇指。

“那是必然的！”看得出来，常河对此信心满满。

“那就走呗！去找镇长，请她拍板这件事！”肖璐说完，转身打开了车门，钻进了驾驶室。车辆立刻向山下驶去。

那一天，常河和肖璐谈得很投机。

五

悬壶口，一座在瀚海深处崛起的新城，一座经过百年沧桑，仍然独立于天外的城。

这是一个普通的夏日黎明，肖璐和梅子拎着包，在悬壶口镇的大门前下了车。

太阳柔和的光线，刚刚穿过街道两旁高大的胡杨，落在枝丫上的时候，遮云蔽日的树叶，迅速在空中支起了一个个清凉的华盖。

洒水车缓慢地驶来。在它身后，宽阔的路面立刻变得湿漉漉的，在阳光下光洁如镜。人行道边的林圃中，红的花，绿的草，在清晨的微风中，散发着清香的气息。

一排排漂亮的抗震安居房，静静地掩映在胡杨林间，如同一道道亮丽的风景，顿时，就让肖璐和梅子陶醉了。

“离开才几年哪！变化竟然这么大！不可思议，真的有点儿让人匪夷所思了！”这是肖璐做梦都没有想到的事。

一进镇子，他们就看到人们三个一群、五个一堆地在晨练或散步，他们脸上洋溢的，是一种祥和。

现在住在悬壶口的人，不但有了新居，而且不少人已经有了属于自己的私家车。

眼前，是一座很具规模的都市花园，街道两旁，栽满了郁郁青青的胡杨，几十栋楼宇整齐有序地排列着，间或老年活动中心、文化中心和图书室一览无余。宽阔的休闲广场上，置满了各种各样的健身器材，可以看到一些老人和孩子在那里运动，当然，也有一些工作闲暇之余的中青年人。肖璐和梅子走过去，有人很友好地朝他们点点头。

肖璐走过去的时候，偶尔碰到了几位同学的父母亲，他们向他嘘寒问暖的时候，脸上的表情很丰润，像是正午的阳光一闪，很真诚，肖璐立刻就陶醉在了那种久违的亲情之中。他知道，这是时间流逝过程中所积淀的成果。其实，他们中的许多人，肖璐并不认识，只是那种包容，那种满足，那种和谐，那种幸福，让人感动。

他们已经完全告别了过去，甚至连一丁点儿痕迹也没有留下。

几年，在人生的长河中，不算长，也不算短。风风雨雨的经历，让他们显得比悬壶口以外的人更成熟，更为理性，更珍惜来之不易的一切。他们中的大多数人，至今仍然坚持在不同岗位上，但固定的居所，让他们把老人、孩子、爱人的养老、就医、上学，放心地交给了眼前这座小镇。这里再让他们回望时，便变成了一座温馨的坐标。今后从这里走出去的人，他们无论离开多远，离开多久，只要想起在悬壶口，还有许多双渴望的眼睛，一直在凝视着，他们一定会沿着来的路，再走回去。

因为，有爱的地方就是家园！

此情此景，让肖璐无限感慨。

“现在的政策好啊！干部有担当，我们也有信心哪！”在路过的“锦绣山河”小区门前时，肖璐和梅子与张楠和张雅琪不期而遇。

“回来了？好久不见了。怎么着？是回来看看，还是要住一段时间？”性格泼辣的张雅琪兜头问了一句。

“不走了！你看，才几年哪，这里变得都让我认不出来了！不了解的人，还以为这儿是浦东呢！”肖璐打趣地说。

“哎，只允许你们城里灯红酒绿，十里洋场，就不允许我们乡下人过过城里人的生活？你还别说，如今的悬壶口，和你眼里的以往，可是大不一样了。我们才乔迁不久的新居——抗震安居房，地基是水泥的，非常结实；墙面用的是白灰，抹得又平又光；镶着玻璃的钢窗，又大又亮……”

张雅琪告诉他们，她的房子，政府已补助2000元，乔迁当日，她按标准又领取了1600元增补资金，自己只花了4000元。

在悬壶口的角角落落，一个个阡陌纵横、房屋整齐、道路平坦、渠水潺潺的新农村在原野上崛起，以崭新的面貌展现在了肖璐和梅子的眼前。

悬壶口的子午村，以前是全镇出了名的贫困村。全村6500亩耕地，大部分是中低产田，土地盐碱重，农民收入较低，全村人均年纯收入只有2100元。348户农民，70%以上住的是土块房，年久失修，抗震能力差。多年来，农民盼房心切，却没有能力盖房子。

2010年12月，常河和翠花开始在该村实施“白玉兰”重点扶贫村项目。两年来，无偿投入资金338.9万元，完成抗震安居房、乡村道路、人畜饮水、低产田改造等帮扶项目20余项，村民每家每户规划庭院不少于2亩，其中1亩，用于村民栽植高密度红枣和发展家庭养殖。

村里的几个老人说：“搬进新房子那天，高兴得晚上睡不着觉，没想到这辈子还能住上这么好的房子！”

让村民们高兴的事不止一件。村里的柏油路修好没几天，公交车就通到了家门口，每天都发好几趟班车，到县城西关只需一个多小时，十分方便；过去看电视，只能收到西关电视台的节目，现在有了有线电视，能收看到全国各地的电视节目。

“以前住的是土块房子，由于房子小，全家人挤在一个炕上睡；人和牲畜挨在一起住，家里弄得乱七八糟的。现在不一样了，家里卧室、客厅、厨房都是分开的，卫生间也有了，洗衣、洗澡都很方便。牲畜有了专门的圈舍，院子里干净多了。

生活条件变好了，现在，就是想把家里收拾得更干净些。”张雅琪笑着说。

张楠接过张雅琪的话说：“过去，村子布局零乱，草垛乱堆，到处都是村民乱扔的垃圾，连座像样的公共厕所都没有。现在，村里建设了100多套抗震安居房，房屋整齐划一，家家户户改厨、改水、改浴、改圈；去年，村里又建了一个垃圾填埋场，每个村民小组还将建立一个垃圾收集点，今后村里的变化只会越来越大……”

在子午村，肖璐处处可以感受到农民身上发生的喜人变化：柏油马路、水冲式厕所、“三区分离”，已经彻底改变了他们的生活方式，陋习少了，文明习惯多了。昔日脏、乱、差的旧农村，变成了整洁亮丽的新农村，一派文明和谐的新气象。

张楠一席话道出大伙的心声：“看着这么好的环境，大家都学会了自觉去维护。村里变漂亮了，走在村里，心里舒服多了，干活也更有劲儿了。”

如今，子午村已建成抗震安居房138户，完成了8公里村庄道路的路基及油面铺设，给210亩庭院安装了围栏，并且修建了600多米的防渗渠。

肖璐记得，曾几何时，这里曾是独守一隅的沙山、绿洲，曾经让时光静静地放牧在山冈上，而任其悄然而逝。抬头可望见开阔的天空，轻盈的流云，低头就能看见满眼的碧翠，溢出芬芳的香味。直到现在，悬壶口人才开始用蓄满阳光的头颅，接受清风的梳理和抚爱。

在肖璐的记忆中，自从他出生以来，脑门上就打上了悬壶口深深的烙印。20世纪80年代，父亲肖正坤带着他从悬壶口走进了胡杨林区，从此，居无定所，成了肖璐生活的主要内容。

整个林区隐天蔽日，绵延不绝，他和母亲翠花随着森工采伐的队伍不停地搬迁，家里除了生活起居必不可少的用品之外，几乎没有什么家具。住得就更简单了：清一色的干打垒土坯房。这些简单的居所，在纵横蜿蜒的林区里，更像是一处被遗弃的牧民毡房。有时走路，一不小心，就踩在了别人家的屋顶上。早晨起床，一层一层的炊烟，沿着林区的腰曼袅袅飘散着，有一种原始旷远的美。每天敲荡耳鼓的，是单一而又不断重复的鸟鸣和树叶摇荡的声响。

每当父亲拖着疲惫的身躯下班归来，坐在餐桌前时，肖璐总是提前早早地搬着小凳，坐在门前候着，等肖正坤吃完饭后，给他讲故事。那时，除了早晨能听到广播，别的娱乐基本没有，听父亲讲故事，成了肖璐那个年龄段的孩子最大的奢望。父亲的故事讲得绘声绘色，吸引了周围不少的孩子。直到月亮爬过了山顶，爬上了半空，很晚了，孩子们才陆续散去。

那时肖璐想，林区外面，到底应该是什么样子？

每天，他都站在门口那条唯一通往林区外的公路边上，渴望着进林子的汽车司机，给他带来林区以外的消息。

时间像一条静籁中流动的小河，背着太阳，从林子的这边滑向那边，时光慢慢老去。

当天然林保护工程拉开序幕之后，肖璐终于随着父母走出了林区。考上大学，他第一次走出了悬壶口。这时，肖璐才惊奇地发现，外面的世界真大真美，那一眼望不到边际的山川大河，把他挤压了很多年的视野，一下子撑大了许多。

有一年，一场旷世纪的山洪突然暴发，冲毁了悬壶口镇。肖璐和父母原来居住的“丰泽园”院落和办公大楼，在席卷之后片甲不存，昔日的喧嚣复归于平静，子午河的出口，仅剩下了一川斗石，和缓缓东去的流水。故地重游，他独立于旧日故土的残墙断垣，情不自禁地怆然泪下。

重回故里，肖璐很想知道，那些和自己一起玩耍的同伴们哪里去了？

他的生命里，仿佛被灌上了一份沉沉的重铅。他想，是不是地球是一个圆，无论怎么走，最后都会回到起点？

过去如烟随风。往事，在肖璐眼里，只留下了一个浅浅的回忆，在枝头摇曳轻晃，有些萧瑟，有些荒凉。悬壶口的人，来了又去，聚合离散，一场缘分演绎一场悲欢。蓦然回首，一些人，还是淡出了视线，咫尺天涯。有些片段，终究还是朦胧了，经过了，只是又被放回了回忆里。

走过经年，遇见过多少人？熙熙攘攘中，有时，或许只是一个轻轻的转身，就断了音讯；或者，变成了熟悉的陌生人。

眼前的一缕花香，一下子唤醒了肖璐那颗已经沉睡了很久的心。花卉释放的芬芳，犹如起起落落的昨日，安稳不惊的此时，让肖璐猝然间沾濡了些许温馨，多了一份安静与恬淡。

也许，这个微凉的初夏，很适合他，简单，剔透，素净。他只需静思，入禅，听花瓣初绽的声音。

一晃，轻狂年少渐远，青丝不再飘逸。风中，只剩下了一些再也触摸不到的惋惜。

好了，跟往事说声再见吧，人至中年，应该到了重新开始的时候了！肖璐暗想。

路，对于今天的悬壶口，有着特殊的意义。

过去，悬壶口除了一些迷宫似的狭窄街道，歪歪斜斜地横在那里，几乎没有什么像样的路。连接大街小巷的土路，风天尘土飞扬，雨天泥泞难行。当地老百姓编了一段顺口溜，很形象：“垃圾靠风刮，污水靠蒸发，楼房三五座，街道像巴扎。”

“时代在发展，社会在变化，我们的路，已经赶不上形势了！”常委会上，常河一针见血地说，“我们现在正处在建设小康社会的关键阶段，基础条件跟不上，一切都无从谈起。”

在全省，在中国，悬壶口的经济发展，处于什么位置？悬壶口发展经济的优势和劣势是什么？悬壶口凭借什么样的硬件与软件，来吸引外资，留住人才？等等这些问题，几乎每天都萦绕在常河的脑子里，挥之不去。

对于这些严肃而又必须回答的问题，常河和翠花的思想不难统一，答案也不难作出。他们虽然对未来充满了自信，但却对悬壶口的家底了如指掌。

城镇建设是重头戏。谁都知道，哪怕是一厘米的马路，也是用钱夯出来的！

常河和翠花统一了意见之后，他们决定以战略和发展的目光来看待这次的城镇道路改造：不要因受资金的影响，搞那些修修补补、小打小闹的工程，钱花了不少，最后还是一堆破烂。要高起点规划，高标准建设，要干一项是一项，50年以后也不落后！

面对着先期报上来的城镇规划方案，翠花批评说："没有长远观念，没有超前意识。再不能小步慢走了！要解放思想，对城市建设要有新的认识、新的打算……"

经过全面分析，认真论证，积极地学习吸收外地的先进经验之后，常河、翠花果断地提出：加大城镇投资力度，加快城镇基础建设步伐，用三年时间，把悬壶口建成西关乃至全省城镇面貌最整洁、设施最完善、环境最优美的花园城镇。

无疑，这是个既大胆又现实的设想。

在众多的兄弟城镇中，悬壶口应该有属于自己的位置。而这个位置，不应该是被人们遗忘的角落，而应该充分具备显示“西关重镇”的气魄。

悬壶口的城建工作，受到西关领导层的高度重视，他们为此组织召开了多次会议，进行专题研究，并最终批准了有关的规划方案。

路，再次成为悬壶口的热门话题。一时间，大街小巷，人人都在谈论路。

半年后，巨型挖掘机扬起长长的手臂，在悬壶口的北大街，挖起了第一铲土。

人们欢呼雀跃，激动不已。毕竟，昔日酝酿已久的宏伟蓝图，不再是印在纸上的符号，而是向前坚实地迈出了一大步。他们相信一个朴素的真理：政府花大气力修建的新路，肯定比旧路好。

但似乎事情并没有这么简单。

一些在悬壶口生活了几十年的老人，过惯了清苦的日子，他们对这里的一草一木，都有着深厚的感情。

面对一些不理解和各方压力，翠花有些犹豫了。

“没关系，有我呢！我们在位期间，只要能为悬壶口的老百姓办一件大事，就问心无愧。道路改造工程不能停工，更不能下马。无论做什么事，都要对事业负责，对悬壶口负责，对后人负责。”

工程按计划进行着。

又过了半年，镇党委、镇政府把修建一新的北大街，交给了悬壶口的老百姓。

悬壶口人惊呆了！

啊！这么宽阔的大道！这么漂亮的人行道！这么美的林带！从早到晚，川流不息的人群向这里涌来，男的，女的，老的，少的。

人们放开手脚，在平整如砥的大道上自由地走着、说着、笑着；孩子们纵情地跑着、跳着、唱着，尽情地享受着路给他们带来的快乐。

站在这新修的马路上，人们忽然发现，宽阔的大道使自己的心也宽阔起来。在人行道上走上一会儿，心也平静了许多。人们似乎感到，生活中的许多不快和烦恼，会在这里被淡化，被遗忘掉。

路，原来还有如此美妙的精神作用。

当然，到这里来的，还有那些“持不同政见者”。他们左看看，右看看，前看看，后看看，最后，得出了结论：修比不修好，新路比旧路好。

一座城镇的建设和人居环境的改善，不仅需要投资，更需要一种胆略和创意。

在悬壶口的主要街道旁，肖璐和梅子见到几位退休老人正聚集在一块板子前，议论着上面的内容。他们走过去，见是一幅城镇建设项目效果图和说明展板，上面明确标明了当年要建哪些项目，什么时间完成，一目了然。他们便上去搭讪。

当谈到城镇建设的话题时,老人们的话匣子一下子就打开了。

一位老人说：“这些年，镇上每年都搞城建项目，但从来没有像现在这样，把老百姓的利益放在这么突出的位置。每个项目，事先都要征求老百姓的意见；所有的工程，处处都体现着民生优先。安居房、道路、绿地及公益设施项目，一年超过一年，我们能在晚年享受到这样安逸的生活环境，感觉真的挺好！”

已经70多岁的张楠，在镇上已经住了4年时间。在这之前，他在林区退休，在那里，他有一套占地200多平方米的一砖到顶的平房，还有一亩多地，生活得也十分惬意。本来打算在农场安度晚年，可是，这几年悬壶口的变化实在是太大了，他没能挡住诱惑，和女儿一商量，决定举家搬往悬壶口。

他说：“过去住的地方，环境差，晴天一身土，雨天一脚泥。自从搬到镇上以后，亲眼看到了这里的变化，可以说，一年一个样。我买的这套房子位置非常好，周边还有学校、商店、医院，生活太方便了。”

人生，总想有一个相遇，期盼着一个用一生的拥有，融化心中焦渴的企盼；总希望在记忆悠远的梦境，面对朝阳，面对绿色，面对生命，面对家园，用淡淡的花香和发自内心的微笑，去装点旅途的港湾。那个港湾肯定很美，它会用终身的呵护，去维系每一个旅途中的人，用一首很绿很绿的歌，穿越千山万水，并循着梦中的构思，一个劲儿地，朝着生活飘来。

这个相遇，对生活在这里的人来说，就是悬壶口！

三年中，悬壶口先后投资 5.85 亿元，改造了 26 条道路，总长达 36 公里。每条路都是高水平的设计，高质量的施工。投入之多，规模之大，步伐之快，成效之显著，令社会瞩目。

和路相配套的，是双排双臂式路灯、建筑物上的彩灯霓虹灯、数百个造型美观的灯箱广告牌、主要路口的高杆灯、装饰灯及巨幅公益广告牌。每当夜幕降临，悬壶口从空中到地上，五彩缤纷的灯光交织在一起，辉煌璀璨，美不胜收，成为一座真正的不夜城。

路，是悬壶口通向未来发展的通行证；悬壶口的历史，记住了这些路。

第四章
走进故乡，寻找大山的记忆

原因众所周知，对于此项事关国计民生的大事，大家众说纷纭。但对于常河而言，地震带不过是一个学术上的名词，他认为没有什么力量能够阻挡社会要求发展的脚步。

一

兰捷接到孟文豪的第一个信息就6个字："人傻，钱多，速来！"

"那个鬼地方，为什么要去？去了就回不来了！"兰捷很担心梅子去悬壶口。

"开始的时候，我也不想来，是我的一个学生介绍的。来了以后，感觉真的不错。你想想看，现在是信息社会，交通又非常发达。上海固然很好，但那是富人的天堂，穷人的地狱。我们手里缺什么？缺的就是钞票。这里有很多原生态的农产品，如果把这些东西运到上海，那是一个什么概念？梅子那个一直想攀龙附凤的肖璐，不是正在搞这个吗？我们可以依托他的人脉资源，做我们自己的事。"孟文豪在电话里对兰捷说。

"你这是什么意思啊？难不成你想利用我的女儿呀？"兰捷问。

"阿姨，您多虑了。这怎么是利用呢？这是你情我愿的事。您晓得的，梅子喜欢肖璐，您反对。您希望我和梅子在一起，对吧？这不得了？我们可以试一试。我走了全国那么多地方，我认为这里的水果和农产品的品质是最好的。”

“你想怎么做？”兰捷不无担忧地问。

“您不用担心，一切听我的好了。保证让梅子毫发无损地嫁给您相中的金龟婿。”孟文豪在电话里，口若悬河地把悬壶口赞美了一番。

“那里真有你说得那么玄乎吗？”听了孟文豪的话，兰捷还是很不放心。

“好，您既然担心，那我就给您说道说道吧！”

孟文豪告诉兰捷：“悬壶口可是中国葡萄、甜瓜、西瓜的发祥地，是闻名遐迩的瓜果之乡。得益于稳定的水源补给和得天独厚的光热条件，这里的葡萄、香梨、苹果、核桃、石榴、枣、杏等果品，大都品质优异，风味独特。为什么呢？因为瓜果品质与气候密切相关。丰富的阳光，是瓜果叶子制造有机物质，特别是瓜果中可溶性固体物（包括糖分）的主要条件；丰富的热量，是保证瓜果生长发育必需的环境条件；昼夜温差大，使得白天高温时，光合作用制造的大量有机物质和糖分，在夜间因呼吸作用的消耗减到最少。独有的地理气候条件，和其他产区无法媲美的独特生态环境，使这里的林果产品具有品质好、含糖量高、香甜多汁、口感细腻酥脆和营养丰富等特点，并且病虫害轻，极少使用农药，在国内外市场上，都有很高的声誉和知名度。比如，悬壶口香梨虽然是传统果品，但是这里特定的地理气候条件，赋予了它特殊的品质：含水量高达 80% 以上，含糖量为 10%，富含维生素 C，且皮薄肉细、酥脆多汁、香甜爽口，被誉为梨中珍品，是悬壶口的特色出口产品之一。从 1975 年悬壶口香梨出口东南亚市场以来，一直保持着良好的销售势头，市场比较稳定，年出口量 3 万吨左右。国内则主要销往北京、上海、广州、深圳等大中城市。据了解，发达国家的鲜果直接进入市场销售的，只占果品总产量的 20%，大部分是以深加工产品投入市场。根据我现在已经掌握的情况，悬壶口林果产品的贮藏保鲜和加工能力不到 12%，绝大多数产品，基本上以鲜果进入销售市场。例如，葡萄产品有 52% 制干、40% 鲜食，仅有 8% 用于酿酒。这种低水平的加工能力，难免造成浪费和低效益，致使产品深加工转化能力不够，科技含量不高，产业链短，产品附加值低，难以实现林果产品的多层次加工增值和产业升级。品牌是农产品走向市场的‘绿卡’，是综合实力的标志。悬壶口的特色林果业，可以肯定地说，目前还处于传统的以农户为单位的零散种植和经营的模式，难以形成规模效益，影响了品种质量的提升和新技术的推广。近几年来，这里的林果产品不少，但知名品牌不多，虽有许多林果产品在消费者中享有盛誉，但多数是以果品产地命名，如‘吐鲁番葡萄’‘库尔勒香梨’‘库车小白杏’‘五堡红枣’‘叶城石榴’等。这些以地名命名的果品，虽然代表着某种声誉，但它根本不具备严格的商品规范品牌。再加上他们本地对林果产品的广告宣传力度不大，没有形成在国内外市场上具有竞争力的知名品牌。这些，都为我们进行林果产品的分类、分级、精选、保鲜、贮藏和包装，建立果品批发交易市场，培植林果产品运销组织和运销大户，以及引导和扶持一批有条件的企业转产从事林果生产和产品加工、贮藏、保鲜和运销业，建立一批起点高、科技含量高、竞争力强的林果产品加工企业，开发营养保健且无污染的系列林果绿色食品，增加林果产品的附加值，尽快将林果业建成‘产、加、销、贸、工、农’一体化的新兴产业创造了条件。”

听了孟文豪的一番长篇大论，兰捷动心了：“听起来挺诱人的！那我就同意梅子和肖璐去悬壶口？”

“您和他们一起来吧！说不定收获一个惊喜呢！”孟文豪说完，挂断了电话。

说孟文豪对悬壶口有感觉，那绝不是假话。和兰捷通电话的目的，他也很明确：自己没有资金，需要借鸡下蛋；但他看好悬壶口林果业这个项目。如果谈合作，需要参股，他认为自己的学问就是干股。

孟文豪去找常河，冷不丁地在街角处和张雅琪撞了个满怀。

“你这是干什么呀？急着嫁人哪！”看着眼前这个漂亮的

女人，孟文豪戏谑地说了一句。

“怎么说话呢？你神经病啊！想要流氓是不是？”听了孟文豪那句不咸不淡的话，张雅琪不愿意了。

“什么，流氓？我流你哪儿了？”孟文豪又说了一句。

“流……你，你……欺负人！”张雅琪吼了起来。

“欺负人？我可没有欺负你！倒是你，把我欺负了。”孟文豪一字一顿、不紧不慢地说。

“我欺负你？笑话！我怎么欺负你了？”张雅琪愤愤地问。

孟文豪说：“我前几天刚做了包皮切割手术，流血了，你得赔。”

这句话恰恰被刚刚赶到的翠花听到，她笑着说：“赔倒是可以，但她得有啊！没有，她拿什么赔啊？”

翠花的一句话，搞得大伙都笑了起来。

“你是……”见到孟文豪，翠花问了句。

“孟文豪。”

“哦，你就是新来的经济顾问吧？”

“我是来找常河的。”孟文豪说。

“哦，常书记就在前面的办公室里，我带你去。”翠花说着，侧过身去，拍了拍张雅琪的肩膀说：“雅琪，你先回去。我这儿还有点儿事，等办完事，我就去找你。”

在这之前，翠花早就知道要来孟文豪这么一个人，因为常河和她沟通过。

“那好吧！咱们走。但是，”孟文豪转过身来，“我们的事没完！”说完，对张雅琪挤了一下眼睛。

“什么事没完啊？”正在这时，常河走过来了，“哎呀，不愧为大专家呀，未见其人，先闻其声呀！”他一把握住了孟文豪的手。

“什么专家呀，就是个虚名……虚名。常书记，请多包涵！第一次登门拜访，多有打扰！悬壶口果然名不虚传，确实是个好地方啊！山美，水美，人更美！”

“听孟先生的话，好像中镖了？”常河笑着问。

“一镖中的！而且还是一个糖衣裹着的美女哪！”孟文豪想给大伙来一个灰色幽默。

不料，却被常河更幽默的话引开了：“好啊！看来，孟先生的嗅觉很敏锐，你是循着味道来的。你看，这满树的水果，多诱人哪！如果是春天，那就是一幅‘忽如一夜春风来，千树万树梨花开’的壮景！在我的眼里，这就是美女，我得想着法子把它们都嫁出去！当然，我也得陪些嫁妆，免得那些客商们在背后指我的脊梁骨，说我铁公鸡，一毛不拔。孟先生，你说是不是啊？”

“哎呀，常书记，你就不要先生先生地叫了，听起来别扭。你看，这样好不好？我叫孟文豪，就叫我文豪好了。”

“文豪？嗯，这个名字好，这个名字好，有文采，有气势！那我以后就管你叫文豪了？”常河问。

“这样显得亲切些。”孟文豪答道。

“那我以后就这样叫了。但你也不要书记长、书记短地叫我了，我的全名叫常河，你管我叫小常好了。”常河说。

“这多不合适？你是领导呢！”

“领导怎么了？领导就应该高高在上，就应该被人吹着、捧着？那样不行啊！如果抬轿子的人，哪天不小心把脚崴了，领导从上面摔下来，那不惨了？其实，名字就是一个符号，是用来帮助记忆的，没有什么特别的含义。就这样叫吧！按你的话说，显得亲切些。”常河慢条斯理地告诉孟文豪。

“这样最好！这样最好……”孟文豪忙不迭地回答道。

“文豪，那下面咱们就谈正题？听说你这次选择留在悬壶口，就是冲着我们的林果业来的？”

“是啊，是啊！这里的水果口味蛮好的，很甜，在上海很受欢迎。”

“正好，我这里有一个营销商，我们本地的。这几年，他通过一些销售平台，一直在做我们的林果和农产品，效果还不错。我把他请了回来。如果你们能合作，当然更好！”常河说。

“既然是书记推荐的人，一定不会有问题——”

“你怎么还管我叫书记？咱们不是说好了吗？叫小常，这样听起来也很自然。”孟文豪还没有说完，就被常河打断了。

“啊，哦，对对对，叫小常，叫小常！这样叫，真的合适吗？”孟文豪有些犹豫地问。

“时间长了，就习惯了。没有什么合适不合适的！文豪啊，咱们还是就着刚才的话题继续谈，好吗？”常河说。

“那敢情好！那敢情好！”孟文豪急忙应和。

常河告诉孟文豪，悬壶口的林果业刚起步的时候，种植面积甚至不足10万亩。通过这几年的发展，悬壶口特色林果的面积已经达到了200万亩。可以想象，在这些数字的背后，凝结了悬壶口人多少智慧和怎样的科学技术支撑。

悬壶口之所以被称作“瓜果之乡”，是因为特色林果带的比例，占到了全省将近三分之一；林果业的总产值，也已经接近三分之一，农民人均纯收入中，有三分之一来自林果业。

悬壶口的林果品种，已经被认定了23个。其中，有4个获得了国家地理标志产品保护认证，果品都以“悬壶口”品牌外销，并在采摘、分类、包装上都下了很大功夫。目前，悬壶口有51家林果加工及保鲜企业，年加工保鲜能力近36.8万吨。正在建设的悬壶口高新经济开发区，不但为悬壶口的果品进入中亚市场搭建了平台，而且必将为悬壶口林果业的发展，迎来广阔的前景。

初夏，微风拂面。位于悬壶口青年路上的葡萄长廊，呈现出一片欣欣向荣的景象。刚刚开墩不久的葡萄枝丫，被盘上了长廊的顶端，枝丫间，已经冒出了一片片新绿。

负责农口系统的古岳峰，向孟文豪详细介绍了悬壶口近几年在林果业方面“走出去，走进去”、积极搭建营销平台的发展情况：“目前，悬壶口共有葡萄品种550个，种植面积50万亩，产值19亿元，农牧民来自葡萄产业的人均年收入1939元，占农牧民人均纯收入的31.5%。”

他说：“由于特殊的地理和气候环境，悬壶口的哈密瓜种植基本上每年可以保证三季，我们正在争取四季；葡萄也可以达到两季。也就是说，通过多年的研发和创新，我们延续了这些水果发展的产业链。第一茬在大棚种植的葡萄，每年的4月25日即可以出棚上市；在大棚种植的第一季7000亩哈密瓜，每年的6月20日左右，也持检验证、检疫证和产品合格证上市销售；到了8月底，第三季1.2万亩鲜葡萄成熟，开始陆续进入市场……就悬壶口而言，每年葡萄干果可以达到7万吨左右，其中，红葡萄干近几年在国内外尤其在中亚、西亚的销售，要比绿葡萄干好，除了颜色、口味之外，红色好像更适合欧洲人的喜好。这种情况，和这里自每年3月至9月持续走高的温度，有很大的关系。不但造就了悬壶口葡萄的干果质量，呈现出甜、香、奇、特的特点，而且还富有相当高的营养价值。我们现在生产加工的无核白、玻璃翠等干果品种，已经达到了130多种，鲜葡萄产量，每年可以达到3万至4万吨左右，但其保鲜期短，只有三个月的时间。这些葡萄下架后，会被及时送往冷藏库降温2℃后，再用保鲜车运往内地市场销售。为了实施‘走出去、走进去’的营销战略，我们每年都要在上海、北京、广州等地举办产品推介和展销会……”

听了古岳峰的一番介绍和现场观摩，孟文豪对自己的设想更有信心了。

二

仰望记忆，悬壶口人总是在寻找，寻觅那条耸立在心中，挥之不去、难以忘却的漫漫长路。

抗震安居，是他们世世代代梦寐以求的梦想。多少年来，他们的额头，因为等候而爬满了皱纹；他们的眼睛，因为渴望而装满了期待。到底该怎么去描绘那种心情？

只有经过时光洗礼过的悬壶口人，心里最清楚。

一场轰轰烈烈的抗震安居工程，在悬壶口全面拉开大幕之后，悬壶口人延续了百年的梦想，终于第一次在心中升起了希望：这一切，无疑在告诉人们，现在，已经进入了共同发展奔小康的时代。

这里所有的人，每天都被一种希望牵着前行，虽然他们并不知道，前面的路还有多远。

文明的历史，总是人类不间断地改造自然的历史。他们在街道两旁和新建的小区，见到那些经过花工精心剪理的园林，已经体验到了中国文化的魅力；来到悬壶口那些百年古建筑，发现所有的草坪、树木，都经过仔细地修饰，透着人类的匠心，透着主人的尊贵。

这些绚烂的美丽，一直在悬壶口的每一个角落里延伸着，似乎要把这里面浸染的中国文化内涵,演绎成一种人性的升华，让每一位怀揣着希望的人，在享受优雅和从容的同时，也深深地领悟生命的沉淀。

于是，朝阳中的兴奋，落霞中的感怀，黑夜里的遐想，就如一盏灯，在悬壶口人的心里，始终亮着。

在行走的季节里，他们就好像一个游子，漂泊了经年，在无边的空旷里，站在大地的尽头诘问：未来应该是什么样子？大地无言，天空无语。落叶飘逝的苍茫，雪花飘飞的迷离，让岁月把头发，在一夜之间变得更白。

在发展的体验中，他们终于明白了，对于自己的未来，归于平淡和纯朴，是多么的至关重要。如果再加上一些山水的点缀，那么枯燥之中，必然会增添一些晶莹之彩、芳香之味和清冽之韵，让他们即使在漆黑之夜，心中也会亮起一盏不灭的灯。因为，抗震安居，就如同一片森林撑开时，那一棵棵成长的树，那一树树绿荫，始终在荫护着一片片宁静的温馨，一点点悠远的爱意，一个个美丽的梦……

古岳峰以前居住的老房子，没有窗户，室内光线黑暗，稍微下点儿雨，墙皮就会脱落。但最让他担心的是，房屋还有随时倒塌的危险。之前，翠花找到他，给他家分配了建房任务。刚开始，古岳峰还有些想不通。为什么呢？因为老伴去世多年，孩子又不在身边，反正是一个人住，花那么多钱干啥？还不如凑合一下，把老房子翻修一下得了。

翠花得知他的想法后，专门找到他，给他做工作：“老古，你是老同志了，又不是老古董，怎么这么拧呢？这次建房，国家不但给了补助资金，而且制定了不少优惠政策。你能花什么钱，能花多少钱？这些你都可以一笔一笔地算一算哪！你说的那都是什么狗屁道理呀，什么老了，苦日子过惯了，不想再折腾了；什么黄土都埋在脖子了，什么也不想了……你给我听好了，你是老同志，又是老森工人，这些年，咱们因为住房，遭了多少罪啊！这个，你比谁都清楚。你得带个好头。要不然，你就算是到了那边，老肖也不会饶了你的！”翠花一口气说了一大堆话。

“为什么？”古岳峰问。

“因为你不支持他婆姨的工作，让她为难！”翠花说。

“好好好，我服了你了，支持你。这总成了吧？”

看着古岳峰的表情，翠花“扑哧”一下，笑出声来。

古岳峰按照抗震的标准，修建了一套51.7平方米的抗震安居房。

乔迁那天，古岳峰拉着翠花的手，激动地说：“没想到，真的没想到，这住房盖得这么结实、这么好。这是我有生以来住的最好的一套房。往年，每到冬天，我都要维修墙体和房顶，不但花了很多钱，而且还浪费了不少时间。现在好了，有了抗震安居房，今后，我就一门心思地搞好咱们的林果业了。”

张楠父女两人，以前居住在一套25平方米的干打土垒房内，墙体裂缝，四处透风。抗震安居工程实施后，他们的建房愿望极为强烈，一直关注着抗震安居房建设的动态，但因经济条件差，没有主动申请建房任务。常河得知这一情况后，按特困户标准，给他们安排了建设抗震房，国家补贴建房资金4000元，镇上根据他们的实际困难，帮助他们解决了20根盖房的木材。同时，定点联系悬壶口的西关领导，为其捐助了500元，他们自筹资金1560元，并自备砂石料，出工出力，很快建起了一套82平方米的抗震房，一家人住进了宽敞明亮、干净整洁的抗震房。

张楠说：“我活了70多岁，以前，从来没有听说过政府给老百姓出钱盖房子，现在，我终于领教了。说句真心话：感谢政府！”

赵平安是个孤儿，自他懂事起，就不知道自己的父母是谁。后来，一个姓赵的牧羊老人，在路边遇到了奄奄一息的赵平安，收养了他。

谁知，天有不测之云，赵平安13岁那年，老人病故，他开始独自放羊，过着衣不遮体、食不果腹的日子。尤其到了晚上，他一个人挤在一间小草棚里，冻得睡不着觉。不得已，他在山里盖了一间泥巴房，才总算从小草棚里搬了出来。

贫困，使赵平安不敢对生活抱有太多的奢望。如今，他这位曾经的“放羊娃”，已经成了一个须发斑白的老人。生活的艰辛，在他古铜色的脸上，刻下深深的岁月刀痕。多年来，他尽管倾其所有搭建了几间房子，但也只能算是一个简单的栖身之处，每年都要修补几次。如果遇上地震等自然灾害，他只能听天由命了。

其实，在赵平安心里，他多想拥有一套像样的房子呀！

镇上抗震安居工程建设的实施，给他带来了福音，听到这个消息，赵平安心潮澎湃，激动不已。翠花找他谈话的那一年的8月15日，赵平安家的抗震房动工兴建，当年10月20日完工。在这两个月的时间里，赵平安每天都乐呵呵地在工地上跑前跑后，似乎有使不完的劲儿。

他逢人就说：“没想到我这个快要进棺材的人，还能住上政府补贴2000元盖起来的抗震安居房，真是有福不在忙，赶上了好时代啊！”

悬壶口抗震安居工程的建设，不仅极大地改善了当地居民和农牧民的居住环境，提高了生活质量，还有力地拉动了经济发展，为新农村建设打下了坚实的基础。

如今，悬壶口 20 个庭院改造试点村的 5555 户农牧民 2 万人，基本上实现了户户有一块菜地、有一片果园、有一群家禽的目标。

在悬壶口，有一个有趣的说法：子午河是“神仙水”，喝了子午河的水，人不但会变得强壮起来，而且“种树树成王，植果果扬名”。

有人说，常河就是那个让老百姓喝上子午河河水的人。

“听说过金字塔吗？”

“啥金字塔？”

“就是埃及的那个金字塔嘛！见过它的人，都说十分壮观，非常神奇。”

“可常河书记说，没有那么邪乎。他走近仔细看过，原来就是再宏伟的建筑，都是用普通的石头砌起来的。”

“你说这个，啥意思？”

“啥意思，啥意思，你就知道瞎问。一句话——常书记可不是一般的人！他或许要在咱们悬壶口造金字塔呢！”

在悬壶口的老百姓口中，常河成了一个传奇。

广阔的西关大地上，一座座抗震安居房，在悬壶口如雨后春笋般地拔地而起，一间间土坯房正在悄然逝去。

悬壶口正以崭新的面貌，重新站在人们眼前。

锋线上的较量，凸显风景这边独好！

悬壶口大地演绎的这场抗震安居工程大戏，让所有经历过的人，充分领略到了，迎面撞上的，是一头雄狮，而不是一只长角的山羊。

就是在这一年，中央经济工作座谈会在北京召开。

会上强调：做好新形势下的经济工作，是提高人民群众生活水平、实现全面建设小康社会目标的必然要求，是深入实施西部大开发战略、培育新的经济增长点、拓展我国经济发展空间的战略选择，是我国实施互利共赢开放战略、发展全方位对外开放格局的重要部署，是加强民族团结、维护祖国统一、确保边疆长治久安的迫切要求……

三

也许，在中国的版图上，没有比悬壶口更边远的角落了。

也许，在四通八达的公路线上，没有比这里能掀翻汽车更大的风，没有比这里更难耐的酷暑，更荒凉的写意，没有比这里的戈壁荒漠更微薄的养分了。

可是，悬壶口人留下了，留在了这片蛮荒之中。

因为，他们的事业、荣辱、成功、悲欢离合，都和这片土地息息相关。

肖璐清晰地记得，前些年的4月21日，是全中国哀悼的日子。庄严的五星红旗低垂在半空，14亿中国人为这片土地上地震逝去的同胞致哀。

这是中国在不到两年的时间内，第二次举行全国性哀悼。处在太平洋西岸与欧亚腹地之间的中国，曾经历过多少不寻常的变故？中国现代文明下，埋着多少旧时灾难的亡者，还藏着多少中国人抗击天灾可歌可泣的故事？

在过去的3000多年里，据称，中国有过5258次旱、蝗、洪、雹、疫、震、霜、雪等大灾，单有记载的特大地震，就有79次！

然而，中华文明延续着，中国的历史延续着。令世界惊叹的是，稍有些文化的现代中国人，就能读懂祖先在秦汉时代留下的古籍；两三千年前的方言，仍在很多地方的人群中，一代一代得以口口相传。

中国是个巨大的存在。这里容纳了一切，包括灾难以及对灾难的抗拒。这块土地上古往今来的种种变故，垫高了中华民族的脊梁。

直到那次大地震来临之前，悬壶口在中国，还是一个鲜为人知的地名。突如其来的灾难，把14亿中国人的注意力——

焦虑、关切、悲痛，瞬间带到了这个地方。大批中国人从全国各地，奔向悬壶口的每一个受灾点。他们其中的许多人，是第一次走上高原。这不仅是中国，也是全人类在海拔3000多米处，最大规模的一次救援。

悬壶口人被这么多从天而降的关怀所感动，救援者为这片土地上发生的文明与灾难的搏斗而感慨。全世界通过电视镜头，看到了地处中国西北内陆的悬壶口，看到了携手面对灾难的中国人。

世界在同情中国，已经有150多个国家、国际和地区组织机构，向中国政府和人民表示慰问。但也有不少西方媒体，刻意展示灾区民众不同于内地的服饰，不断提醒这次灾难发生在西北。

而在中国民间，“西北”绝非这次灾难最突出的符号。无论在北京、上海还是中国任何地方，人们最突出的感受是，灾难本身以及举国驰援灾区义不容辞的道德感。

在一些外国人眼中，灾难是撕裂人群和社会的事件；而在中国，情况正好相反。惊人的爆发力和惊人的团结，总是面对灾难时中国人的双重表现，它们共同塑造了中华民族的性格。

悬壶口地处西北边陲，幸亏离这个地方100多公里处，建了一个机场，幸亏这个机场连接省城和悬壶口的国道，前几年做了升级改造……这一切，为救援的迅速展开，创造了条件。

想到这里，肖璐面对苍山，跪了下来。

他知道，这是中国的现代化，帮了那200多名被从废墟中救出来的受灾者，以及失去家园的人们，给了那些躺在医院里的重伤者新的生命机会，包括母亲翠花。

他不知道，辽阔的中国这些年修建了多少机场，通了多少条公路。但他在这里要感谢它们：平日里，它们给生活带来了繁荣，危难时刻，它们又给人类的生命上了一份特殊的保险……

肖璐想，这一切，悬壶口人会记住的！

人的一生，有许多次远行。道其真义，是在寻找归宿。在这个世界上，真正的财富只有一种，那就是可以穿越时空、超越生死的精神财富。这种精神，应该是孩子身上的天真无邪，是女人身上的美丽淑慧，是男人身上的坦荡坚韧，是老人身上的博爱慈祥。

把这个比喻，放在现在的肖璐身上，恐怕就是最好的写照。前事不忘，后事之师。悬壶口地震，在他的脑海里敲响了警钟。恰如一位作家所说的那样："有一天，当我们的身影，在这个世界上，静静地变成夜色，双脚跨出门槛，就意味着不再回来。我想，在出家之前，我会用几朵红花，把房间装饰一下，并且收拾干净。因为，我知道，我永远做不了房东。而这房子，明天还会有人来住……"

森林是人类赖以生存的栖息地。山之为山，是因为有树，否则，只能谓之土堆。悬壶口因为地处沙漠边缘，缺的就是树。没有树，只能叫作土堆的地方实在太多。在悬壶口，从前只要能通公路、木材运得出去的地方，森林几乎都遭到了掠夺性的采伐。森林元气大伤。没有森林的地方，就像一只被拔光了羽毛的雁，是飞不动的。

都说春天是最美的时刻，可是，却来了一个倒春寒，悬壶口接连着下了几场雪，郊外一片银装素裹，玉树琼枝。隔着村头大片的棉田，顺着皑皑白雪远远望去，隐约可见子午村里新建的民居、白墙和白屋顶。

肖璐跟着常河走到民居前才发现，白色的墙上，原来都贴上了瓷砖，在雪后的阳光下分外光洁。

这就是子午村新建的抗震安居房。一排一排，整齐地坐落成一个个小区。宽敞的柏油路，一直通向村口。家家户户都有一个铁大门。院子挺大，主人显然已把院子的积雪扫除了，可以看到院子里，铺了水泥地面，地面很平整。

这是一个很考究的民居，室内铺白色瓷砖，走廊两边，各有两间居室，装修得也很精细，极富地域特色。

院子的主人徐翔，是古岳峰的妻弟。他介绍说，子午村以前在悬壶口是一个穷村，农民住的房子，大都是一些又低又矮的土块房。一到冬天，冷风就从破门窗里刮进来，冻得人直打哆嗦。

“现在好了，我们盖了抗震安居房，装上了防盗门、塑钢窗，房子里还有暖气，外面再冷，房子里也暖融融的，像春天一样。晚上，老婆孩子热炕头，别提多美了！”徐翔说着说着，就笑得咧开了嘴。

“我的房子是去年10月盖完的，面积120平方米，另外有库房，算上装修、地坪，一共花了8.9万元。盖房子时，镇政府给我补助了500元，修大门，大队部给了1000元，房梁的木头也是大队部白给的，这样，我建房子省了不少钱。”徐翔说，“村里其他人盖房子，也和我一样，享受同样的补助。”

他的邻居石窟说，以前住的也是土块房子，由于年久失修，夏天漏雨，冬天进风，一家五口人住在破房子里，有时连饭都没法做，只好啃干馍，喝凉水。让他永远难忘的是，大前年夏天的一场大雨，房子里漏得一塌糊涂，被子也打湿了，地上的水，流成了河。到了晚上，一家人没脱衣服，挤在炕头上，凑合了一夜。由于雨太大，下的时间又长，房子的后墙脚被雨水冲垮了一块。要是雨下得时间再长些，房子可能都塌了！现在想起来，还有些后怕……

那一场雨，让石窟的妻子受了凉，第二天就感冒了，高烧40℃。这可把石窟急坏了，他赶紧把妻子送到镇上的卫生院，打了三天针，找人重新维修了房子，这事才算了了。即使这样，石窟一家人还是在那个破房子里，又勉强维持了两年。

“不能再这样住下去了，要是再下大雨，我的房子就垮了，老婆肯定也要和我闹离婚。”石窟很沉重地说，“常书记来了以后，说是村子里要建抗震安居房，盖房子还有补助，木头不要钱。我一听，马上就报名了！钱不够怎么办？我就去银行贷了2万元，去年12月，我收了棉花，就把钱还上了。现在我的新房子盖好了，90多平方米，房子质量和大队书记的差不多。现在天气这么冷，我的房子里一点儿也不冷，夏天也不怕下雨了，老婆现在也不想离婚了，还说以后要好好地给我做饭……我有3个儿子，他们年纪还轻，大儿子今年还不到20岁，可看到我们盖了新房，已经有人开始给他们介绍对象了，我还要考虑考虑呢，不漂亮的姑娘儿子不会要的……”说到这里，石窟开心地笑了。

石窟全家种了27亩地，21亩的棉花地里，兼种了红枣和核桃，核桃去年已经结果了。现在全家一年的纯收入，达到了2.6万多元。可是他不满足。他说：“我要把一家人拧成一根绳，靠科学致富。过几年，果园丰收了，家里有钱了，我还要再盖新房，那时小儿子也大了，儿媳妇也好找了，不用别人介绍，其他村子里的漂亮女孩，肯定找到我们家来，争着和我儿子结婚。哈哈哈……”

石窟的话，让常河和肖璐沉浸在了一种快乐之中，更确切地说，是一种希望和幸福的感觉。

多少年来的风风雨雨，深藏在悬壶口每个人的心中。岁月的足迹，已经刻在了他们的脸上。

三面环山的子午村，主要农作物为小麦和玉米，人均耕地一亩多。直到现在，常河也没有忘记，他第一次来到悬壶口时，子午村的经济状况。

那一年，这里的人均收入只有1100元。在这样恶劣的环境中生存，如何让262人的子午村，走上富裕的道路？怎样建设新农村？常河简直不敢想象。

子午村地处山区，虽然距离西关只有70多公里，但是，这里的经济却非常滞后。64户农民，无一户住砖房，都散居在土坯房里。

这样的居住环境，怎能让人们安居乐业呢？建设新农村，岂不是成了一句空话？子午村没有任何经济创收的条件，村民没有钱，启动抗震安居工程的难度，可想而知。

一分钱难倒英雄汉，何况是建房子？谈到钱，开始的时候，常河简直是一筹莫展。

去哪里弄钱呢？为此，常河伤透了脑筋。

有人提议捐款，一阵沉默之后，常河仿佛在黑暗中看到了曙光。面对子午村的现实状况，让农民自己掏腰包建抗震安居房，不但于心不忍，而且有点儿痴人说梦，一点儿不切合实际。因为，如果这个办法可行，房子早就盖起来了，还需要他们坐在这儿讨论什么？

可是，子午村抗震安居房建设又迫在眉建，那些摇摇欲坠的老旧土坯房，不要说来上一场破坏性较强的地震，就是来一阵大风，也会被吹倒。

常河说："子午村的问题一定要解决！我们不能看到农牧民的困难，闭上眼睛假装看不到，那还配做人民的公仆吗？有人提议捐款，我看这个提议很好，我和镇政府领导带头捐款，有钱的出钱，有力的出力，上不封顶，下不保底，多多益善，众人拾柴火焰高。一定要把子午村打造成新农村建设示范村！"

政府领导带头为子午村新农村建设捐款的事，一传十，十传百，到处都传开了，镇干部、职工、教师也行动起来了，你 200 元，他 300 元。工矿企事业单位也慷慨解囊，3000 元、5000 元、1 万元、2 万元、10 万元、30 万元，短短的十几天工夫，2000 多万元捐款已经摆在桌案上了，社会大家庭的温暖，感动了子午村的村民，也激发了他们自力更生建设家园的热情和勇气。

当年 3 月 19 日，子午村抗震安居工程正式启动。建筑队来了，搭起了帐篷，画线、挖地沟、回填沙石料。看到建筑队有条不紊地干起来了，子午村的村民们开始构想未来的好日子。面对忙碌的建筑队，他们也闲不住了。

有人提议："建筑队天天忙，我们也要贡献自己的一份力量，为建设自己的家园添砖加瓦。”

看到建筑用的沙石，要从几十公里之外的地方拉运，常河脑子一转，有了主意。

他找来村长商量：“如果能把每家的手扶拖拉机、小四轮和人组织起来，成立一个子午村农民运输队和小工队，利用我们周围戈壁滩沙石料资源丰富的优势，参与到抗震安居房建设中，不仅能解决工程的需要，小工队给建筑队当小工，也能增加农民的收入。我们子午村农民虽然不懂技术，可我们有的是力气，为什么不组织起来呢？”

大家你一言我一语，都认为常河的话在理。

说得正热闹的时候，有人说：“建设抗震安居房，我们不掏一分钱。组织运输队和小工队，还要挣人家的钱？别人会说我们子午村人的眼睛里只有钱了！”

常河低下头想了想，说：“你为什么会这样想呢？别人说什么，我不管！难道过穷日子，就好吗？我们把自己的日子过富裕了，不也是为政府解决困难了吗？我们吃不上穿不上，政府不是还得管吗？不要管别人说什么，只要把生活过好了，就是为政府解决了困难。我们干吧，不要想那些问题。”

常河的话，让大伙重新提振了信心。经过商议，一个星期后，一个由18人组成的农民运输队在子午村正式成立了。在常河的协调下，离子午村不远处的沙石料场也很快建立了起来。

三个多月，子午村的村民，脸上黑了一圈，但他们的兜里，却鼓了起来。

四

抗震安居工程延续了三年，一个新的悬壶口镇已经初具规模。第三年，悬壶口最后一批 639 套抗震安居房顺利交付。其中，砖木结构的 445 套，笆子墙结构的 194 套。

在子午村，村口防渗渠里蓄积的清亮的水，哼着欢快的小曲，一路奔腾而去，通过各个闸口，流向一块块麦田，浇灌着绿油油的冬小麦和麦田中的核桃树。

肖璐漂亮的白色小屋，就坐落在这个流水欢歌的村庄里。这座小屋建筑面积 120 平方米。

与白色的抗震房相连接的，是干净利落的庭院。左侧木栅栏里，圈着像天上云彩一样白的羊，五六只羊正咀嚼着玉米秆，不时抬头发出几声“咩咩”的叫声，七八只鸡正低着头不停地啄食，有几只鸭子在羊与羊之间的空当里来回穿梭；右侧是一个正在搭建的简易厨房，准备夏天开灶。屋后是规划整齐、立体化种植的小果园。

肖璐刚毕业回来那年，他的父亲肖正坤安排他去子午村搞果业种植，子午村没有亏待他，不但给他分了宅基地，而且还给他盖了一个用土块房子围成的四合院。

院子尽管十分清静，但每逢刮风下雨的时候，不是掉土，就是漏雨。鸡羊满院跑，不是跑到了邻居家，就是跑到了田里，祸害庄稼。为这事，肖璐操了不少心，生了不少气。现在可好了，生活区、养殖区和种植区被分割开来，错落有致。

“在大学，我读的专业是父亲选的；毕业分配，他死拉硬拽地把我弄回了悬壶口；回来之后，又把我赶到了农村……在父亲的眼里，我好像不是他的儿子，而是一件摆设。说句不恭敬的话：我就是他手中的一枚棋子，他把我摆在哪里，我就应该像钉子一样，牢牢地钉在哪里。”肖璐对常河说。

说实在的，如果不是交心，肖璐打死也不会相信，这座白色小屋，连同前后排的一些四合院，是常河和镇政府专门为引进的人才准备的。

“过去那个‘穿衣靠救济，住房是篱笆；吃粮靠返销，饮水靠涝坝’的子午村，已经一去不复返了。你想想看，过去，农民一年人均纯收入才刚 1000 元，村集体经济负债累累，基础设施一片空白，村容村貌破旧不堪，在悬壶口，是出了名的‘脏、乱、差’村。这样的地方，我也不愿意待啊！如今，子午村农民的日子好过了。这两年，悬壶口政府多方筹措资金，帮助村里建起了村委会办公室，并配套建设了灯光篮球场、广播室、图书室、活动室、卫生室、多功能科技中心等场馆，这些地方，都成了村民们农闲时，健身和学习的好去处。”常河对肖璐说。

走进子午村的村长家里，肖璐看到的，是一幅其乐融融的场景：4 座大棚占地 4 亩，年纯收入 2 万元。住的是去年花了 14600 元盖的 3 间漂亮的抗震安居房。

说起这些，过去穷怕了的村长激动地说："爹亲娘亲，不如政府亲，政府不但出钱帮我们农民盖了新房，而且还一门心思想着法子帮着我们增收致富,这在过去,是想都不敢想的事。"

在村长家里，肖璐能够真切地感受到幸福农家的味道。3 间抗震房一字排开，屋内的布置温馨舒适，旁边还连着 2 间堆放杂物的旧房子。院子旁边有 2 间大羊圈，圈里养着十几只膘肥体壮的大尾羊。离家不远处，就是 4 座蔬菜大棚，棚里温暖如春，已经开始结果的西红柿苗，长势喜人。

谈起前些年的生活，村长说，过去只种粮食和棉花，一年到头，吃饱穿暖没问题，就是手上的现金不宽余，住的是八字墙的老房子，想修新房子很困难。从前年开始，他就开始尝试种大棚，经过努力，现在全家人完全掌握了大棚蔬菜种植技术，还扩大了种植规模，一家人整天在大棚里忙碌。虽然有些辛苦，但一家人的日子是越过越好，银行也有了存款。去年，他扒掉了原来住的几间老房子，盖起了 3 间结实、宽敞的抗震安居房，当年，全家人就高高兴兴地搬了进去。

看着村长羊圈里的羊，常河问道："这羊也能卖不少钱吧？"

"一只羊，集市上能卖差不多上千元。不过，我们家的羊这几年没卖过,都是自己宰了吃肉,养羊主要是为了积农家肥。"村长回答得很爽快。每年秋天忙完农活，他还和老伴做葡萄生意，几个月挣两三千元。大棚里的蔬菜，基本上都让儿子拉到集市上去卖，这样也能多收入不少。

走在悬壶口的农村，看到的一切使人感到异常的温馨。核桃树点缀着农田，果树下麦苗青绿诱人，农田焕发着生机，充满了希望；漂亮的抗震安居房，改建后的卫生院，服务功能多样的村委会大院，农村焕发了新颜，农民脸上堆满了笑容。

有人说，现在悬壶口农村最漂亮的建筑，就是学校和抗震安居房。说起抗震安居房的建设过程，农民心里都有一本账，那账本上镌刻着的，是感激、感谢和感恩。

一张张春风满面的笑脸，一句句温馨的话语，尽显老百姓喜迁新居的兴奋之情。

海只有感动时，才能真正涌动。

子午山，对于肖璐来说，再也熟悉不过了。在他的生活中，没有什么东西能像这座巍峨的山脉一样，成为支撑他信念的基座。它不仅是一种精神的象征，而且在它那宽阔的双肩和已经积雪的头颅上,还留下了他刚来到这个世界时,混沌初开的影像。

在悬壶口，子午山曾经是牧民的传统牧场。

子午山海拔高，水草好，牧民们利用子午山的环境，把草场分为夏季牧场、春秋牧场和冬季牧场，逐水而居。

牧民和农民不同，他们并不是在找到一块土地后，就定居下来，然后世世代代生存繁衍下去。为了寻找水草最丰美的地方，牧民们往往会带着自己的牲畜、财产和家人，从一个地方转移到另一个地方。“转场放牧”，也就成了牧民的生活中充满了巨大的不确定性和艰难性的变数。

在迁徙的途中，往往是骆驼载着财物，人骑着马儿，后面有人专门赶着牛、羊、马、骆驼等牲畜。这种迁徙，并不是一次轻松的旅行，而是一次负重前行，路程十分遥远并充满了艰险。

当浩浩荡荡的迁徙队伍穿过陡峭狭窄的山谷时，肯定会有一些弱小的羊只跌入山谷，掉到湍急的水流之中。这样无法阻止的意外，对牧民而言，是伤心又无可奈何的，就如他们不能停下脚步，放弃转场一样。

尽管如此，当迁徙的队伍终于抵达水草丰美、开满花儿的草原，牛、马、骆驼和羊们开始欢快地奔跑时，路途上的艰难和痛苦，都会因此有所消解。

对于牧民来说，“自然的力量”是令人敬畏的。就像转场一样，他们不擅长抵抗自然的淫威，一场暴风雪或自然灾害，甚至狼群的袭击，都会让他们的生活受到巨大的冲击和摧毁。所以，他们从心底里，感激和敬畏自然的一切，比如，自然给予他们的草场，和自然里生活的一切生灵。

肖正坤的父亲、肖璐的爷爷肖德，就是悬壶口子午山历史风云的见证人。肖家在这里居住的时间，已历五代。他有一个很要好的牧民朋友，叫熊凤举。他家的牛羊肉，也多来自他的这位结伴兄弟。

本来他们相安无事，一场变故，竟然让熊凤举的女儿翠花成了孤儿。临终前，肖德答应熊凤举：他一定把翠花养大成人。

肖德小心翼翼地从熊凤举手中接过满身血污的翠花，用一块干净的毯子，将她严严实实地包了起来。那一天，肖德按照牧人的规矩，和熊凤举做了最后的道别。他的眼里虽然含满了泪水，但他没有让眼泪流下来：他一定要给死难的兄弟报仇！

早些年前，悬壶口镇的居民，哪儿来的都有。有些人，在家乡犯了事，来到这里，就不走了。后来，由于利益的驱动，出现了绑架行为。除了这些生存因素之外，这里的居民，还以自己的方式处理分歧和争端。他们制定了自己的规则和传统。例如，对于一桩仇杀事件，寻仇可以持续多年，直到了结为止。

当然，这些规则和传统幸存下来的理由，就是对政府的不信任。对他们而言，政府往往视悬壶口为遥远的边地，穷乡僻壤，民风暴戾，难以驯化，就让其自生自灭吧！

据记载，再后来，政府开发了悬壶口的自然资源，特别是胡杨林。随着森林的砍伐，新的采伐法律被引入，并实施了税收制度。但有人出面开始抵制。这种抵制最终带来的结果，就是让肖德很快找到了杀害熊凤举的凶手。

肖德割下了仇人的头颅，给熊凤举做了祭品。

墓前，肖德告诉自己的结拜兄弟："这个浑蛋，为了一群羊，就杀害了你和弟妹，还有那么多牧民……他死有余辜！兄弟，你就安息吧！你现在待的这个地方，朝阳，风景迷人。等孩子们长大了，我就来陪你……"

在悬壶口，肖德是一个很有道德感的人物，他对自然的亲近和敬畏，让许多人学会了如何与自然和谐相处。

肖正坤和翠花成婚没多久，肖德忽然变得老态龙钟起来，他觉得自己到了应该离开的时候了。

于是，他牵着一匹老马走出了悬壶口。几天以后，人们在胡杨林附近，找到了肖德。人们找到他的时候，看到一匹疲惫不堪的老马，突然站了起来。肖德双手抱着老马的头，与它紧紧地相偎在一起……

五

抗震安居工程有了起色以后，常河又把注意力放在了农村医疗上。才从省城开会回来，他又约上翠花，一起来到了乡下。

“解决农民看病难问题，很重要的一点，就是要把村级卫生室建设好。现在全镇已经有多少个村建起了卫生室？”常河问翠花。

“一半左右。”

“剩下一半还没有建的，你们有什么打算？还有些什么困难？”常河关切地问。

“我们正在积极努力，争取在两三年内解决。现在最大的困难，主要是缺少医护人员。”翠花说。

“解决农村基层医护人员紧缺问题，确实是个关键。解决好这个问题,对保障广大农牧民基本医疗至关重要,不能马虎。”

常河接过翠花的话头，同村长和一些当地的农民一起，就如何解决好这个问题深入探讨起来，并介绍了一些地区解决这个问题的成功做法。常河强调，要充分发挥职业高中、中级卫生院校的作用，加大农村需要的医护人员培养力度，建立健全有效的用人机制，使医护人员下得去、留得住、干得好。

他加重语气说，发展农村医疗卫生事业，一定要坚持面向基层、面向广大农牧民，重点是加强农村三级卫生服务网络建设，千方百计为广大农牧民提供基本医疗卫生服务。

一位女校长关于加强悬壶口教育发展的发言，引起了常河的关注。

“教育投入应当多向边远地区倾斜，要注重改善农牧区办学条件，重视解决教学中师资不足的问题……”这位女校长一连提了好几个建议。

常河一一记下。

“如果悬壶口要着眼于未来的长远发展，就必须培养大量的人才……另外，我们还希望能进一步提高农村教师的待遇。”这位校长又说。

常河告诉她，中央对这个问题十分重视，下一步将着力解决好农村教师待遇问题，真正把优化教育资源配置的政策措施落到实处。

听了常河这番话，这位校长兴奋地说：“一年之计在于春。我要把这个春天的好消息带回学校，带给我们的老师！”

曾经沧海，成为悬壶口人圆梦的地方！

沙漠、沙丘、沙梁，在一望无垠的荒原戈壁上，静静地守望。初春的晚风，就这么瑟瑟地把满眼的苍茫，紧紧锁在了悬壶口这片褐黄色的土地上。纵横交错的棉田和林间的喧响，在寂寞的大漠边缘，勾勒出一幅淡淡的图画。

随着抗震安居工程建设的节节推进，小康社会建设擂响的战鼓，已经打破了悬壶口千年的沉寂。悬壶口经济发展的历史，到了真正改写的时候。

根据悬壶口各个阶段抗震安居工程建设的需要，和当地农牧民发展庭院经济的需要，常河因地制宜，鼓励农牧民利用乡村道路两旁的戈壁、荒滩建房，形成“非”字形的住宅布局，使过于分散的农村居民点相对集中，避开地震断裂带。

同时，针对人口密集、经济相对发达的村子，和建筑物密度大、危旧房屋集中、缺少避震空间绿地和疏散通道的地段特点，常河要求抗震安居办认真编制了以抗震防灾为主要内容的详细规划，严格控制建设项目，要求在避震场所和疏散通道上，不得进行工程建设活动，特别是不得再建高层建筑，降低开发强度。

为了地震的悲剧不再重演，中央痛下决心，在地震频发的悬壶口投下巨资，打造让农牧民安居乐业的抗震安居工程。

基于此，悬壶口按照新农村建设要求，大力推行“统一规划、整齐推进、原址重建、折旧建新”的模式，改变了过去农村居住分散、布局零乱和脏乱差的面貌。悬壶口累计投入10多亿元，新建、改造抗震安居房2万户，使全镇10多万农牧民告别了危旧的土坯房，住上了结实宽敞的抗震安居房。

抗震安居工程的实施，还有力地带动了悬壶口农村庭院种植业、庭院畜牧业和富余劳动力的转移，促进了农村运输业、建筑业的发展。

经过几年抗震安居工程建设，悬壶口地震多发区、强震区已由过去灾后被动救灾，转变到震前主动防御；由一般性号召，转变到科学有序防震减灾；由过去选址不合理、建筑质量不高、防震抗震能力弱，转变到居民住房抗震能力普遍提高；由过去小震致灾和大震大灾，转变到小震避灾和大震无人员伤亡。

悬壶口城乡抗震安居工程既是一项艰巨的系统工程，又是一项繁重的全局性工作。按照“科学规划，合理布局，相对集中，节约用地，有利生产，方便生活”的原则，悬壶口制定了强有力的政策措施和规范标准，统领全镇抗震安居工程建设，扎实稳步推进。

悬壶口抗震安居工程的实施，得到了中央的充分肯定和大力支持。

一位中央领导在全国防灾减灾工作会议上指出：要借鉴悬壶口实施城乡抗震安居工程的做法和经验，尽快改变中国农村抗震能力薄弱的现状；时任国家建设部部长在悬壶口调研时说：“悬壶口从解决群众最迫切、最现实的抗震住房入手，是真正的民心工程，是建设社会主义新农村很好的切入点，建设部将给予大力支持。”

2012年6月20日，中央领导在悬壶口视察工作时指出：“在国家支持下实施的抗震安居工程，是一项造福人民的民心工程，一定要保质保量地实施好，一方面解决抗震防灾问题，同时，也要努力改善农民的居住和卫生条件。”

9月8日，国务院在悬壶口召开全国农村民居防震保安工作现场会，指出："悬壶口在此项工作中，领导认识高、政策扶持力度大、实践效果好，是以行动落实中央政策的具体体现。"

第二年刚刚开春，常河又一次来到基层调研："建了这么多的抗震房，质量到底怎么样？"

抗震办负责人对他说："有1万多户合格，148户存在质量问题。"

常河又问："都有哪些质量问题？"

"主要是基础沉降、墙体裂缝和落水槽渗漏等问题。"

"那我们现在还有多少危旧房呢？"

"还有100多户危旧房，其中90户要全部拆除新建，有10多户保留用作库房。今年6月，我们要做到100%开工，9月30日要做到100%竣工，10月30日要做到100%入住。"

常河欣喜地说："好，这三个百分之百好！"

这位负责人告诉他："悬壶口抗震安居工程工作一直走在全省前列，上面说了，我们领导得力，措施到位，成效显著。"

常河一听，一连说了三个"好"字。

他还告诉常河："去年11月30日，省里专门召开了抗震安居工程总结大会，从六个方面进行了全面部署。"

对此，常河很感兴趣地问："哪六个方面，能详细地说说吗？"

"一是明确目标，加大力度，确保全面完成抗震安居工程建设任务。二是认真开展回访检查活动。三是加强村镇规划编制工作，全面完成规划编制任务。四是切实抓好‘整村推进、拆旧建新、村庄整治工作’，促进村容村貌显著变化。五是深入开展‘工程质量达标’活动，加强管理，确保工程质量，第一，严把施工图审查关；第二，严把基础质量关；第三，严把外观质量关；第四，加大日常监督检查力度；第五，提高质监员的工作责任心；第六，提高农民工匠砌筑水平。确保工程质量合格率达到 100%，监督检查到位率达到 100%，验收合格率达到 100%。六是全面抓好验收试点工作……”

常河点点头，又问：“那你们去冬今春的工作是怎么开展的？”

“截至 2 月底，全镇共拉运红砖 33886.6 万块，钢筋 8000 吨，预订水泥 100839.6 吨，购买木材 26670 立方米。共开展冬季培训班 83 期，培训人员 5573 人。已确定农村建房户 1599 户，占年度计划的 115.2%。”

对此，常河满意地说：“去年，我们曾在悬壶口召开过一次现场会，解决了如何动员群众、如何在全镇推开抗震安居工程建设的问题。那次会议，检验了我们搞了几年抗震安居工程的成果，检验了我们领导工作是否做实了，老百姓是否满意了，检验了我们是否交出了一份满意的答卷……今年，这样的现场会，我们争取多搞几次。”

常河一边走一边说："实施城乡抗震安居工程，是百年大计，事关广大人民群众的生命财产安全，工程质量是一个核心问题，是抗震安居的生命线。干部观念的转变，对保证工程质量至关重要。在建设过程中，绝不能只追求数量或者片面强调群众的住房习惯，忽视抗震安居房的质量。房屋不论是什么结构，不管是新建的，还是加固改造的，都要严格执行抗震设防要求，按设计施工。对不符合要求的设计，一律不予通过审查，不得开工建设。抗震安居工程建设，要实行工程质量责任终身制，哪个环节出了问题，就追究哪个环节的责任；是谁出了问题，不管到哪儿，都要一追到底。做到职责到位，检查到位，责任到人。各级技术干部，特别是抗震安居办公室的技术人员，在施工期间，一定要切实负起责任，使整个建设过程都在监控检查范围之内。要认真落实日常监督检查制度，围绕工程质量问题，强化教育培训工作，要保证建一户，成一户，入住一户。每个村子，都要派驻工程技术人员，开展质量监督和服务，对分散、零星的村子建房，也要严格进行质量把关。"

在子午村，常河走进一家农户的庭院，看到一位老人正在剪羊毛。他走上前，握住老人的手问："老人家，住进抗震房，感觉怎么样啊？"

老人家打开了话匣子。他说，以前，他住的是土块房子，年年都要翻修，很麻烦，而且院子很脏、很乱。现在好了，人有新房，羊有羊圈，新房子都是按照政府的要求统一规划修建，既美观又结实。政府还给自己补贴了2000元钱，水泥、木头、钢筋等都便宜供应。有了新房，他再也不愁给儿子讨媳妇了。现在回想起来，简直跟做梦一样。

常河每到一处，都要入户查看。当他看到有的渗水沟就紧靠着房屋围墙时，就说："这样不好，渗水沟紧靠围墙，天长日久，水会把围墙的基础泡坏，应该整改。在整改过程中，如果发现有不合格的，坚决推倒重建！"

当他看到有的烟筒从窗户向外伸出时，眉头立刻皱了起来，说："这样的烟囱不好！"

当他在另一户看到一个紧靠房顶的烟囱时，点点头说："像这样的烟囱，就比较符合抗震要求，如果太高，容易倒塌。"

子午村是前些年那场大地震中受灾最严重的一个村，他不放心，健步直接走进了一户人家。

这户人家主人是一个妇女。她一个人带着孩子种了3亩地，是当地的贫困户，她的抗震房，是三年前在悬壶口政府的援助下盖起来的。

常河亲切地问她："以前住的房子好，还是抗震房好？"

她毫不掩饰心中的喜悦："那还用说，当然是抗震房好呀！以前的住房和现在没法比。如果要比，怎么比？比什么？如果一定要比，那就是以前是过日子，现在是向前奔呗！"她说着说着就笑了。

她还向常河讲起了前不久才发生的一次小型地震。她清楚地记得，那天凌晨，她带着孩子在屋里睡觉，突然感到房屋剧烈地摇晃起来，她慌忙叫醒孩子一块儿往外跑。外面很冷，她们冻得不行。地震过去后，她看见房子好好的，外观没出现什么问题，这才反应过来：自己住的是抗震房，既然抗震，还怕什么呢？

经过三年的时间，在原本脏乱不堪的子午村，硬是建成了悬壶口的新农村样板示范村。如今展现在常河眼前的，是一幢幢新建好的抗震安居房，和一条条四通八达的柏油路……

这就是西关，这就是西关的悬壶口！太神奇了，梅子做梦都没有想到，自己这一辈子会来到悬壶口，还会来到悬壶口工作，这一切，对自己而言，简直太不可思议了！

“都说燕赵多慷慨悲歌之士，西北多英雄壮士豪杰，果然名不虚传！想当年秦始皇灭六国，一统天下，舍东周王朝的洛邑，而以咸阳为京都，就是看中了西北这块王道乐土。现在的悬壶口，在西关，似乎也有这个味道了！”

一到悬壶口，梅子和肖璐，就被眼前一切新鲜的情景迷住了，他们显得很兴奋。

肖璐和梅子的车刚刚随着常河在悬壶口镇政府门前停下来，就见一些人站在那里，手里高高地举着一块牌子，上面醒目地写着："热烈欢迎来自上海的企业家肖璐！"

他们马上迎了上去。

"介绍一下，这是我们的合作伙伴肖璐先生！"孟文豪向前跨了一步，喧宾夺主地向现场的常河、翠花、张雅琪、古岳峰、张楠和赵平安介绍说，"热烈欢迎！你给我们带来了黄浦江的气息。

在他和孟文豪相互握手时，肖璐说："我光顾着自己高兴了，差点儿忘了，我还带来了一个新朋友。"他朝梅子微笑着，挤了挤眼睛，说："这是我的未婚妻，叫梅子，希望今后多关照！"

第五章
岁月静好，被春光唤醒的日子

面对所创造的奇迹，在场所有的人，几乎都为此感动得落了泪。随着常河的到来，悬壶口的一盘散沙，又凝成了铁板一块。

一

悬壶口，在所有的人眼里，偏僻而遥远。不大的一块土地，多少给人留下了丰饶和神秘。心的悸动，断续的诗歌纷纷扬扬的思念，有时也会如流星雨般地散落在每一个人的情思深处。那里的风景，总会让许多人在身后遥遥苍天的尽处，找到荡气回肠的从容。

这里的宁静、高远、秀丽，能够让所有来过的人，都能体会到，生命已经自然而然地融入一种从容和恬淡中。这里的山水，以及虽小但却很精致的村落，或者随意点缀在村中木屋栅栏旁的白桦、胡杨、大叶榆，或金黄或翠绿，在晨光和夕阳下，闪烁着的金光，与木屋、原野、古色古香的小镇一起，营造着家园的温馨，释放着一种生命独有的暖意。

粗犷的原野，辽远的大漠，灰蓝色的河水，清幽的胡杨林，层林尽染的秋叶，以及袅袅蒸腾的雾岚，环绕在树梢，弥漫于山野，这种中国最真实的美丽，无一不在提示着一个清晰的信息：这里的一切，都显得悠远而宁静。

当肖璐和梅子循着果香，走进果园，呈现在他们眼前的，是一片深秋后丰收的情景。

举目远眺，农家的炊烟，已经在远远近近的田间地头袅袅升起。已是暮秋时节，清凉的晚风，还是送来了一阵阵枯枝燃烧的味道。其间，夹杂着水果还未完全褪去的香甜的味儿，间或还有鸡犬之声传来。偶一回头，他们发现在渐暗的天空中，在苹果、核桃和红枣树的枝丫间，正托着一轮磨盘大的夕阳，艳丽的橘红色，完整而清晰，像静静躺在碗底的蛋黄。

站在长满果树的垄埂间，肖璐和梅子顿时有了一种久违的感觉。

眼前这片土地，深深浸染着果民们滚浓的乡情，让他们离不开，也不能离。

可能，对果民而言，秋天就是一种心情。

多年来,悬壶口一直采用的种植技术仍为传统的农业模式，致使生产效率低下，抵御自然灾害的能力十分有限。为了预防自然灾害给人们生存带来的威胁,广大农民只有尽量地多生产、多储备粮食，以备不测，即以产量最大化为其生产目标，而增产的主要手段，就是加大劳动的投入。

与此同时，这种主要靠从农业部门内部和大自然中获取的传统农业，技术含量低，生产所需的劳动力数量必然增加，且长期处于停滞状态。在这种人地矛盾十分突出的状态下，农业机械的使用反而进一步加剧了这种矛盾，往往使农业机械的应用和推广受到抑制。

因此，在悬壶口这片土地上，传统农业与现代农业的理念，开始发生激烈的碰撞。发展现代农业，呼之欲出。

从一定的意义上讲，传统农业与现代农业的技术含量有着本质上的不同。农业领域的技术进步，是通过凝结着先进技术的现代农业要素的不断投入来实现的。

现代农业就是用现代科学技术武装起来的农业，其要素大都是由农业部门外部的现代化工业部门和服务部门提供，其要素投入的增长，和农业现代科学技术含量的提高，意味着农业部门劳动力容量的减少。

早在几年前，中央就明确指出，要把发展现代农业作为推进新农村建设的着力点。

新近召开的中央农村工作会议，不但全面分析了“三农”工作面临的形势和任务，而且对农村改革发展，以及加快推进农业现代化的重要政策，进行了研究部署。

会议强调，农业还是“四化同步”的短腿，农村还是全面建成小康社会的短板。中国要强，农业必须强；中国要美，农村必须美；中国要富，农民必须富……

谁都知道，农业是国民经济的基础，直接关系国计民生；农村是经济社会全面发展的重要载体，没有农村的美丽富饶，就没有国家真正的繁荣昌盛；农民的富裕程度，是全面建成小康社会的关键指标，没有农民的小康，就没有全社会的小康。

中国农民的收入已连续多年实现较快增长，农民增收态势良好。越来越多的农民，正成为拥有一技之长的“职业农民”，新型农业经营主体发挥的作用日益扩大，多种形式适度规模经营，以及扩大农民财产性收入的探索，为农民增收致富提供了新的途径。

然而，中国“三农”长期累积的发展弱势和深层困难，使人们难以在短期内根本改变“三农”总体上的落后局面。广大农村依然是全面小康、美丽中国建设的难点弱点，农牧民收入偏低、消费偏弱的状况没有根本改变，收入增长乏力的难题，还没有破解。

农村改革已进入深水区，现代农业融入全国乃至全球市场的程度也越来越深。

如何在当前农村经济新的形势下，使悬壶口现代农业改革创新，让农业发展持续走强？

这正是常河和肖璐需要探索和解决的问题。

一场来得有些迟的秋雪，把大地变成了一片茫茫，那些还没有衰退的黄叶，在风雨的挟持下，纷纷飘落地上，天空顿时清澈了许多。透过高远的蔚蓝色，几片浮云在常河和肖璐的眼前悠然飘动，一副很随意、很惬意的样子，把浓浓的秋色写在了大地。

他们觉得，秋风中飘飘荡荡的落叶，是秋天最不可或缺的点缀！这种点缀，就仿佛在迷人的傍晚，一个人如痴如醉地聆听秋风的低唱，和着秋天的舞姿，它牵动的，往往是心灵那一缕缕最动人的情感。

走进悬壶口现代农业作物区，他们看到，成片的西瓜、哈密瓜和葡萄大棚，在阳光下熠熠生辉，泛起一片白色的波涛。

在位于子午山下的悬壶口果业集团经营的“美汇源”品牌哈密瓜种植大棚基地，常河和肖璐看到，已经长成拳头般大小的哈密瓜，成片地挂在枝头，摇曳着青青的头颅，煞是喜人。

“这就是咱们联手成立的第一家物流有限公司——悬壶口果业集团，”肖璐对常河说，“集团注册资本 1000 万元，固定资产 8000 余万元，以干鲜果品精深加工、物流配送、农副产品进出口贸易为主，仓储保鲜、市场经营、摊位租赁等为辅……”

在占地面积 500 亩、位于国道新编一区的悬壶口物流园，常河了解到，这里物流配送年发送车辆 1.6 万余辆，货物吞吐量 35 万吨，货物总价值约 40 亿元人民币，占西关地区销往外地干鲜果品的 60% 以上，占全省销往外地干鲜果品的 10% 以上，葡萄干精深加工产量占全省的 15% 以上，初步形成了一定规模的干鲜果品仓储、加工及物流体系，为促进悬壶口现代农业发展，特别是现代林果业的发展，做出了积极的努力。

据悬壶口果业集团物流有限公司董事长肖璐介绍，该公司拥有三大优势。

“产”有基地。公司在子午村拥有2000亩葡萄生产基地，为推进绿色食品生产基地建设，通过与西关各乡镇成立的农民合作组织合作，实施订单农业。目前，公司正在葡萄专家的指导下，大力改良葡萄品种，种植早熟葡萄和延晚葡萄，拓宽市场，以质量为先导，发展新的制干葡萄品种，同时，从原料种植入手，从根本上改进传统的制干工艺，生产一流产品。

“加”有企业。公司现有农副产品精加工车间面积3800平方米，红葡萄干加工生产线两条，绿葡萄干加工生产线一条；2000吨预冷保鲜库，可为客户提供果品预冷、冷藏及相关服务。现在，公司已经开始与多家研发机构建立了合作关系。经过摸索，公司先后引进了国内的色选技术、英国的Z+3B色选机、比利时的异物探测技术，并与多所大学和农科所等专业机构合作，研发相关种植及科技成果转化技术。其核心设备索特克斯Z-系列光电色选机，是世界首台能色选出微黄、红粒并能同时驱除腹白的高级色选机。

“销”有实体。公司投资800万元，在全国各大中城市设立了悬壶口干鲜果品销售网点。公司为打造自己的品牌，正努力开拓国内、国际市场。目前已同美国、沙特、比利时、捷克、土耳其、俄罗斯等国的经销商建立了联系，出口自己的产品。

从2012年开始，悬壶口果业集团紧密结合本地发展实际，着力打造仓储物流园和干鲜果品及特色农产品出口加工基地，直接增加就业人员近百人，通过农副产品物流服务，带动了悬壶口乃至西关的农户脱贫致富，通过葡萄干精深加工贸易，带动了包括800户贫困户在内的2200户农民经营户；辐射带动了1500户贫困户在内的农户3600户，使受益农户年收入增加500至600元，年推动销售特色农产品达到2.4万吨，可推广7.2万亩，年增收400万元；经营期农户增加效益4000万元。同时，可使悬壶口财政收入增加320万元，增长率为4%至8%，整体提升了悬壶口特色农副产业的附加值和品牌影响力；既促进了地方经济的建设发展，也促进了悬壶口果业集团的不断发展壮大；既解决了当前农村富余劳动力的去向，又增加了农民收入，实现了真正意义上的互惠双赢。

“你统计的这笔数字，了不起啊！”常河感慨地对肖璐说，“以前，这个数据，在我眼里，就是一笔天文数字啊！”

“想起我刚来悬壶口的时候，就有人对我说：去那儿干吗？过去，那可是一个‘乱世英雄起四方，有枪便是草头王’的地方，弄不好你会铩羽而归。我不信，坚持裹着行头来了。来了才知道，由于政策的问题，尽管你的父亲肖正坤是这块土地上名义上的霸主，但实际上，他只控制着胡杨林区和林下产业。因为上面的婆婆太多，镇政府成了一个没有统一指挥和组织的摆设。举个例子说吧，本来一件很小的事情，一旦上会，就会涌现出好几种不同的声音，当然也包括了支持你父亲的一些力量。这种情况，让你父亲独木难支。其实，我理解肖镇长，他没有多少精力用来搞经济建设。所以，才有了后来这么一大摊子事。”遥想当年，常河倒出了当年的苦水。

“咱们既然谈到了这个话题，我也到了该给你好好唠唠当年为什么坚持要离开悬壶口的理由了！”肖璐说。

二

这是孟文豪第一次以经济顾问的身份参加悬壶口政府的公开活动。

他带着镇政府特色林果市场建设情况调研组，去往各个村进行为期两天的调研。

经过调研，他认为，悬壶口在发展特色林果业方面卓有成效，对促进农村发展、农民增收效果十分显著。

孟文豪去的时候，张雅琪正忙着给自家 18 亩果园里的苹果树进行“疏果”。她告诉孟文豪，这两年果园进入盛果期，收入逐渐好了起来：“去年还可以，收了 18 万元，产了三四十吨，全部运往了上海。”

孟文豪高兴地对张雅琪说："这两年，随着悬壶口冰糖心苹果的走俏，苹果的收购价，已经从往年每公斤一元多钱，涨到了去年的8元钱，再加上科学管理和市场化营销，未来的前景，将非常可观。如果抓好果品质量，每家每户控制在3到4吨，产出80%以上的优质果。这样，要不了多久，我们就可以基本上达到'家里有小车，城里有楼房，甚至有别墅'的目标。"

对这个说法，孟文豪信心满满。因为他知道，当时，悬壶口瓜果种植面积达到31万亩，林果业总产值16亿元，农民人均林果纯收入2457元，林果业已经成为当地农民持续增收的支柱产业。

翠花曾经告诉他，政府还将从苗木培育、种植、加工、销售等方面对果农进行扶持，争取开拓更广泛的市场，"资金上扶持，项目上带动，在保证产量的前提下，保证品质，引进加工企业，打造品牌，因为产量在逐年翻倍上升，政府打算在华南、华东、华北、西南等地建直销店。力争到2020年，全镇建成优质香梨基地3万亩，有效株数50万株，贮藏保鲜和精深加工率达到70%以上；红枣面积2万亩，有效株数800万株，精细包装和加工率达到60%以上；核桃面积3万亩，有效株数50万株，加工率达到30%以上；葡萄面积稳定在6万亩，其中，鲜食制干葡萄2万亩，酿酒葡萄1万亩，贮藏保鲜和加工率达到60%以上；巴旦木面积2万亩，有效株数10万株，精细包装和加工率达到60%以上；石榴面积2万亩，有效株数40万株，贮藏保鲜和加工率达到60%以上；苹果面积2万亩，有效株数20万株，贮藏保鲜和加工率达到60%以上；杏面积稳定在2万亩，加工率达到70%以上；开心果、酸梅、枸杞、小浆果类及其他林果树种的面积为3万亩。在产品开发上，重点发展葡萄酒、果酒、果汁、果酱、制干制脯、保健品、化妆品、食用色素、花粉、生物制品等市场前景广阔的新兴产品。在香梨、葡萄、苹果、石榴等主产区，重点发展现代化气调库，建设和改造机制恒温库、自然通风库等，促进鲜果产品的增值增效……”

“雅琪，有个问题，我想请你考虑一下。”走出果园，孟文豪对张雅琪说。

“什么问题？”张雅琪仰起脸问。

“我参加过许多地方的博览会，各处都有招商引资指南，唯独缺乏引进科技、招聘英才指南。悬壶口如此大的林果种植面积，林果种植、管理、加工和销售，都需要专业人才。据我了解，这也是悬壶口林果业发展目前面临的一大难题，而这次我陪着常河去参加展会，同样没有人才招聘指南，我认为这个问题，应引起大家的重视。”孟文豪说。

“这个，你应该去对常河说。”

“我说了，他好像有点儿心不在焉。”

“你再和他说说。只要是好的建议，他一定会采纳。”张雅琪说。

“还是你去说比较合适。我嘛，刚来，人微言轻，他不会重视的。我在这里声明一句哦，我没有一点儿私心，可都是为了悬壶口哦！”不知为什么，孟文豪特别强调了一句。

“常河是个明白人，是不是私心，他一听就懂。”张雅琪眨了眨她那对好看的毛毛眼说。

“你们倒挺了解的哦！”

“那当然。常河可以算是我们悬壶口的老人了。不是我一个人了解他，大伙对他都了解。”

“哦，原来是这样！怪不得他说话一言九鼎。悬壶口的人见了他，都像老鼠见了猫似的。”

“你怎么说话呢？常河是这里的书记，他说话不好使，那谁说话算话呢？你说！”听了这话,张雅琪柳眉倒挂,不愿意了。

“那镇长不就架空了吗？”孟文豪又说了一句。

“他们各有分工。这个，你不懂。再说了，你们经济学的教程里，也不会告诉你！”

“哦！我明白了。你这么袒护常河，那你们关系不一般喽？”孟文豪故作玄虚地问。

“那当然。”张雅琪不卑不亢地说。

“真是别人说的那种……关系？”孟文豪用手比画了一个

搂抱的姿势。

“就不告诉你！”张雅琪嘴一撇，拔腿欲走。

“你背上是什么东西啊！”正在这时，她的胸罩被人从后背扯了一下，然后又重重地弹了回来，她感到一阵生疼。张雅琪转过身来，看到孟文豪正站在她的身后，一脸的坏笑。

“你干什么呀？你要……”

“别说那两个字，我讨厌。和你开玩笑呢！”孟文豪仍然定定地站在那里，目不转睛地看着张雅琪。

“谁和你开玩笑呢？真是恬不知耻。不知道是哪个浑蛋，把你这样的人，介绍到了悬壶口！”张雅琪生气了。

“嘿，你还别说，你说的这个浑蛋，你认识！你千万不要说他浑蛋，当心他揍你！”孟文豪很得意地说。

“你别给我扯犊子了！像你这样的人，没人稀罕！”张雅琪气鼓鼓地说。

“要不是张楠死乞白赖地求我来，我才不稀罕来这个破地方呢！”

“谁？我爸？拉倒吧！我才不听你胡扯。走，咱们去镇政府走一趟，让翠花镇长理论理论，你今天的行为算不算调戏妇女？”

“你说什么，调戏妇女？既然是调戏，我戏你了吗？戏你哪儿了？一个农村土妮子，你给我说清楚！”孟文豪的声音也大了起来。

正当两人吵得不可开交的时候，孟文豪一抬头，发现兰捷站在那儿。

“兰捷？你什么时候到的？也不给我打个电话，我好去接你！”

“你别管我啥时间到的，说说看，你和这个女人是怎么回事？”看到刚才这一幕，兰捷的肺都要气炸了。

她没有想到，自己千方百计相中的女婿，竟在这个地方与一个陌生的女人拉拉扯扯。

“你是谁？”兰捷大声地问张雅琪。

“你管我是谁？我还想问你是谁呢！”张雅琪说。

“你没有资格知道我是谁。你和这个男人是什么关系？”兰捷问。

“能是什么关系？工作关系呗！你们认识？”张雅琪反问道。

“那当然。他是我的——”兰捷的话还没有说完，就被孟文豪手足无措地拦了回去，“别乱说，别乱说……我来说……情况是这样的：站在你面前的大姐呢，叫兰捷，是我请来的合作伙伴……大姐，你说，是这样吧！”孟文豪说着，看了一眼兰捷。

“什么，大姐？你以前不是管我叫阿姨的吗？”突如其来的变故，让兰捷有些猝不及防。

“雅琪，你们在干什么？这么热闹？”就在这个时候，翠花的车在他们面前停了下来。一下车，翠花就问了一句。

“镇长，您来了？来得正好，我正有事要找您呢！”张雅琪一看，机会来了，连忙和翠花打招呼。

“哦，是这样的。我刚从上海请来了一位合作伙伴，想找张雅琪小姐了解一下苹果的生长情况，正好碰着你们来了！”孟文豪岔开了张雅琪的话。

“上海来的？高雅的女士！我们欢迎所有有志于林果业发展的企业家和营销商来悬壶口考察、合作！”翠花说着，上前去握兰捷的手。

“你这是干什么？演戏呀！不行不行……”兰捷缩回了自己的手。

“哦，人家刚来，还没有安顿好，对这里的环境也不熟悉，过于热情，会吓着人家的。这样好不好，过几天，等兰捷大姐安顿好了，咱们给她举办一个欢迎会，大家再见面，行不行？”孟文豪几乎是在央求大伙了。

大伙一看，那行吧！只能这样了。于是，逐渐散去。孟文豪正想离开，被翠花叫住了：“文豪啊！今后有什么困难，有什么要求，尽管跟组织提出来，如果能解决，我们一定解决。好了，把东西收拾一下，你们也早点儿回去休息。”

翠花嘱咐完，然后上车离去。

“你不要担心，不会有问题的。只要来了，一切都在我的掌握之中。好好休息一下，放松放松，过两天我陪你出去走走。

你一定要相信，我会让你不虚此行的。”回到宾馆，孟文豪安顿好兰捷，对她说。

尽管出了一些小插曲，但那一天，兰捷还是有些受宠若惊。她没有想到，仅仅一个多月的时间，孟文豪就在悬壶口打开了局面，从那个名叫翠花的镇长脸上，她看得出来，他们很欣赏孟文豪。她既感动，又感到意外。她本来担心孟文豪一个人来这里工作，会被欺生，甚至会受到欺负。原来组织上考虑得如此周到，她放心了。

因为，孟文豪在兰捷心里，就是一块金疙瘩。

肖璐几乎是一路奔跑着回到家里的。刚一进家门，他就迫不及待地一把抱起翠花，在地上转了几圈。

“你这是干什么呀，吓死人了。快把我放下来！”翠花惊叫起来。

“我要告诉您一个好消息。您猜，是什么消息？”肖璐放下翠花，迫不及待地看着她。

“我当然知道了，傻儿子！果业集团公司成立了，我们之间战略合作协议也签了。应该好好庆贺一下，对吧！”翠花说话的时候，给了肖璐深情的一瞥。

“不完全对，再猜猜。”

“再猜猜？嗯，让我想想。哦，对了，是不是这次组团参加展会，以悬壶口的名义，还是第一次，很兴奋，是吧！当然了，你现在这么有出息，你爸爸若九泉有知，也该瞑目了。”翠花低头思考了一下，说。

“还是不对。您再好好想想。”肖璐用手势给她比画着，想提醒翠花一下。

“嗯，再猜一下……哎呀，你让我把头都想疼了，你就不要再卖关子了，告诉我，到底是什么事？你再不说，我还有事，就出去了。”翠花装出一副生气的样子。

“那好吧，我现在就告诉您。但有一个条件。”

“什么条件？”翠花问。

“您先把眼睛闭上。”肖璐说。

翠花顺从地闭上了眼睛。

肖璐迅速上前，在翠花的脸上亲了一口。

“哎呀，你这孩子！”翠花的脸，立刻红了。她不好意思地开始用手在自己的脸上擦抹起来，因为，自从肖正坤去世以后，她已经有些年没有这种生活体验了。

“梅子的妈妈来了！以前她一直不同意我们的婚事，而且还相当排斥我。这回不知是哪根筋搭错了，竟然飞来了悬壶口。我想这里面也许有文章，如果我没有猜错的话，一定和孟文豪有关系。但不管怎样，她毕竟来了。您可以坐下来好好和她唠唠嗑。您也不想您的儿子和她，一辈子别别扭扭下去吧？妈，算我求您了，行不行？”肖璐微笑着看着母亲。

“你的意思是，让我去给你调节调节？不会吧！从上海回来的时候，你没有跟我说过这些事呀！几千里的航程，这怎么可能？你是不是弄错了？”翠花有点儿不相信自己的耳朵。

“怎么会弄错呢！千真万确。她已经被孟文豪安排住进了宾馆，还不知道我在这儿。我提醒您，这个老太太可不好对付，有点儿胡搅蛮缠。您要有思想准备，为了我和梅子今后的生活和工作，请您一定认真考虑、统筹安排……别的我就不说了，我和梅子的事，成功与否，就看您努力的程度了！拜托拜托……”肖璐告诉翠花。

“今天一早，我就听见窗外的喜鹊叽叽喳喳直叫，我想可能有什么好事了？原来，你挖了这么大一个坑，等着老娘呢！也好，谁叫你是我儿子呢！我得会会她。”翠花笑了起来，但她很快又沉默了。不一会儿，眼角就渗出了泪花。她无论如何也不敢相信，这一切是真的，而且来得这么快！她想起自己小时候，才刚来到这个世界不到6年，父母就没了；小学还没有毕业，就因为匪祸辍了学；刚刚成婚，含辛茹苦把她养大的公爹，又走了；一场地震，夺去了丈夫的命……自己的命怎么就这么苦呢？想到这些，她有些黯然神伤。现在好了，儿子大了，找了媳妇，处理这档子事，她能不尽心吗？

“妈，您怎么了？难为您了？”肖璐不解其故。

“你已经确定要和梅子厮守一辈子，梅子也愿意，是吧？”

翠花看着肖璐，审视着他的表情。

“您还没有感觉到我的态度吗？”肖璐说得很真诚。

“她不回上海了？”

“那是以后的事。我的事业在悬壶口，她就应该待在这儿。”肖璐说。

“可是……”翠花欲言又止。

“还有什么事？”肖璐问。

“我从来没有见过兰捷这个女人。来悬壶口，她似乎不急于找你和梅子，但好像和孟文豪挺熟。这有点儿奇怪。你是不是给妈隐瞒了什么？你跟我讲实话。我担心和梅子有关。如果这里面的关系我没弄明白，别人反咬一口，到时人可就丢大了！”翠花忧心忡忡地说。

“这个问题我现在就给您答案。兰捷希望梅子嫁给孟文豪，可梅子喜欢我，非我不嫁。孟文豪这个人吧，说句不好听的话，就是一个精致的利己主义者，只要有利益，跟哪个女人无所谓。女人对他而言，就是身上的衣服，冷了穿上，热了脱掉，如此而已。这一点，梅子看得很清楚。至于兰捷，她很市侩，典型的上海小市民一个，给她点儿时间，就会搞明白的。妈，我说明白了吗？您千万别担心您儿子，我不像您想象的那么软弱，也不会粗暴蛮干。现在是知识爆炸的时代，看问题、考虑问题。我用的是这个！”肖璐说着，用手指了指自己的脑袋。

他的一席话，让翠花一颗悬着的心放了下来。

他们正说着，梅子来了。

她是为着同一件事而来。

“既然是同一件事，那就不说了。我妈已经答应帮助我们。”肖璐说。

“可是，我还是担心我妈那臭脾气，弄不好，会谈崩的！”梅子忧心忡忡地说。

“那你就太小瞧我妈了！我妈谁呀，镇长！这么大个镇，几十万人口都能拨拉过来，对付你妈，那还不是小菜一碟？”肖璐让梅子一定放宽心。

看着梅子没有吱声，肖璐又有一点儿于心不忍，说：“这本来是一件平常的事，这样做，可能让你有些为难。那就再过一段时间，我妈和你妈再沟通沟通，到时候条件成熟了，咱们再把这层窗户纸捅破，好不好？”肖璐征求梅子的意见。

“喂，择日不如撞日。你们家既然有了好事，大家就应该一起分享分享。是不是啊？”不知什么时候，常河和张雅琪推门走了进来，“肖璐让我如愿以偿地回到了悬壶口发展，你们一家人又团聚了。多好的事啊！走，今天就破个例，咱们大家一起坐坐，去饭馆奢侈一回。肖璐请客，我买单……”常河说。

“这怎么行？哪有我请客你付账的道理……”肖璐还想说下去，被常河喝住了。

“今天就这样说定了！来日方长，有你买单的时候。大家说行不行？”常河的一席话，立刻赢得了大伙的共鸣。

看着没有再商量的余地，肖璐只好作罢。

那一天，他们喝得很尽兴，也很开心，一直到很晚才回去。

回到家里，已经是午夜了。翠花和衣躺在床上，不知不觉进入了梦乡。

他们回去的时候，孟文豪还没睡。他一直尾随着常河和张雅琪进了常河住的那间老房子。他爬上房顶，想看看常河和张雅琪到底在干什么。他掀开屋角的一块牛毛毡一看：“乖乖，你们原来在干这个啊！看我不打断你们这一对狗男女的骚腿……”

三

多年以前悬壶口的瓜果就已经名扬天下，广及四海。但在计划经济条件下，悬壶口这片土地，挥舞斧钺，寒光闪过，他们不曾感到大地的痉挛，是因为共和国的经济建设，需要他们去把森林变成粮仓；今天，当衣食无忧的人们开始怀念瓜果飘香时，当这些飘香的瓜果，切切实实又给果农们带来切身利益的时候，悬壶口人才发现，自己已经走在了历史发展的后面。

重振林果业，该如何去面对一个前所未有的挑战？

于是，一个严峻的社会现实，摆在了人们眼前：再不能无忧无虑地生活、工作，而必须在实践中痛苦地摸索、选择。心理上的犹豫、徘徊，乃至孤独、寂寞、痛苦，由此而生。但是，非此，难以迎接改革“新生儿”的诞生。

一切变化，似乎都源于一种新观念的确立。

多少年来，人们寻求稳定，世世代代做着美妙的“桃源梦”。

然而，选择了稳定，实际上，意味着在物质上、精神上，都选择贫困；因为选择了稳定，同时，也就窒息了人们的创造力。伴随着历史发展的脚步，终于把悬壶口的林果业推上了必须“走出去”的风口浪尖。

来到悬壶口一晃就好几年了，常河还没有找张雅琪好好地谈一次。因为他心里有个结没有打开，他一直在找合适的机会，给她一个合理的解释。

但张雅琪似乎对那次常河要她放弃公务员资格的事并不介意。

“你不提，我都忘了。说实话，即使你不说，我爹也未必让我去。”

她告诉常河：“上初二那年，父亲把母亲和我从内地接来了悬壶口，我们一家终于得以团圆，结束了两地分居的生活。那时，我的理想就是考大学。尽管后来如愿以偿，但是，毕业以后，父亲还是让我留在了悬壶口。他说，他和肖璐的父亲有个约定，不论是谁的孩子今后考上了大学，毕业后都得回到悬壶口。我问他为什么，他说，悬壶口有能耐的人都快走光了，人才都走了，谁来搞建设？所以，你必须回来，没有商量！就是因为父亲这句话，我最后选择留了下来。”

张雅琪对常河说，在省城上大学的那几年，她严重贫血，加之学习重，每天她都感到气喘吁吁，手足乏力。父亲张楠很担心她的身体，经常隔一段时间就给她送些好吃的，希望她能够尽快地好起来。

“现在想起来，真是难为他了！”谈到父亲，张雅琪很感慨，“记得有一次，他来学校看我，那时车上人很多，他站在拥挤的车门口，一只手提着买的熟食，一只手提着营养品，当车门打开的一刹那，后面一股推力，使他顿时失去了平衡，竟狠狠地摔倒在了地上。但手里的熟食和营养品，却被他高高地擎过头顶，竟然一点儿也没有损坏。当父亲提着东西出现在我的宿舍门口时，看着他那张摔青的脸和擦破了皮还渗着血的肘关节和膝盖，我的眼泪情不自禁地夺眶而出。我俯下身去，心疼地想去抚摸他的伤口，却被他制止了：‘不要紧的，只是皮外伤。’父亲走的时候，我站在学校的阳台上，目送他的身影渐渐远去，我再也控制不住自己的情绪，放声大哭起来！这就是我眼中的父亲，我怎么能撇开他，独自一个人去省城呢？”

“原来是这样！我竟然一点儿也没有看出来。”此刻，常河感到对张雅琪很内疚。

他停顿了一会儿，好像下了很大的决心似的，说：“在悬壶口，正是有了像你和你父亲、老镇长和翠花这样的人，才让我对未来充满了希望！你放心，如果你不介意，我想同你一起留在悬壶口……”

“我一直在等你这句话！”张雅琪嗔怪地攥住了常河的手，常河顺势把她紧紧地揽进了怀里。

他们谁也没有注意到刚刚爬上屋顶的孟文豪，当他掀开牛毛毡时，恰恰看到了这一幕。

张楠来悬壶口那年，适逢黄河发大水，为了活命，他只身闯西口，在悬壶口落了户。开始他以打猎为生，森工队成立以后，他由于脑子活、肯卖力又仗义疏财，虽然只有十几岁，却被举荐为栋号长，管着几十号人。

一天，他经过镇上一家小饭馆，听到里面哭成了一片，就推门走了进去，问：“怎么了？”

饭馆老板说：“锅被人拿走炼钢去了。”

“这钢谁也没有说不让炼哪！锅拿走了,吃什么呀？谁干的？”

“是子午村炼钢队干的。他们说，不拿锅也行，那就交50元钱吧！我们这小本买卖，不要说50元钱，就是30元钱也拿不出来啊！”

“这帮瘪犊子，欺人太甚。别哭了，我去给你要回来！”

张楠说着就出了门，他回到林区，带了十几号人，骑上马就直奔子午村去了。

一到子午村，他把人马一溜子排开，派了个人去村里报信。

那帮炼钢队的听说张楠来了，便急忙出来迎候。他们知道，张楠在悬壶口这旮旯里不好惹。

领头带着人走出村子，一见面，便满脸堆笑地问："大哥，今天怎么有时间到小弟这儿来坐坐？"

"我没那闲工夫！你把小饭馆老板的锅给我，这事就算了了。你们他妈的什么德行？有本事去拆工厂的机器呀！欺负一个小饭馆老板叫啥本事？人家一年挣不了几个大子，你一开口就要50元钱？抢钱是吧？把锅给我拿出来！"

炼钢队没办法，只好乖乖地把锅交给了张楠带走。

小饭馆老板一家人见锅拿回来了，甭提多高兴了。一个劲儿地向张楠作揖道谢。张楠一摆手说："我也是小老百姓，不敢祸害穷兄弟，我的弟兄们也一样。行啦，好好过你们的小日子吧！"他一口水没喝，就带着弟兄们回林区去了。

所以，张楠在悬壶口，有个好名声。

张楠明白，人活着，图的是一个尊严，活的是一种担当。他有自己活着的理由："如果哪一天，我死了，人家会怎么评价我？我没有儿子，只有一个女儿，谈不上事业，也谈不上将来接班。但是，无论如何，不能忘记悬壶口。因为这个地方，养活了我和闺女两辈人。要记得感恩……"

张楠知道，要想长期在悬壶口待下去，首要条件是要有自己的团队。这一点，古今中外的例子俯拾皆是。

怎样才能拥有自己的团队呢？有两种方式：一是自己掌权，他觉得他没有这个实力；二是参与到对悬壶口有感情的团队中，为悬壶口做些自己力所能及的事。

后来，他选择了第二种。

森工队解散之后，张楠把自己淹没在了芸芸众生之中。他在观察，也在炼狱。

有权便会有钱，有钱便会有更大的权，如此循环往复，直至无穷。如果让这个权力落到为老百姓谋幸福的人手里，那情况就大不一样了。

他早就知道张雅琪和常河的事，只是一直不说，但张楠看好常河。

早在常河要张雅琪把公务员名额让给他老师的女儿那天起，他就下大力气了解了一番事情的原委。

原来，常河的老师住在省城，身体一直不太好，身边需要人照顾。考虑到自己女儿成绩考得不错，于是，就委托人找到常河，说是如果条件达到，是否能够予以适当的关照？常河去相关单位询问，得知老师的女儿得了第二名，同时掌握了如果第一名放弃，位居第二的人自然递补的信息，后来，就有了张雅琪礼让名额的事。

要想让常河来悬壶口掌权，就得让他有所历练。

为此，张楠就张雅琪放弃公务员一事，向西关相关部门做了举报，但私下里又要张雅琪出面为常河澄清事实。

要想掌权就得从头开始。可真要让常河从一个大头兵干起，却是不大可能的，这在中国的传统文化中，没有先例可循。因为，他毕竟在悬壶口干过挂职副镇长。

在悬壶口人看来，让常河从一个农民干起，总不是那么一回事；如果直接派为镇长，也没有这个先例。张楠知道，悬壶口是一个讲究资历的地方，且不说其他人，就是这里的一群德高望重的老人们，也不会买常河账的。结果是威信没树起来，却把一个人才毁了，得不偿失。最好的办法，就是让常河重新回炉，功力练成了，再来悬壶口。这一来，官场可以让常河接受为官之道，知道做官是怎么一回事；这二来，为将来悬壶口的全面发展做准备。当时的悬壶口人心已经散了，没有了凝聚力。虽然肖正坤等人十分敬业，但已经无力扭转乾坤。

悬壶口急需一个作风硬、有担当、懂管理的人，来引领大伙共同前进。但当时的悬壶口，组织结构却日益复杂，政出多门、人浮于事的现象十分严重。让一群大碗喝酒、大块吃肉，大字不识一箩筐的人去带着大伙和世界经济接轨，搞现代化，那不是找死吗？所以，张楠让常河回炉回到西关官场，也算是为将来悬壶口的发展壮大、提高生产力做准备。

西关的官场,可以说为常河的成长,准备了较为充足的资本。

在西关，许多机关官员只懂得事务性的工作，他们或许是某一方面的天才，但却缺少驾驭全局的能力；有些官员虽然有从事基层工作的经验，但流于机关“一支烟，一杯茶，一张报纸看半天”的形式，多半养成了养尊处优、得过且过的不良习惯。可是，常河不然。他不但文化基础雄厚，而且政治敏锐性高、洞察力强，有处事果断、雷厉风行的基层工作作风，这又为他后来掌控悬壶口奠定了基础。

在西关待了一段时间之后，上级并没有急着让常河去基层任职，而是被调去了省城行政学院担任教师，让常河有机会接触到来自省城各个衙门的官员。

这样，从职务上来说，常河与老师们是同僚关系，与各级官员又有了师生之谊，对这些人的人品和才能，逐步有所掌握。这是一个领军人物成长的开始，也是悬壶口未来掌舵人建立自己团队的基础。这一切，全在张楠的计划之中。

后来事情的发展，也果然如张楠预料的那样。

这样，经过一系列的历练，常河在悬壶口乃至西关，都成为一个举足轻重的人物。

有自己的团队，有资历、有能力，但这并不能成为常河顺利掌控悬壶口的必然条件。还有一个条件就是，悬壶口需要出一个大事，一个足以震撼西关，乃至省城的大事。

结果，悬壶口地震了，而且是一个大地震，震惊了全国！

张楠终于长舒了一口气。随着常河的到来，悬壶口的一盘散沙，又凝成了铁板一块。

肖正坤可以瞑目了。

四

常河入主悬壶口的第三年，悬壶口道路改造二期工程通车，比原计划提前10天。

作为悬壶口建设史上当年投建、当年竣工的规模最大的市政工程，自确定修建以来，备受老百姓关注。悬壶口道路改造二期工程，这座全立交的空中走廊，以其在原有的基础上使全镇交通通行提升30%的能力，当仁不让地成为悬壶口新的地标。

发展是永恒的主题。当岁月撞醒了历史的沉梦，当那些在大漠戈壁上，飘荡的驼铃声，从人们的耳鼓里悄然消逝的时候，人们忽然发现，悬壶口这座古老的小镇，到了必须面对自己的时候！

城镇交通，作为国民经济的大动脉，被全面提上了大发展的日程。

由于众所周知的原因，悬壶口在三年间，机动车保有量激增，交通拥堵问题严重制约了城镇的发展，成为悬壶口最大的民生问题。

为缓解城镇中心区域的交通压力，镇党委、镇政府提出构建形成城区南北贯通、东西互联的桥路结合立体交通网络。经过努力，一期工程历时 198 天建成通车；二期工程经过 211 天的紧张施工，全线贯通。

按照正常的施工工期，悬壶口的整个道路改造工程建设，至少需要五年时间。409 个日夜，让生活在悬壶口的人们，在风浪人生路上，见证了一个阳光灿烂的日子。

一座城镇所彰显的意义，不在于城镇本身，而是城镇建设所昭示的时代文化走向。

城镇建设，是一首凝固的诗，凝固的旋律。道路，是这首诗里文化的音符。凝固的，是无生命的钢筋水泥；灵动的，是有生命的内涵。道路，是城镇的生机和活力，是城镇的文化呼吸。人们不能想象，北京没有颐和园，上海没有豫园，苏州没有虎丘，杭州没有西湖……应该是什么样子？其实，城镇的审美追求，是人们精神追求的物化形态。从造物主的角度看，城市其实也是一个人。

相同的是本质，不同的是形式。作画，要的是形象的思维，情思的飞动，感情的燃烧，艺术形式的寻找。作画有画笔、颜料、画布就可以了；而城镇的道路建设，却要立体的、大范围的，调动的是第一自然和第二自然。

从某种意义上讲，包括城镇公共交通和城镇出租汽车在内的城镇客运，是城镇的主要功能之一，是最大的服务窗口，也是城镇核心竞争力和整体文明程度的重要体现。

然而，日趋增加的人口和车辆，已经明显不能满足悬壶口经济发展的要求，伴随着改革的进程，悬壶口的城镇交通面貌，正在发生着不可逆转的巨大变化。

原有的生活格局一旦被打破，就要注入新的生命活力。

无疑，这是一个伟大的创举！

常河到任悬壶口第一书记的第一年冬天的 12 月 15 日上午，便针对城镇快速交通路网、主干交通路网等建设项目专门组织召开了专题会议。会议上，他提出：来年开春以后，老城区道路建设项目，要以建设快速通道为重点，抓好绕镇环路节点改造……

常河很清楚，如果一期道路改造工程建成，原有道路通行面积将增加 24%。不但能有效地分流既有道路的流量，提升整体通行速度和能力，还可以在较大程度上缓解主城区的交通压力，使市民的出行方式，去火车站还是去飞机场，搭车或开车，有了更多的选择。

在工地待的这段日子里，常河一直被那些在道路改造工程中，默默奉献的人们不平凡的事迹激动着。他难以忘怀那些住工地、睡帐篷、啃干馍、喝冷水，却以惊人的意志、昂扬的心态建造和美化悬壶口的人们，忘不了那一张张被烈日、风沙摧残的粗糙且满是褶皱的脸庞。

担任工程二标段工地试验室主任的左标，临上工地之前，刚刚完婚。

在开工的第一次会议上，他保证：“我们一定发扬能吃苦、能忍耐、能奉献的精神，以精品工程向业主交一份满意的答卷。”

悬壶口夏天高温干燥的气候特点，给路面施工带来了很大的困难。铺油需要及时降温，混凝土也需要及时拉运到位……非如此，路基质量将会受到影响。看到这种情况，左标心急如焚，但他还是在经理、监理面前立下了誓言：即使我个人脱掉两层皮，也一定确保所有混凝土铺设完毕。因为混凝土需要24小时连续灌注，他只能夜里两三点钟仍旧坚守在工地，给所有实验室的现场职工送去夜班饭。由于连续的昼夜苦战，左标积劳成疾发烧至38.3℃，经理让他休息几天，可他吃了点儿药又上了工地……皇天不负有心人，在施工中，二标段率先完成了铺油任务，并通过了质监站的合格验收。

“你们快点把路面打扫一下，桥上面的人一定要注意安全，都抓紧时间，6点就要通车了。”8月20日，在一期道路改造工程三标段上，王志用打着石膏的左手指挥着，一切都为了保障桥下路段的顺利通车。

王志是三标段工地现场指挥，他每天8点起床，在工地指挥、巡视、沟通，一直到第二天凌晨2点才能休息。5个月的工期，让这个34岁的汉子，整整瘦了一圈。

6月21日凌晨，王志像往常一样早早地上了工地，当时工地正在进行浇筑立柱工作。由于天黑，一不小心，他踩空了，掉进了深达3米的基坑里，造成左手手腕舟骨骨折。为了不耽误工作，他只是简单地采取了保守治疗后，便返回了工地。

两天后，因为疼痛难忍，王志再次来到医院，被医院告知，再不动手术就有可能留下残疾，他才接受了手术治疗。手术后只休息了一周，他又吊着打着石膏的左手回到了工地。

常河跟他提起受伤的事，王志说："是我自己没注意才受伤的，实在不好意思，因为这点儿小事还惊动了领导。加上工期紧，任务重，看着住户们天天出行那么困难，我只想着赶快把工程搞成，让他们的生活能早点儿恢复正常。"

提起家人，王志深有感触地说："现在，我只盼着工程快点儿完工，回家休息一段时间，好好抱抱女儿……"

在常河的笔记本上，记着这么一笔数字：

3月18日，移树；

3月23日，首根桩基完成浇筑；

5月10日，第一榀空心板梁起吊；

8月3日，首个标段完成地面道路铺设；

8月8日，首个标段桥面完成沥青摊铺……

四层新建立交桥拔地而起，另一座立交桥也渐成型……一期道路改建工程初具雏形。

可以这样说，悬壶口二期道路改造工程，承载了太多的民生情结和新工艺。

曾经被老百姓广为关注的“电融雪系统”，在二期工程中得到了使用。据了解，这项电融雪技术，采用人工预启动机制，如遇下雪天气，均匀铺设在地面下的发热电缆，将在人工控制下启动，对路面进行加温处理，雪停后系统关闭，起到融雪和防冰冻作用，减少机动车辆行驶在坡度较大的路段时上、下坡引起的安全隐患，提高冬季快速路系统的运行效率。

针对二期道路改造工程，沿线交通状况和敏感点产生的交通噪声，常河通过监测数据分析，环境评估，及时提出了隔音屏的设置和要求：“安装的路段，主要集中在人流量大的区域，包括住宅区和学校。”

党的十六大，首次明确将“走中国特色的城镇化道路”写进了报告，由此，拉开了中国城镇化快速推进的大幕。

一幢幢高楼大厦拔地而起，一条条道路向前延伸，城市和道路正在“长大、长长”。

就在道路改建工程全面动工之后，悬壶口又以子午河河道为轴线，启动了城镇绿化生态园建设工程。

悬壶口滨河景区，总长 3.34 公里，总占地面积约 2500 亩，其中河道面积 900 亩，绿化面积 640 亩，水域面积 230 亩，总投资约2.3亿元。该景区由绿化生态园、滨河绿地和人民公园三部分组成，同时也是国家AAA级旅游风景区。

首先，他们在河道中，分别修建了橡胶坝、折形薄壁堰和水利翻板阀三道壅水建筑，使流经小镇的由乱石滩形成的河道变成了平湖，与生态园和人民公园的景观带色融为一体。

这项工程，生态效益显著，即利用现有的条件和资源，依靠优越的地理位置，不但保留了原生态的红柳野生植被，而且打造出了融空气、阳光、水岸、风情为一体的休闲、娱乐和功能完善的水岸景观带。同时，该工程还兼具了防洪、蓄水和排砂的效益，即利用子午河河道上游和下游地形的自然高差，将建成的人工湖泄水主通道，和壅水建筑物开闸放水，可达到以水景为主体，下游以水治砂、冲砂、排砂及河道各功能综合治理的目的；另外，还起到了绿化灌溉的效益。

顺着河道甬路行走，右手即为“古镇广场”，在广场中心，为一座“锚”的雕塑。继续前行，就是分别坐落在沐锦岛两侧的“彩虹拱桥”，此桥为两座，并将子午河河道东西两岸连为一体。通过彩虹桥，便登上了小镇唯一的天然岛屿——沐锦岛。每年7月至9月，都会有许多人来到这里利用河水沐浴祈福。与之相呼应的，是另一处人工湖，湖边设有“亲水平台”，在湖水出口处，为悬壶口唯一的一座大型水车，在溢出的湖水冲刷下，水车缓缓转动。

目前，这座圆形的小岛上，已经建起了一座类同于上海东方明珠的 50 米高的铁塔。子午河大桥的下游，还修建了一些如古藤、风、舞者这样的小型景点。

整个生态园设计南北纵横、临河而建。丝绸古道大型标志、人工湖、植物长廊等景观各具特色、独具神韵，整体又通融和谐、相得益彰。代表“更高、更快、更强”体育精神的奥运五环，远古丝绸之路商旅驼队人文景观雕塑墙，充满异国风情的荷兰风车……充分体现了中西合璧、古今贯通、开放大气的建构理念，让人感到天人合一、超然忘我的轻松与惬意。

悬壶口生态园，原本是一片芦苇、红柳、鹅卵石丛生的河滩，常河来的第二年，便组织人力、物力因地制宜，就地开挖了一个 120 亩的人工湖，并用湖底的淤泥堆起了假山，在湖面上架起悬索桥，环湖堤岸遍植垂柳、铺设木栈道、营造人工沙滩……经过近两年的精心打造，一个占地 400 多亩的生态休闲场所，展现在人们眼前。

面对眼前发生的一切，翠花说：“发展是永恒的主题，发展不在于它的形式，而在于内容。在于老百姓真正的快乐，是源于他们内心真诚的喜悦，是正视人生坚定的成熟，是无怨无悔的超拔与宽容，更是一种踏雪而歌的气质。好风凭借力，送我上青天。对于悬壶口而言，梦想，起始于一种文化，也有待于今后的持续发展……”

常河在多种场合下经常这样讲："我们要有战略思维，要集中一切力量干大事。"

这些话，悬壶口人耳熟能详。

何为大事？

具体地说，"大"者有三：其一，与大多数人的利益相关，为大多数人所关心；其二，覆盖面大，影响全局；其三，历史意义大，作用时间长。

可以这样说，悬壶口的道路改造工程和市政建设，堪称大事。在不到 2 年的时间里，完成了 5 年的工程量，成为悬壶口路桥建设史上影响范围最广、建设难度最大、技术水平最高、参与人数最多的工程，造就了悬壶口新的坐标和里程碑！

长路如虹，让悬壶口人看到了一片成熟的秋色！他们知道，悬壶口现在已经羽翼丰满，应该拥有一片更广阔的天空，海阔凭鱼跃，天高任鸟飞……

五

"兰姨，既然合作，咱们就应该有个合同，对吧！如果搞秋后算账的话，会影响彼此的感情。咱们凑个份子，你七我三，好不好？"眼看收获在即，到收果子的季节了，孟文豪把兰捷带到了田间地头。

“哎哟，这是什么味道呀，臭死人了！”兰捷掏出手绢，捂住了自己的鼻子。

“那咱们去那边谈。”孟文豪指着不远处一间草棚说。

“你刚才说什么？七三开，我七你三，有没有搞错啊！咱们这可是搭伙做生意，不是搞慈善的哟！”兰捷的声音立刻高了起来。

“你声音小点儿，害怕别人听不见哪！”孟文豪把手指放在嘴边“嘘”了一声。

“怕什么啊？我又不是偷……”

“你到底干还是不干？说句痛快话！”孟文豪有点儿急了。

“干是肯定要干。不然，我千里迢迢从大上海来这里干什么？”兰捷瞪了孟文豪一眼。

“既然要干，咱们就确实需要一个约定。不然，一旦相互扯皮，两败俱伤。”

“哎哟，文豪呀，咱们马上就快成一家人了，还这么斤斤计较干什么？我能占你什么便宜啊？”

“兰姨，咱们一码归一码，好不好？”孟文豪说。

“好个屁！这生意还没有开始做，你就给老娘算上了。若以后做了我的女婿，你还不把我赶出家门哪！再说了，你那个七三开，就是异想天开嘛！我为什么七，你为什么才三呢？不过，这样也好。利益分成的时候，咱们也按这个比例分。咋样？”兰捷说。

“那怎么行？分成的时候，是我七你三。你千万别搞错了！”孟文豪说。

“什么？你这是什么分法？明显是欺负人嘛！”兰捷不愿意了。

“兰姨，话可不能这样说。现在可不是倒空卖空的时代了，得讲求知识,叫作营销学,这可是有知识产权的,当然得占股份。”

“拉倒吧！就你那知识产权，早叫肖璐给用烂了！你现在给我讲这个，有意思吗？”兰捷开始对孟文豪冷嘲热讽起来。

“当然有意思，而且意思大得很！”孟文豪的声音分贝一下高了起来，“你想想看，想想看，我请你到这儿来，完全是为了合作，为了谈生意，不是为了和你女儿谈恋爱。更何况，你女儿现在还跟在别人屁股后边跑得屁颠儿屁颠儿的，我算哪盘菜？怎么和她谈？再说了，谈恋爱需要成本，结婚需要钞票，还要买房、买车、装修、旅游，一整套的程序，缺一项，您能愿意？别再计较了。这样吧！投资你六我四，分成我六你四，这样总算公平了吧？”

“这还叫公平啊？整个一奸商的嘴脸！和你这样的人合伙做生意，把我卖了，我还帮你数钱呢！算了，老娘不伺候了！”兰捷生气了，一拍屁股，要走人。

“行了，行了，兰姨！没想到，你是一只铁公鸡。我也不想和你一般见识。所有的，咱们都五五开，这样成吗？”孟文豪也有些不耐烦了。

“生意肯定是这样做呀！你拿出诚意，我才有信心。把东西拿出来呀，我签！”

“什么东西？”孟文豪不解地问。

“合同啊！”

“哦，对对对，合同……你这一闹，我差一点儿把正事给忘了！”孟文豪急忙打开皮包，把事先拟好的合同，按照兰捷的意思，改了几个数据，“改好了，我回去打印出来，下次见面时签。”

“合同妥了哦！接下来，我得给你讲讲农产品的品牌建设和产业化……说到底，就是从田间地头到餐桌的过程。”

孟文豪告诉兰捷：“我仔细计算过，一株棉花，从棉苗到成熟，需要用水 84 公斤。对于悬壶口这样一个严重缺水的地方，成本投入是难以想象的。我建议从明年春天开始，把几万亩 100% 的瓜套棉，逐渐减少到几千亩，其余的，基本上单做瓜。同时，在哈密瓜的种植、栽培以及销售上，加大投入。通过现代农业发展项目的实施，悬壶口今年一年，不但实现了年节水 2216.92 万立方米，而且还大大地提高了农民的收入。为全镇农业发展起到了示范作用，从而最终实现了农业节水支持工业发展，工业反哺农业的良性循环目标。这样一来，仅仅就哈密瓜一项，我们在把成本降到最低的前提下，利润基本上可以翻两番！”

“翻两番是多少？”兰捷听得很痴迷，眼睛的瞳孔一下子放大了好多。

“这当然和你的投入有关！思维不要老停在传统的观念里，那样是发不了大财的……”孟文豪正口若悬河地谈着，忽然看见古岳峰向他俩走了过来。

“文豪，你来得正好。走，到我家大棚看看去，去年秋天新栽的葡萄，现在已经长到 70 多厘米高了！”古岳峰邀请道。

“行啊！咱们去学习学习。”孟文豪爽快地答道。

“我家的大棚葡萄，已经是第三个年头了，再有两个多月，就能采摘上市了！”古岳峰喜笑颜开地说。

近三年来，悬壶口设施林果业发展迅猛，全镇设施林果已发展到 1.7 万多亩，盖了 5700 多座温室大棚，其中，大棚葡萄占到了 98% 以上。而且，这一数字还在呈上升趋势，预计来年将突破 2 万亩。

古岳峰告诉孟文豪，发展设施农业之初，常河和翠花经常来到田间地头，苦口婆心地动员农民，政府也为此出台了多项优惠政策。如今，这种情况已经发生了质的变化，农民不仅种植设施作物的积极性很高，而且争先恐后地学习技术、订购苗木。

这是什么原因呢？古岳峰回答了孟文豪的疑问：“全国各地瓜果成熟的季节，大多在秋天，而悬壶口部分林果成熟可以采摘的时间，在五六月的初夏季节。这样的时间差，使得悬壶口设施瓜果大受欢迎，农民不愁卖、能挣钱，当然愿意种！”

“扛着大包小包的农产品参展的日子，已经成为历史了。如今的企业和农民，越来越重视产品的形象和品牌了。你猜猜看，今年悬壶口最火爆的农产品是什么？”刚刚参加完上海博览会回来的肖璐对常河说。

“不会是苹果吧？”常河迟疑了一下，说。

“恭喜你答对了！”肖璐兴奋地说，“当我们的‘悬壶口的苹果红了’大型网络文化活动正式启动以后，仅子午村就接到了全国各地的苹果订单2万多吨，金额达1.3亿元。其中，最大一笔订单达1200万元……”

在“悬壶口的苹果红了”的全民营销活动中，从每一个苹果果皮上的“a”和“@”组成的统一品牌标识判断，这是一次目标明确的市场营销行为。果农把标识粘贴在正在生长的苹果上，必须要经过一定时间的太阳照射后，才能留下印记。从设计标识，到印刷，再到贴标成型，没有前期的系统策划，是不可能达到这样统一“结果”的。

借助电子商务，一个原本以向国内市场推销悬壶口苹果的想法，最终演变成一个庞大而又缤纷的“文化盛典”和经济大餐。

“悬壶口的苹果红了”成为一次传统媒体与新媒体、省内与省外媒体、中央与地方媒体合作联动，通过全媒体宣传，最终的结果是，悬壶口的苹果还没有红，红包已经装到了果农的口袋里。

“我相信，在未来的5至10年内，公司可以实现三大目标：第一，成为全省最大的以苹果、葡萄产业为主的农副产品加工贸易研发基地；第二，成为西北地区最大的干鲜果及其加工产品贸易集散中心和中转市场；第三，成为全国最具有影响力的特色农副产品和干鲜果品出口贸易平台和创新基地……”

常河看得出来，通过参加这次博览会，肖璐的信心更足了，他很欣慰。可是，他也看出了一些问题，尽管肖璐没有说。但职业习惯使然，让常河明显地嗅到了一种不寻常的味道。

“这次特色林果产品博览会，姹紫嫣红的各色产品，不仅给与会者带来一场视觉盛宴，而且也无声地向世人展示了悬壶口近年来大力发展特色林果的成就。但我们也不能不看到自己的‘短板’：悬壶口现在已经有上百万亩的林果面积，总产量也很可观，但我们的实际加工能力却非常弱。就比如我们的苹果、葡萄等系列产品，品牌打出去之后，却要贴着其他省的商标……所以，我要说，悬壶口的特色林果深加工与品牌的创立，已经到了刻不容缓的地步！从现在起，我们必须对特色林果业发展战略和生产布局，开始进行优化、调整，明确未来10年内，全镇特色林果业的发展重点：建设优势林果主产区和特色林果基地……”

敏锐的市场嗅觉，让常河对问题的出现洞若观火。

“那咱们就往前再推一把，拽着林果奔小康？把根基筑得再牢一些，把路铺得再宽一些。”肖璐对常河眨了一下眼，说。

“那当然，那是的！”常河举起手掌，和肖璐对击了一下，两人一拍即合。

“我和赵平安是悬壶口土生土长的主，他是我童年的玩伴，我们一起经历了很多事。因他家有5个孩子，他排行老五，所以母亲给他取了个名，叫平安，希望他一生平平安安的。他小时候，长得干净利落，聪明伶俐，又是家中最小的孩子，他的母亲非常疼爱他。”常河提起赵平安，古岳峰这样对他说。

有一年，芝麻熟了，牛车从地里拉着一捆捆芝麻，去打晒场上晾晒。途经村子中间的一段土路，赵平安家的院子，就在这段土路的旁边。因为院子的地势高，他们一群小伙伴就站在那里，拽着牛车上的芝麻秆玩。正当赵平安拽得起劲时，车轱辘碾在了一块大石头上，牛车随即猛地一甩，将赵平安连同芝麻秆一起，甩到了车轱辘前方。只听“啊”的一声惨叫，牛车从赵平安的身上压了过去。顷刻之间，鲜血喷薄而出。在前面赶车的牛把式，顿时吓得脸色惨白，不知所措。小伙伴们慌了，连忙跑到地里去找大人。他的父亲扔掉手中的农活，三步并作两步从地里跑了回来，将赵平安用被子包好，放在架子车上，向西关县城奔去。

赵平安的母亲听到这个消息，悲痛欲绝。撕心裂肺的哭声，划破了整个村庄的宁静。由于伤心过度，精神出了问题，从此就疯了。

赵平安经医院检查回来后，平安无事。

可他的母亲不相信这是真的。在她的思维中，孩子已经彻底离开了她，不是在跟她捉迷藏。她经常在村里一个人四处寻找，面无表情地嘴里喊着："平安，平安，妈的小乖乖，快回来吧！妈想你了，饭已做好了，别再贪玩了……"那情景看着让人心酸。

后来，家里请了不少医生来为她瞧病，结果都没有诊断出什么。无奈之下，只好派人每天抱着棉垫跟着她，任她寻找。当她累了、困了，往地下躺或坐下时，家人就会将棉垫铺在地上，唯恐她受凉。

"那时，我是最怕见到赵平安的妈妈的。因为，在这之前，赵平安和我很要好，几乎每天都形影不离。这件事发生以后，她每次看到我时，就好像见到了赵平安，眼睛直勾勾地看着我，看得我毛骨悚然，我又难过又恐惧。每当邻居围在一起劝说她时，她仿佛什么也没听到似的，还要从人群的缝隙间去寻找我的影子。我只能远远地躲着她，伤心地看着这一切。"古岳峰说。

一年后，赵平安母亲的情绪，慢慢地稳定了下来，不再像以前那样在村里四处乱跑，到处寻找了，只是自个儿待在自家的院子里，不停地忙碌着，嘴里"嘀嘀咕咕"地不知和谁说着话。再往窗台上一看，她纳的千层底花布鞋，从小到大有序地排列着，那是她为意念中的赵平安纳的鞋，谁都不能动，谁也不去动，即使赵平安本人也不行。

阳光暖暖地照着大地，赵平安的母亲独自坐在院中的木凳上，瘦弱的脊背，弯曲得像个虾米。她用皲裂的双手，拿着针和鞋底，时不时用针在凌乱的头发里划拉两下，面带微笑，熟练地做着鞋。

没过多久，她就靠在院子里的一棵古树边上睡着了。当家人发现的时候，她已经去了另一个世界。

在她的心里，赵平安从来没有离开过。

母亲走了以后，他的父亲就犯迷糊了。他常常一个人坐在村子里的那块大石头上，逢人就讲赵平安母亲的故事。

他说，他和赵平安的母亲，俩人最大的共同爱好，就是特别爱听评书。他还说，她与周围的女人有着很多的不同，就是吃、穿、坐、行，都透着和别人不一样的地方。她爱美，整洁，不爱干活。村子里的大多数女人，穿得都很土气，唯有她，特别爱穿旗袍，而且在旗袍的一侧，还别着一个小手帕。

看着与众不同的妻子，赵平安的父亲有时会忍不住好奇，常常会问："为什么要把手帕别在旗袍旁边，而不别在其他地方呢？"对于类似的问题，母亲只是浅浅地一笑，从不作答。

赵平安的父亲常说，他的母亲干得最多的活，就是洗自己的衣裳，从来不做饭，但是生活却很有规律。她每天早晨出去遛弯的时候，都会在外面吃早饭。对此，他的父亲也心生怀疑："因为无论从哪个方面看，她都像是一个不一般的人。"但每每问起时，她永远只会淡淡地回眸一笑。

这样的日子久了，大伙都已经司空见惯。

“有一天，赵平安告诉我，他爸爸死了！我头蒙了！问他在哪里，他说，在家里的床上。他以为睡着了，结果一推，父亲的手耷拉了下来,人已经凉了！唉！”说到这里,古岳峰叹了一口气。

“葬礼那天我去了，他把他母亲最喜欢的照片，放进了棺材里，其他的，都烧掉了，我记得应该是秋天的时候。”

古岳峰对常河说起这段往事的时候，流泪了。

他说：“他的父母相继去世以后，不知是谁说的，说赵平安这个人，命里克父母。和他住在一起，不吉利。没法子，平时他只好形影相吊地一个人住。好在肖正坤当镇长那年，镇上成立了森工采伐队，他去了林场，后来就一直待在那儿。他虽然脾气暴，性子烈，可是一个好人哪！爱憎分明，脑子好使，在林子里做了不少事。悬壶口的孩子，有不少是他接生的。”

从古岳峰的话里，常河断定，赵平安绝不是一个简单的人。因为，他的经历，不能用幸运和不幸来界定，而只能用一幅冷峻而肃穆的油画来展示。

常河相信，往往外表过于冷酷的人，胸腔里都藏着一颗浓烈而仁厚的心，不求被人接受，只求于己回味。

六

时空，在这一刻，被定格了。

当天，悬壶口葡萄产业协会正式宣布成立。开幕式上，中国农学会会长宣读《关于同意授予悬壶口“中国葡萄城”荣誉称号的批复》和《关于同意授予悬壶口“中国葡萄干生产、加工、物流中心”称号的批复》。

“我买了悬壶口红枣、核桃，还有悬壶口糖心苹果、葡萄，收获太大了！”兰捷和孟文豪带着悬壶口的产品，直奔上海西郊国际农产品展示直销中心广场。

兰捷的老邻居徐大妈推着满载着悬壶口特色农产品的购物车，笑盈盈地对她说：“我一直追着你买东西，悬壶口农产品绿色有机，大家都知道的呀！”

“什么广告，都不如老百姓的口碑。我这次也是抱着试试看的心态来参加展示直销的。今天最大的收获，就是上海和整个华东地区的老百姓认可了我的产品。”兰捷把嘴凑近徐大妈的耳朵边上，悄悄地说：“要做长线营销，就要‘产’有基地、‘加’有企业、‘销’有实体。”

在兰捷的印象里，悬壶口太远了，它应该算是一个典型的边陲之地。伸向远方的路，在冷冷的风中醒着。那里的冬季特别漫长，风雪在苍茫的落照里，掩映着季节的轮回。

走近悬壶口，她才终于搞明白了，什么是林果业。

站在田野上，虽然已是暮秋初冬，但是，展现在兰捷眼前的，仍然是一派丰收的景象：被收割后的稻田里，留下了一株接着一株稻秆的底茬，如同铺了一地的金子。一阵风吹来，像是要掀起一阵阵金色的波浪。那些梁上或塬上的一片片果林，如同一个个挂在果树上的红苹果，露着甜甜的笑容。

夕阳收起了最后一丝余晖。天，完全黑下来了，只有月光，静静地泻在路面上，笼罩着这片充满温馨的田野。天上，那一轮圆月，陪着小溪还在不知疲倦地流着，流着……

秋天的美丽，写在了农民的脸上。

转眼就要快过新年了，无论孟文豪怎么努力，兰捷也不想再去悬壶口了，说是要等到来年再看。

“还看什么？到时候黄花菜都凉了！谁还吃你的水果？现在备的就是年货，我的姑奶奶！”

看着兰捷一脸倦怠、麻木不仁的样子，孟文豪急了：“如果再耽误下去，这趟货就泡汤了呀！”

“文豪，你看你现在这个样子，哪像什么讲师、学者，简直一副商人的嘴脸。”

“在商言商，有什么不对吗？商人怎么了？商人可是咱们这个社会的精英阶层！”

“我不管你是什么阶层。除了做生意，你还想做什么？”

“做生意的目的，就是要挣很多很多的钱。有了钱，干什么不行啊？”

“钱钱钱，你就知道钱！我问你，你还想把和梅子的事拖多久？”兰捷说。

“谁拖了？我没有拖呀！现在梅子跟肖璐在一起，你又不是不知道。”孟文豪说。

“他们是在一起，可我不愿意！如果将来梅子嫁到了悬壶口，今后我老了，日子该怎么过呀？你一定得下点儿功夫，不能让肖璐那小子占了先。”

“梅子自个儿愿意，我能怎么办？”孟文豪有些沮丧地说。

“办法总是人想的嘛！你现在这个熊样，是不是认怂了？”兰捷问。

“谁认怂了？你自己看看你们家梅子，在我跟前趾高气扬的，像个没有教养的小公主，我倒像个小瘪三似的。”

“你急什么？等到你和梅子结婚了，家里还不是你说了算！”

“谁知道那是哪年哪月的事。我恐怕是等不及了！”

“喂，文豪，这话可不敢乱说的哦！你风风火火地把我叫来，就是为了和我赌气，是吧？”

“我哪儿敢哪！这不是为了让你挣更多的钱吗？”孟文豪说。

“那好吧，我的姑爷！老娘就陪你再跑一趟，如何？”兰捷想通了。

“这就对了！大冷天的，你这话听起来让人暖和。”

当天，孟文豪和兰捷踏上了去往悬壶口的旅途。

下了飞机，他们先找了个馆子，吃了点儿东西，还喝了不少酒。

“反正要过年了，喝点儿，暖和。”孟文豪对兰捷说。

开始的时候，兰捷坚持不喝，但经不起孟文豪的花言巧语，最后还是喝多了。

“我有点儿头晕，想吐。你把我扶回家吧！”兰捷嘴里喃喃地说。

“哪个家？”孟文豪明知故问。

“哪个家，哪个家？自已的家呗！我看，你也是喝多了。”兰捷说着说着，眼皮开始打架了。

当他们从酒馆里出来的时候，很多宾馆已经打了烊。孟文豪就随手打了一辆出租车，找了一处位于城乡接合部的小旅馆，住了下来。

“你带我来这个鬼……鬼地方干什么？这荒山野岭的。”兰捷醉眼看星辰地问。

“咱们到家了。你先躺下吧！”孟文豪说。

“躺下干什么？”

“先躺下，我再告诉你。”

孟文豪开始为兰捷宽衣解带。

“你干什么呀？”

“晒晒你那地方，好让我们滋润滋润！”

“你白痴啊，想干什么？”兰捷一下子清醒了。

“蠢货！我想干什么，你不知道啊？”孟文豪的眼里露出了绿光。

“这是什么地方，你敢乱来？”兰捷慌乱起来。

“都什么时间了，有谁会来？”孟文豪说。

“文豪，你千万不要这样啊！”兰捷低声下气起来。

“我就乱来了，你能把我怎么样？还以为你是黄花大闺女啊！”

“我这个年龄，都快做你妈了。你还敢胡作非为？你走开，给我走开。否则，我就喊人了！”

“喊吧！你就大声喊吧！这偏乡僻壤的，这阵子哪会有人？只怕把你自己喊成了孤魂野鬼，也不会有人来的。我告诉你吧，情欲是没有年龄界限的！”

“你这个禽兽不如的东西。不能这样啊！我真的要喊人了！”

“喊哪，你怎么不喊哪！你如果不喊，就是小妈养的。老子行走江湖多年，还没有见过像你这样既想做婊子，还要立牌坊的东西！”孟文豪在怒斥着兰捷的同时，生拉硬扯地褪去了她身上的衣服。

他一边尽情地享受着飘飘欲仙的感觉，一边喃喃自语：“你千万不要怪我啊！这一切都是你自己造成的。既然梅子不愿跟我，那只好由你来做奉献了……”

兰捷感到这辈子都没有这样被羞辱过。这个时候，她想死的念头都有。

“天哪！这让我以后该怎么活啊？”

夜色中，兰捷哭成了一个泪人。

干完事，孟文豪提起裤子，没事人一样，走了。

悬壶口，可能算得上西关一个最不起眼的小镇。当时，没有多少人知道它的名字。

它位于西关的西南部，与市中心相距不到100公里。听说，它最早属于鸿雁镇，那还是20世纪初的时候。后来，几易其名，又不断兼并纳入，面积增至近几百平方公里，但人口尚少，不足10万。后来战火纷起，最多的时候，融入过百万人。

“感情这个东西，我说不好。”翠花说，“它应该是爱的开始也是爱的终结吧！对于爱，我常常有感于它唱的忧伤与赞颂。所有的爱，一定和感情有关。正因为爱着，彼此把自己的心交给另一颗心，从此无怨无悔，彼此包容关怀，彼此相依为命，最后在岁月里慢慢成长，以至终生。”

去往悬壶口的路有些崎岖，山上盛开的各色小花却撒满了山坡，很艳丽。漫山遍野的绿，把一道道坎坷掩映在了路的尽头，走着走着，就没有了方向。沿途的胡杨林密密匝匝，挤得一些藤本植物无处可去，只能沿着树干拼命地向高处攀缘着，伸手去够云彩里的阳光。山不高，但陡峭。

几经辗转，一座很不起眼的山神庙矗立在路边。路过的行人，会去烧些纸钱，顶礼膜拜。林间有许多岔道，会指引着人去往不同的地方。但通往悬壶口的大道只有一条，勉强能通过一辆车。

翠花说，这条路，父亲和母亲走了好几年，直到父亲把母亲带出大山，才离开。每次踏上这条路，她都感到父亲还在身边。

父亲的音容笑貌仍然历历在目，怎么说走就走了呢？掐指一算，父亲离开她已经有些年了。但推开昨天的门，父亲好像还站在那里，微笑着看着自己，为她留着一扇回家的门。

人生不容易，一转身就是一辈子。离开家，就意味着远行。谁也不知道，离开还能不能回来？所以，从父亲离开那一天起，她和肖德、肖正坤一家就小心翼翼地守候着那片山，她希望还能从父亲走的那条路上，看到他归来的影子。

后来，父亲踏上了回家的路，却已经阴阳两隔，被埋在了故乡的山上。

悬壶口，对翠花而言，成了一个终结父爱的地方。

家乡的那条河尚在，河面不宽，仅有几米，但仍然汩汩滔滔，长流不息。这条交织着童年、少年时代欢乐和乡愁的河，让翠花每次经过那里，都会情不自禁地想起河上那座石桥，那一条父亲为她留下来的生命之路。她说，熊凤举就是从那条路上，策马飞奔，把她及时送到了肖德手里，她才捡了一条命。

那个耸立在高台上的故乡，是被一层一层片石圈起来砌筑而成的一个坝子。坝子不宽，约有半个篮球场那么大，上面建有祠堂和房屋。房屋的材质也多为石块，在风雨的剥蚀下，咬合得十分严实。大大小小的房屋连成一片，就是一个不小的村庄。村庄与外界，有一些羊肠小道连接。这些小道，不仅通向田间地头，也通向一座座坟茔。

从谷底沿着用青石板铺就的台阶拾级而上，在一侧留有槽沟的小路上，走不了多远，就到了熊家祠堂。祠堂依山傍水，青树翠蔓，独享风水。

“这就是我的家，也是我出生的地方。”翠花说。这里，有她所爱的人和爱她的人。那些她听说过的人，曾经存在的人，以及仍然活着孜孜以求生命的人。在她的心里，就是一切的欢喜和苦难，就是相恋中的爱侣、被认同的信仰、意识形态的集合体，他们至高无上，却也像一颗悬浮在阳光下的粒子，来似烟云，去似微尘，和其他的人，没有什么不同。

在故乡，让她体味到了人生百味。她的心，因为感情和生活的躁动，生出了许多的感慨；还有命运的苦痛，让她读懂了疲惫和迷茫。

有时翠花会想：我很幸运，还是一个不幸的女人？

就在故乡这个点上，就是从悬壶口走出来之后，她也学着父亲那样努力打拼。但是，她没有过上她想要的那种生活，却以另外一种方式，走进了悬壶口。几十年过去，可她觉得自己仍然不是一个地地道道的悬壶口人，自己只是在镇上走了一圈，最后，又回到了故乡那个原始的起点上。

她走近书柜，那里藏着她的一些心思。打开书柜，发现所有书都落了许多灰尘。

“它们被遗忘得太久了！”她感叹。但扑鼻而来的书香味，立刻唤醒了她的阅读欲望。那些书里溢出的淡淡的芬芳，仿佛是为另外一个懂它们的人留下来的。

悬壶口，成了她心灵的一种寄托，一种慰藉，一种让她爱而不舍的归宿。

昨天走远了，剩下的路，还有很长要走。

“我一直希望自己淡静地活着，无论碰到什么事，甚至事业或者婚姻的困局，都是这样一种姿态，一种风骨，一种品质，一种优雅。我想，这种云淡风轻的飘逸，是耐人寻味的质朴，是返璞归真的美。给人以宁静和思考，充满着娴熟、沉稳、真诚和淡定。可是，在身处逆境时，要做到恬淡，真的很不容易。”翠花说。

翠花的母亲自小生活在巴山蜀水，那种小家碧玉的灵秀，在翠花身上无处不在。

常河记得自己第一次去肖正坤家做客，见到翠花的时候，她已经把家里收拾得窗明几净，一尘不染，俨然一个家庭主妇。

她不像常河想象中的那个样子。很端庄、矜持，但不善言辞，有很直率的生活个性，说话不掩饰，直来直去，犹如胡杨林里刚长出的树菇，清新，怡人，透着甜甜的芳香。

有人说，人是有预感的。如果合作的双方彼此吸引，不是被对方深度洗脑，就是清醒的时候脑还残着；要不然，就是双方同时醒来，发现对方就是自己想象中的那个人，并且抱定决心，相携打拼。

常河和翠花聊着聊着，话题就转移到古岳峰身上了。

这个时候，常河才想起了上次在搞悬壶口生态园建设时，亲眼看见的一个场景。

在一棵大柳树旁，翠花看见一位老妪，很吃力地从地上捡起一个瓶子。她连忙走过去，帮老妪把地上散落的几只瓶子拾进了背篓，说：“婆婆，路滑，小心哦！”

老人缓缓地转过身来，很感激地说：“不碍事，不碍事，有老伴呢！”

果然，在不远处的石凳上，她看见一位老者正坐在那里。奇怪的是，这是一个逐渐变冷的秋天，那个老者却穿了个短袖衫，两只胳膊露在外面。

一些老人来到这里，都会带上一块毛毯搭在膝盖上。然而，这两位老人都没有。他们只是坐在一起，揉搓着对方的膝盖，用那一点儿体温相互取暖。

翠花去摊点上买了一条毛毯，搭在了两位老人的膝间。

她问：“看得出来，古叔叔，您和阿姨在一起，很开心。您能不能告诉我，您现在的感受？”

“当然可以。相互体贴，才叫老伴。但需要时间和忍耐！”被称为古叔叔的，原来就是古岳峰。他对常河和翠花笑了一下，说。

翠花似乎对此很不解。

古岳峰看了翠花一眼，拍了一下自己的两只胳膊，又补充了一句：“你看，如果没有老伴的悉心照料，这些年，我只能算一个废人！”

“您千万不能这样说！要不是为了这个家，您的手，也不会残的。”

紧接着，老妪开始不厌其烦地给常河和翠花讲古岳峰在森工采伐的事。

“他被送回来的时候，脸色白得像一张纸，没有半点儿血色，两只袖子已经被血水打湿了！”老妪说着说着，开始掉泪。

古岳峰就是用两只橡胶手，支撑了整个家几十年。

“几十年哪！时间可不短。但她没有嫌弃我，为我洗了一辈子的衣服，做了一辈子的饭。”两人说着，相互把手伸向对方，紧紧地攥在了一起。

“是啊！在那些风雨飘摇的日子里，在那些艰难的岁月中，爱情能有多少物质基础可言？有的，只是生活的沉重与艰辛，但却让彼此间有了那么多的依靠与理解。相形之下，今天的我们，是不是应该换位思考一下，少一些浮华和虚荣，多一份担当和责任？”此情此景，让常河情不自禁地感慨万千。

翠花也说：“真羡慕那个老阿姨，她这一辈子真不容易！从含苞到绽放，从婷立到凋谢，花开花落，女人永远都是一幅朦胧婉约的画，一首悠扬曼妙的歌，耐人寻味。”

女人如花，花若盛开，清风自来。常河看不透红尘中的镜花水月，也知道岁月匆匆，华年易逝。翠花眼里的那种淡定和安静，给常河一种感觉：和翠花在一起共事，她的心，是快乐的！

生命是一种缘，有时刻意追求的东西，或许终身都得不到；而不曾期待的灿烂，反而会在淡泊从容中不期而至。

佛说：弱水三千，只取一瓢饮。

人生有三种境界：看山是山，看水是水；看山不是山，看水不是水；看山还是山，看水还是水。

与人交往，有时仅靠去看去听，往往把握不准。和古岳峰第一次见面，不用介绍，常河只要看一眼他那张坚韧的脸，就仿佛读懂了一页沧桑；握一下他那双已经没有知觉的手，就看清了在岁月的河流里，曾经漂过的苦难。

古岳峰让这沧桑和苦难，变成了一张美丽的底片。

情是何物？来时无影，去时却有踪。情是宁静的，情是平淡的，情似有形又无形，却又极其平凡。摆两杯淡茶，对一轮明月，任静谧在周围营造一种意境。看星火点点，品凉风习习，仿佛尘世的喧闹已与他无缘，名利场中的角逐也恍如隔世。一切龌龊的念头皆消隐了，只留下了两颗净静纯洁的心。即使无言地对坐，那默契的目光也传递着每一次跳跃，就是把双眸合上，也能感受到对方意念的萌动。

谁说不是呢？古岳峰给人的特点是大美。美是寂寞人生唯一的安慰者。没有美陪伴的孤独，是真正的孤独。这对于人类，无异于无星无月无音响的长夜。

古岳峰留给常河的印象，是那种够得上称为“茶”的朋友，可以用来“品”的。像正午的阳光照在玻璃上，亮晶晶地一闪，炫目而动人。

他对美的塑造，是一种从容的心境。让人想起一个个刻骨铭心的月夜，月下站立的人和树，它们的安静和高远，有一种经典名画的崇高和难以言说的感动。

人在逆境，那种寂寞与孤独和四周漠视的目光，让常河深深懂得。每次，当他正置身于冬天的冰冻和人心的寒冷中时，古岳峰那只熟悉的手，就好像从背后递给常河的一支烟，不等他看清对方，古岳峰便只留下一个朦胧的背影。常河被他重重握过的手，还在温热地疼着。他用那唯一的烟，为常河冷冷的心取暖。

许多年过去了，每当看到古岳峰那张略显老成又很斯文的脸，常河的心中，就荡漾着一种春意，让他想起悬壶口大地上，那些山梁、土屋、沟渠、林网、胡杨和道路，所留给人们的真实和朴素。

十多年，不短，够长。时间是不是厌倦了同一条路上的行程，需要不停地校正方向，最后在确定道路、街道、树木和房屋之后，重新出发？

眼前，夕阳落照，伴着一溪流水，悠悠地流向远方，仿佛昨天再现。

然而，物是人非，甚至连一点儿过去的遗址都不曾留下。

走进焕然一新的悬壶口古镇，却是另外一种情景：创意客栈、大碗菜、陌陌酒吧、三线酒店、外婆馄饨，会让人的情思留在这里。

曾经古镇的风韵旧址已经复原，只是落满了灰尘。但那些恰如少女的微笑，像一个个浅浅的酒窝，盛满了温暖。在每一个清冷的晚上，等待着它曾经相识和能够读懂它的人。它看上去虽然有些憔悴，但似乎也无心去改变什么。那个一直用眼神看着山外很正统的坐姿，让它在岁月的洗礼中，正在焕发着新的容颜。

这些像风一样走远的日子，在岁月的年轮中，渐次厚重。常河想："我，翠花、肖璐、张雅琪以及古岳峰、张楠和赵平安他们，是不是一种同样的经历，一种十分相似的阅读环境，使我们之间架起了一座缘分的桥梁？我们或许用了很多的耐心和微笑，在等待着同一朵花开？"

在这个多情的季节，当常河走进悬壶口的时候，他把已经苏醒的记忆写进了日记。他想："前世的缘，如果注定了今生，就让我们携起手来，从这里开始吧，相互挽起彼此的手，去走未来一条更长的路……"

第六章
潮上聆涛，与贫困最后的道别

锋线上的较量，让爱留在永远。站在故乡的雪野上，张雅琪顿时有了一种久违的情结。

一

“如果从首都北京出发，到悬壶口，需要飞行3700多公里，历时7个小时，这个时间，比往返首都北京与韩国首尔还要长。要是开车自驾，一路狂奔，中间不休息，需要行驶4300多公里，约需51个小时。想想看，这该是多么长的一段距离？”肖璐对梅子说，“将来我们选择留在悬壶口，你能习惯吗？”

“不用问，肯定习惯。过去不是有人说：‘嫁鸡随鸡，嫁狗随狗，嫁根扁担抱着走！’你在哪儿，我就跟到哪儿。甭想甩掉我。哼！”梅子调皮地笑着说，“你怎么不说，假如我们沿着国道一直往前走，看见的，一定是震撼内心的壮丽景色和感人至深的故事呢？”

在高山冰碛湖——子午湖畔，牛羊成群，高山草甸绵延不绝，雪山湖泊深邃莫测，成群的野鸭在湖中嬉戏。子午峰上一道道洁白的冰川，如同少女飘逸的长裙，妩媚动人。

那种“万山堆积雪，积雪压万山”的景象，让所有来过这里的人，无不驻足神往！

“其实，你不了解子午峰。可以毫不夸张地说，它是用白骨垒成的。”肖璐对梅子说。

“你这话说得怎么这样瘆人哪？”梅子顿觉后脊梁骨上发凉。

“很多人并不知道，这个地方以前叫‘血谷’。平均海拔4000多米，风力常年在七八级以上，荒僻寒冷，最低气温可达零下40℃，长年无夏，终年冰雪，含氧量仅为平原地区的50%。1966年以前，这里是通往南亚的唯一通道。一条崎岖的山路，经常发生泥石流、雪崩、岩溶塌陷、洪水等地质灾害。后来，父亲和当地驻军一起，用了12年的时间，在这里修建了一条长达1200多公里的公路。当时，被称为世界公路建设史上的奇观。”肖璐告诉梅子。

据说，这条公路，夺走了100多名筑路工人的生命，致残119人。

因为许多施工地段处于海拔3000米到4700米之间，工地驻地空气稀薄，狂风暴雪时常光顾，岩堆、雪崩常见不怪。水烧不开，饭煮不熟，大多数人出现高山反应，鼻孔出血，水饭不进，浑身无力，举步维艰，严重者下车即晕倒在地。工地上，砸铺板、烧板凳、喝生水、吃稀饭，那是常事。

工程刚开工那阵，肖正坤他们忽遇1万多立方米的雪崩，把正在卸货的一辆大货车推出数十米，继而翻入河滩。同年7月16日，子午河上游两处暴发洪水，平时水宽几米到几十米的河面，一时陡涨到100米到200米，19天不见减退，致使交通断绝40天。沿线刚刚架起的7座钢架便桥，一夜之间被摧毁了6座，数十里路的路基被冲毁，施工队伍被分割成数段，1500余名筑路工人顿时断粮、断柴。

肖璐听父亲说，在工程的二期施工中，其中有一段230公里长的山体路段如饼干状片石堆积，一丝风吹即有流岩飞滚。

那年，肖正坤正驾驶着吉普车，跟在一对运输车辆后面，在120号推土机开出的便道上向前行进，忽遇“饼干山”岩体崩塌，沿线车辆全部砸毁，致数人重伤。幸亏肖正坤跳车及时，才幸免于难。沿途司机为此专门编了一段顺口溜：“饼干山，片石飞满天；削不上脑袋，帽子也要削半边。”

肖正坤算是闯过两次生死劫的人。

他这样给肖璐描绘当时的险情：1975年夏季的一天上午，山体爆破刚刚结束，碎石就一下子散落在了新路基下方的老路基上，整个交通被迫中断。肖正坤立刻带人冲了过去抢修路段。正在这时，突然一声巨响，他干活的地方发生了垮塌。他眼疾手快，迅速抓住了一块老路基的基石。

没想到，那块已经松动的石块，随着他一起凌空摔下了30多米深的一处坡地上，恰好被悬崖旁的一株枯树挂住了。他双脚悬空，再往下80多米处，就是水流湍急的子午大河……肖正坤费尽全身的力气向上爬着，他想呼救，却喊不出声来。

10多分钟后，一个年轻职工发现了他。他一边呼救，一边绕下老路基去施救。他趴在悬挂着肖正坤的那棵枯树上面，想伸手拉肖正坤。可是，因为还差些距离，他的手够不着。第二个、第三个人赶了过来，直到第四个人来，才把肖正坤拉了上去。

“好险哪！那一天我如果不是一直坚持，可能就报销了！现在想起来，还有些后怕……”肖正坤这样告诉肖璐。

等肖璐再长大一些的时候，每次遇到困难，快要坚持不住的时候，肖正坤常常用这件事去激励他：“只要你愿意走，踏过的都是路；只要你不回避不退缩，生命的掌声终会为你响起。”

很长一段时间，张雅琪从来没有像今天这样，对自己充满了自信。

多年来，她有一个很顽固的“父母在，不远游，游必有方”的思想在作祟。

张雅琪认为忠孝作为中华民族的传统美德，讲求的最朴素的本质，就是老有所养，老有所依。身为儿女，起码应该给予父母的，是温暖。有人说，父母在，家就在；父母走了，家就散了。老有所养、老有所依的基础，就是要让父母心情愉悦，能够安享晚年。百善孝为先，孝是人最基本的感情。

她说，伟大的思想家、教育家、儒家学派的创始人，被后世尊为“至圣”的孔子，提倡孝道，主张对父母要尊敬、奉养，不违背父母意愿。父母生时要事之以礼，死后要依礼安葬，依礼祭祀，经常追思。

张雅琪给常河讲过一个关于孔子的故事：“孔子三岁丧父，母亲一人将他养育成人，他对母亲十分孝敬。17 岁那年，母亲去世。因他年幼丧父，母亲又忙于生计，所以不知道父亲葬于何处。于是，孔子就将母亲的棺柩停于鲁国繁华的五父之衢，长跪啼泣求问，终于感动了一位名叫挽父的赶车人的母亲，并在这位老妪的指引下，将父母合葬一处。该墓地位于曲阜城东 15 公里处的‘梁公林’，至今游客仍然络绎不绝，前往拜谒。在孔子谢世百年之后，孟子继承和发扬了孔子的孝道理论。他认为，天下事，‘孝亲为大’。那种不思进取、懒惰成性、贪财好色、不赡养父母、惹是生非，陷父母于不义的人，都是不孝。孟子论孝，还有一个可贵之处，是他把‘孝亲’推演为‘老吾老以及人之老’的社会敬老观念。母亲死后，孟子以隆重的礼仪殡葬，有人指责他葬母规格不应超过父亲。他说当年没有条件依礼葬父，今天有了，依礼葬母，是对母亲也是对父亲的最好怀念与尊敬。”

在汉代，“举孝廉”是一项重要的用人制度，孝，就是指孝子，廉，是指廉士。一个人被举为孝廉，就有了进入朝中做官的资格。就好比现在，有了一张大学文凭，就可以报考公务员，在企业就可以晋升职称、提干一样。汉代的圣贤之士先行孝，以孝养德，以促德才兼备。

家国同在，忠孝一体，国由家组成，家是国的缩小，国是家的放大。忠诚思报国，孝举谢亲恩。“孝”是稍纵即逝的眷恋，“孝”是无法重现的幸福，“孝”是一失足成千古恨的往事，“孝”是生命与生命交接处的链条，一旦断裂，永无连接。

几千年来，中华民族在长期的文化熏陶中，练就了独特而鲜明的民族性格。为什么中华民族在历经苦难之后，仍然愈挫愈坚、继往开来？就是因为这些文化内涵，深深根植于这个民族的血液之中，与时代同步，与日月齐辉。“忠孝”是我们中国人几千年来不败于世的根本，是中国传统社会的一个重要考量，“忠孝”更是中华文明的一个显著标志。

也许是一处宅院，也许是一桌普通的饭菜，也许是远方的一只鸿雁，也许是近在咫尺的问候，甚至是一盘果实、一朵小花、一双合脚的布鞋……但在“孝”的天平上，它们等值。

故以虚养心，以德养身，以仁养天下万物，以道养天下万世。涵养冲虚，便是身世学问。

张雅琪的话，给常河以警醒。

自从放弃了去省城当公务员的机会，张雅琪就决定在悬壶口留下来，做一个普通的农民。她最初的愿望，是想搞畜牧业养殖。因为，她觉得林果业和畜牧业之间非但不矛盾，而且还能够林畜互养。这也是她多年的一个梦想：如果自己也能搞出一套家庭联产畜牧养殖，那该多好！

机会终于来了！

常河和翠花肯定了她的想法。她按捺不住激动的心绪，说干就干。经过一段时间的政策论证、资金筹备，利用已经筹措到手的500多万元资金，便着手动工盖起了畜牧养殖圈舍。

眼前的这片开阔地，足足有450亩，已经被她圈成了饲料用地。翠花又专门给她划拨了135亩土地，作为建筑用地，用于扶持她的高床养殖。

举目远眺，远远近近各家各户的灶间，已经有袅袅炊烟升起。已是暮秋时节，清凉的风送来阵阵麦秸燃烧的味儿，夹杂着各色食材的炝锅味儿，间或还有鸡犬之声传来。

站在故乡的雪野上，张雅琪顿时有了一种久违的情结。

眼前这片土地，深深浸染着她浓浓的乡情，让他们离不开，也不能离。

可能，对张雅琪而言，秋天就是一种心情。

“在经济发展的早期阶段，养殖业常常表现为农作物生产的副业。随着经济的进步，逐渐发展成为蛋禽业、奶牛业、肉牛业、高床养殖等相对独立的产业。”张雅琪对常河和翠花说，“养殖业是农业的主要组成部分之一，与种植业并列为农业生产的两大支柱。世界上许多发达国家，无论国土面积和人口密度如何，养殖业都很发达。除日本外，养殖业产值均占农业总产值的 50% 以上，如美国为 60%，英国 70%，北欧一些国家已经达到了 80% 至 90%。”

当年 12 月 16 日，冒着入冬后的第一场雪，常河和翠花带着相关部门负责人，来到了张雅琪的养殖基地实地走访。

“雅琪，你给大伙说说你的想法。”翠花说。

“好的，那我就班门弄斧了。希望大家听了之后，多提宝贵意见。”

张雅琪侃侃而谈：“搞养殖业，首先应该因地制宜地调整养殖业结构，开辟饲料来源，改良畜种，加强饲养管理，预防疾病，提高单位家畜的生产力；其次就是增加家畜养殖数量。除此两条，别无捷径可言。这样吧！我们不在这里纸上谈兵，去现场看看，就能了解情况……”

车刚开到养殖基地的大门前，张雅琪便把他们一行带进了位于大门左侧的消毒房。她告诉在场的所有人：“养殖场和圈舍门前设有消毒池，场内还有专门的更衣室、淋浴室、消毒室和病畜隔离舍。在牲畜的养殖期内，技术人员会定期来这里进行专业指导，教我们怎样利用光照和高效低毒、人畜无害的消毒药品，对圈舍实施定期或不定期的消毒、冲洗。我们对员工的要求也很具体：圈舍每天必须清扫一到两次，周围环境每周清扫一次，及时清理污物、粪便、剩余饲料等物品，并对清理的污物、粪便、剩余饲料等残留物，通过生物发酵、焚烧和深埋的方式进行无害化处理，定期进行消毒灭源工作。养殖场实行的是‘干稀分离、雨污分流’策略，干粪实行发酵处理利用，尿污进入沼气池沼化处理利用，防止造成对环境和大气的污染……”

张雅琪凑近常河的耳朵，悄悄地透露给他一套很成熟、经过实践考证切实可行的“养殖经”：“你千万不要小看这450亩饲料基地，苞谷、秸秆种植，牛羊、鸡禽的养放、青贮，全部得靠它。我把从圈舍内清理出来的污物、粪便、剩余饲料等残留物，进行了发酵处理二次利用，作为有机肥上到地里，用于增加土地的肥力；然后，再用地上种出来的苜蓿、苞米等饲物，来养殖牲畜，这叫‘农牧互养’。你放心，这些地里我们不会施一粒化肥，牲畜养殖也不会添加一颗含有工业元素的饲料，出栏的牛羊和鸡禽，我保证，绝对是绿色、无公害和营养俱佳的食品！”

谈到高床养殖，张雅琪信心满满：“最近一两年，我花高价钱引进了一种名为‘德美’的种羊，这种羊不但出肉率高，一般可以达到100斤左右，而且更为重要的是，‘德美’肉羊病害少，抗病能力强，生长快，肉质鲜美，是未来餐桌上急需的上品。我相信，这种肉羊一旦上市，一定会吸引不少客户的青睐。”

“近几年，国家出台了养殖业优惠补贴政策：用地遵照种植业用地对待；用水用电按种植业计算征收费用。金融部门对养殖业小额贷款放开放宽，加大信贷力度，可以实行联户担保。从去年开始，对于 20 个 300 头以上新建的标准化高产奶牛养殖基地，给予每个 25 万元的资金补贴。对于养猪户，每头能繁母猪补贴 50 元，补贴款由中央和各级政府承担；国家养殖业优惠补贴政策能繁母猪的保险保费为每头 60 元，由中央和各级政府承担 80%，20% 由养猪户承担；因发生重大疫病而捕杀的，按有关规定给予补偿。”张雅琪介绍说。

“这么好的政策支持，怎么没有多少人积极参与呢？问题到底出在哪里？”看着空旷的原野上只有张雅琪和零零星星的几家养殖户，翠花禁不住问了一句。

“要想提高农牧民的养殖积极性，我觉得吧，除了国家政策的扶持之外，首先，取得银行的支持是必要的。问题的关键在于经营养殖业风险较大，如果贷款，不但没有足够的抵押品，同时信息也不对称。大银行的目标就是大企业，它们的企业客户多得都来不及服务。所以，养殖业怎样面对金融市场的风险，使金融体系愿意贷款给他们，提升他们的技术水平、管理水平和信用担保，就很重要。与此同时，养殖业在国家金融体制架构里面，是不是得到了一个正常、公平的发展环境……其次，养殖业就目前而言，我认为，不是供给不足，而是需求不足。”

张雅琪对这个问题的看法很尖锐、很直接，却一语中的，

“现在国家大量从国外进口一些肉类，从短时期看，解决了一些供给不足的问题；但从长远看，对民族经济是一种致命的打击。如果我们的养殖业垮了，国外大批用廉价的狗食饲养出来的肉食品，就会大举进入中国，摧毁我们已经辛勤积累了几十年的养殖产业，这对于像我们这样一个肉食品消费大国来说，是不可想象的。我们不是没有需求，而是应该给予养殖业更多的投资机会。养殖业发展起来，就业就上来了，消费就上来了，紧接着就会拉动经济的增长。因此，我们不能光讲农牧民的收入分配改革，要增加消费，就要增加养殖业的投资，这才是根本。我们不能光看到牛羊肉涨价了，还应该结合物价上涨的因素，来看待这个问题。试想，没有工作机会能消费吗？农牧民实际收入水平下降了，他们辛勤了一年，最后换不成钱，他们只能放弃。如果我们的餐桌上没有了肉食品，我们只能去国外进口。这样不但把养殖业市场搞乱了，而且人们的营养水平也会下降。农牧民如果承受不了，就会产生供给链条的断裂……”

听了张雅琪的一席话，大伙如同醍醐灌顶，触动很深，人群中，发出了一片啧啧称赞的声音。

鉴于此，翠花立即组织政府部门，及时出台了一系列措施和管理办法，打消了养殖户的顾虑。一大批农牧民的热情被调动了起来。

古岳峰的妻弟徐翔，在 3 年前还只是一名靠跑运输每年只能挣5万元的单兵作战的普通养殖户。自从加入张雅琪的养殖基地之后，自己不但当起了“股东”，而且还成了养殖基地的“技术顾问”，加入养殖基地才一年，年收入就突破了40万元。他高兴地说：“我现在算是尝到了养牛的甜头了！”

在他家的牛舍，常河和翠花看到全套的通风保暖设备，完全一体的现代化，自来水、下水道等设施一应俱全。

“小打小闹容易，但是，想要保持持续发展，必须要有足够的资金保证。”徐翔说。

在取得了悬壶口信用合作联社的支持后，张雅琪和徐翔的大田黄牛养殖经济合作社正式挂牌成立。

“众人划桨开大船。只有广大养殖户们紧密凝聚在一起，才能保障贷款和贷款额度的增加。同时，也加大了信息和技术的交流通道。”张雅琪坦言。

大田黄牛养殖经济合作社，成立仅仅一年时间，社员就由最初的56户发展到600余户，周边的1200户养殖户也纷纷加入产业化养殖的队伍中来了。

在合作社的饲料生产车间，常河和翠花看到等待加工的玉米和菜粕堆放在门口。工人们只需轻点鼠标，玉米、胚芽粕、葵粕、豆粕、棉粕、麸皮、菜粕七种原料，就会按照设定值投入机器，搅拌加工后，一袋袋饲料便能出厂了。

饲料厂的负责人告诉他们，这种科学合理配置的精料，在喂养牛羊时，不但提高了饲料的利用率，而且还缩短了牛羊的出栏时间。饲料质量在得到保证的同时，日生产能力由原来的30吨增长到现在的70吨，人工成本也大大降低了。

合作社还以引进优良品种为基础，建立了一整套健全的养殖档案。社员在补栏时，只要把牛羊补栏时间、数量反馈给合作社，合作社就能帮助社员采购并提供一系列的养殖技术培训。

统一的牛羊品种、统一的饲料来源、统一的饲草种类、统一的饲养标准，不仅使大田黄牛养殖经济合作社内的每家农户生产出了优质的牛羊肉，而且销售市场也得到了很大的拓展。这一年，合作社销售肉牛6万头，肉羊10万只，销售收入3.7亿元，社员收入达到5万元至40万元不等。

建在地势较高处且干燥、排水通畅的羊舍，在离地面1至1.5米处，一般用木条网板搭建，木条之间留有间隙，便于粪尿下漏。这是合作社引进的高床养殖湖羊的新技术。

徐翔说，湖羊是稀有白色羔皮羊品种，具有早熟、四季发情、多胎多羔、繁殖力强等优良特点，可两年产3胎或一年产2胎，每胎产羔2至3只。现在合作社养殖湖羊达到了1万只，再过一段时间，预计可达3万多只。

“只有及时引进科学的养殖方法，才能保证农户们共同致富。”张雅琪如是说。

翠花对常河说：“大田黄牛养殖经济合作社已经成为具有较强带动力和影响力的规范化农民合作组织。如今，合作社已逐步形成了机械化养殖、饲料配制、屠宰、冷冻肉深加工等一系列生产线流程，由他们养殖加工的牛羊肉已经走进了千家万户。”

“这样的汇报，越多越好！”听了翠花的话，常河禁不住喜形于色。

为了尽量控制群体近交增量，张雅琪通过增大群体的有效含量，确定合适的公母畜比例和留种方式，来避免近亲交配，以及延长世代间隔，从而减少了基因流失。此外，她还制定了10年的育种目标。

一位哲人说得好：“农牧业的现代化建设，要注意借鉴和吸纳国内外科技研究的成果，并结合本地区的实际情况，充分体现本地种植业和养殖业特色，为我们老百姓的餐桌，增添一些真正的绿色、无公害食品，这就是对我们民族和国家的贡献。”

这样一个愿景，张雅琪做到了！

这一切，就如同里尔克在《献给俄耳甫斯的十四行诗》里写的那样：“诉诸静止的大地，我流过去；告诉激荡的流水，我在这里……”

二

“咱们搞农产品、林果业，刚刚入门，他又搞上了养殖业。你没听说过吗？‘我们刚用上卫生纸，他用来擦嘴了；我们有糖吃了，他开始尿糖了；我们终于吃上肉了，他已经减肥了！’他就像一台永不知疲倦的机器，一旦运转起来，就停不下来了。我们只能跟在他的屁股后面，他永远比我们快一拍。唉！”

提起常河，孟文豪很不服气。

按照常理，孟文豪的工作，在悬壶口和常河没有多少交集，但一看到他和张雅琪在一起，孟文豪的心里就酸溜溜的。第一次见到张雅琪，他就觉得这个女人很特别。到底怎么特别，他也讲不清楚。只是在隐隐约约中，张雅琪身上那种特有的很地道的淳朴，或许已经吸引了他。

其实，梅子早就知道兰捷和孟文豪在悬壶口做林果生意，她还跟肖璐谈起过。

肖璐只是淡淡地回了一句：“这样也好，各做各的，免得闹出是非。”

听了这话，梅子故作不高兴地说：“我妈都来了一阵子了。她不说，你也不搭腔，什么意思嘛！你打算咱们就这样一直僵下去？”

“那倒不是。那毕竟是你妈，是老辈，我得捧着她。但是现在不行。”肖璐说。

“为什么啊？”

“得先让她放下架子，熟悉熟悉悬壶口的环境。别一根筋地认为，这个世界上，除了上海人，都是乡下人！”

“你想怎么着啊？”

“我已经给我妈提前打过预防针了！告诉她，她的这位亲家千万不要惹，因为惹不起！”

“你这叫什么预防针啊？简直就是乱弹琴！真是哪壶不开提哪壶，明摆着和我妈较劲嘛！”这一次，梅子真的有点儿生气了。

“真生气了？别呀！我跟你开玩笑呢！小宝贝！”肖璐亲昵地用手在梅子的鼻子上刮了一下。

梅子适才还阴云密布的脸，立刻变得灿烂如花了。

“我就知道，你不会那样说的！”

“哪敢呢！你就是借我一百个胆，我也不敢。”肖璐给梅子做了一个鬼脸，“我郑重地对我妈说：‘这是我未来的老岳母，我和梅子的事，到底能不能成，就看您的工作怎么做了！老妈，我给您跪下磕头，拜托您了！’”

“都啥时候了，还贫？”

“那我就认真一点儿……我真的跟我妈说了。”肖璐说。

“你妈怎么说？”

“还能怎么说？高兴呗！她要会会你妈。”

“真的？”

“当然！”

“那太好了！我妈这个人，就是好面子。如果把这个给足了，她其实也没有什么。你的情况，她也掌握了。只是觉得悬壶口太远，又不太了解，恐怕以后指望不上。现在她能屈身来这里，就说明，她已经从心里完全接纳了你。这不是你最想要的吗？”

“如果情况像你说的那样，事情就好办多了！可是，很遗憾，不是！”

“你怎么这样认为？”

“你千万不要忘了，她不是冲着我们来的，而是被孟文豪邀请来的。她来的目的，也不是为了我俩的婚事，而是想在林果业上赚取一桶金。”

“你怎么了解得这么详细？是不是你早就知道？”梅子有些疑惑地看着肖璐。

“不是早知道，而是分析的。你想一想嘛，你妈来回都跑两趟了，我妈去找过，没有一次找着她。”

“她一个人？”

“和孟文豪一起。”

“这就不奇怪了。孟文豪天天给我妈灌迷魂汤，我烦死他了！”梅子说，“他纠缠了我好几年，死缠烂打，真让人受不了。我真不知道，我妈到底看上他啥了？”

“你妈想让你嫁给他，今后好有个依靠。说实话，这也无可厚非，人之常情嘛！”

“人之常情个屁！你懂什么？”肖璐没有想到，谈到孟文豪，梅子竟然第一次爆了粗口，“你不了解姓孟的！他表面上文质彬彬，温文尔雅，其实，不但一肚子坏水，而且还是个花心大萝卜！你不懂女人的心思，这样的男人，没人敢要！你不知道他到底更爱谁。”

“那你妈妈知道你的真实想法吗？”

“当然知道。但她好像有点儿不甘心！”

“那你就让她放心，不就得了？”

“没有那么简单！你也知道上海人的。嫌贫爱富、世故、虚伪，这些毛病，她身上都有。”梅子说完，无可奈何地叹了一口气。

“那我该怎么做？”肖璐问。

“坚持走自己的路，做好自己。只有这样，我们才有明天。”梅子说。

“这么有哲学高度的话，到了你嘴里，简单到通俗易懂了！不愧为上海滩的才女、大家！”肖璐刚才还悬着的那颗心，放下了。

“去你的！别贫了！”梅子一下子笑了起来。

“既然常河和张雅琪能搞养殖业，我们也能搞。他们不是在搞大田黄牛和高床养殖吗？我们就给他们介绍一些国外的牛羊，进行杂交育种。”孟文豪说。

“这样做有意义吗？”兰捷问。

“太有意义了。”

“有钱吗？”

“那是必须的！没钱，傻子都不干哪！这里面的学问，可大得没边了。”孟文豪说。

“你就吹吧！等牛皮吹破了，我看你再拿什么吹！”兰捷不屑一顾地看了孟文豪一眼。

“吹牛皮？你个老娘们儿懂什么？真是头发长见识短！”孟文豪嘟囔了一句。

“好好好，你头发短见识广，那就谈谈你的想法。”兰捷说。

“我发现，这里几乎所有的养殖业基地，都建在梁或塬上。”

“这有什么奇怪的吗？”兰捷带着疑惑的目光，看着孟文豪问。

孟文豪说：“哦，是这样的，农牧业要大发展、大繁荣，首先离不开土地，土地是种养殖业的生存之母。种植业和养殖业，是农业发展的两大支柱，离开谁都不行。由于土地资源有限，搞养殖业，又不能挤占水稻等基本农田，所以，这里的养殖业大都建在了梁、塬或坡上。这样，既充分利用了土地，又使种植业和养殖业得以互养，相得益彰。前些年，针对农民人均纯收入持续走低、城乡居民收入差距进一步拉大的现状，中央就适时提出了《关于促进农民增加收入若干政策的意见》。因为，农民收入长期上不去，不仅影响农民生活水平的提高，而且直接影响粮食生产和农产品供给；不仅制约了农村经济的发展，而且制约了整个国民经济的增长；不仅关系到农村的社会进步，而且关系到全面建设小康社会目标的实现；这不仅是重大的经济问题，而且是重大的政治问题。也就是说，农民问题，已经到了非解决不可的地步了！”

中央要求，统筹城乡经济和社会的发展，坚持“多予、少取、放活”的方针，调整农业结构，扩大农民就业，加快科技进步，深化农村改革，增加农业投入，强化对农业支持保护，力争实现农民收入较快增长，尽快扭转城乡居民收入差距不断扩大的趋势。

“这对我们来说，就是个机会！这个时候，下手越早，受益也就越快。”孟文豪对兰捷说。

为了证明自己的这个思路是对的，第二天一大早，孟文豪就把稻香养殖专业合作社的营业执照，交到了赵平安的手中。

他去找赵平安的时候，赵平安正在忙乎着他房前屋后的果树呢。

“哎呀！赵大夫啊！你这样没日没夜地干，仅靠自己家里的那几亩薄地，想很快富起来，可不是件容易的事。要尽快解决温饱问题，全力以赴奔小康，得动动脑筋哪！”孟文豪对赵平安说。

“谁不想奔小康呢？我手里不但没有多余的钱可供支配，而且这两间房子，还是政府出了补助盖成的。我得想办法改善一下居住环境，让自己过得像个样子！现在不同以往了，拿把菜刀就敢给人做接生手术的时代过去了。我已经老了，干点儿力所能及的事吧！再动脑筋，想什么呢？”他笑着对孟文豪说。

自打国家实施天保工程以后，森工队解散了，赵平安就搬到了子午村一处很偏僻的地方半隐起来。

有人说，像他这样的人，邪性，和大伙住在一起，影响风水，把自己藏起来，让人找不到最好。

这就给他出了一道难题。怎么藏呢？这就好比过去那些出仕入途而后看破红尘的人，出家、隐居或退出江湖了。然而，这对赵平安来说，做起来相当难。因为他要生存，他要活下来。后来有人给他支着儿，说小隐于野，中隐于市，大隐于朝。他好像听明白了，又好像不明白。尽管不明白，但他还是选择去了子午村。在他的印象中，子午村这个地方，几乎没有多少人知道它的名字。

在以后的岁月里，他一边干好自家的农活，一边利用业余时光，在镇上帮人打工，基本上放弃了自己的专业。无论谁家有活，他都抢着干。由于勤快、肯干，活干得认真细致，许多人家里有活都喜欢找他干，比如修个房顶、加工木材什么的，赵平安随叫随到。可是，这让赵平安除了变得更加忙碌之外，并没有给他带来太多的收入，究其原因，他觉得都是乡里乡亲的，不好意思收别人家的钱，出的都是义务工。

这样下去肯定不是办法。赵平安决定找一份相对稳定的工作，他想自己有的是力气，应该能挣更多的钱。

他在悬壶口找到一个包工头，干起了建筑，开始做一名小工。由于勤奋好学，他很快掌握了砌墙的要领，从一名小工变成一名大工。

赵平安一直想拥有一套属于自己的抗震安居房,但他知道，那需要很大的一笔钱。

就在这个时候，子午村要建抗震安居房的消息传来，令他的心情一下子激动了起来。他不知道这个消息是真是假，想去找翠花落实一下。

“我去镇上问一下。”他对老伴说。

“先吃饭吧，饭都凉了。”老伴说。

赵平安哪有心情吃饭？他随便往嘴里扒拉了几口饭，穿上衣服就出了家门，急切地要去找翠花核实消息的真实性。

因为，这对他来说，实在是太重要了。

“镇长在家吗？”

“赵大夫来了？来，快到屋里坐。”

翠花把赵平安让进了屋里，坐下。

赵平安迫不及待地说：“翠花，听说又有新政策了？政府要给咱们盖房子了？”

“是啊！常河刚刚给我们开完会，已经把事情定下来了。具体怎么搞，我还没有弄懂，云里雾里的。这也难怪，这个东西，咱们以前没有弄过。要不，明天你到镇上来一趟，有公示的通告，你一看，就明白了！”

“那太好了！我明天一定到镇上看一看。”

第二天一早，公鸡还没有打鸣，赵平安就已经起床了。他洗漱完毕，简单吃了点东西，先到工地上请个假，然后，兴冲冲地赶往镇政府。

镇政府院子里，只有几个住在这里喜欢起早的人在遛弯，还不到上班时间，翠花还没有来。

赵平安找了一处干净的台阶，坐下，耐着性子等着翠花。对他来说，事关重大，他一定要得到一个准确的答案，这样他才能安心。

常河来了。

“书记，书记……我是赵平安……”

“你好，赵大夫。有什么事吗？”

“书记啊，听说政府要给咱们盖房子了？有这事吗？”

“有啊！统一盖抗震安居房。从现在开始，在以后的几年里，政府为农村的特困户补助 4000 元钱，贫困户补助 2000 元钱，帮助他们盖抗震安居房，西关也有很多优惠政策，比如给你们减免义务工、拉石头免运输费等，好事情还多得很呢！镇政府有抗震安居领导小组办公室，你有不清楚的地方，那里有详细的宣传材料，要一份，一看，就啥都明白了。”

“太好了！政府真是想到我们心窝里了！谢谢书记！我这就去要一份。”

看完了宣传材料，赵平安像疯了一样往家里跑去，他要把这个喜讯与家里人分享。他边跑边喊：“我们要盖抗震安居房了，我们要盖抗震安居房了……”

“哎，平安，你这是怎么了？”

在村口，迎面遇到了已经出门的老伴，她看到赵平安像中了邪一样，拦住他问。

“书记说了，政府出钱要给我盖新房子呢！”

“哦，是这样！早上你才走不久，翠花就托人把一份名单送过来了。你看，这上面也有你的名字呢！”

“真的吗？我太高兴了！”

“那……快回家好好做准备去吧！等到补助款一到位，咱们就开工……离开林区，我们终于等到这一天了！”

一时间，赵平安老泪纵横。

春天的田野，空气中充满着泥土和花的香气。杏花开了，满枝头的浓妆，招惹着贪婪的蜜蜂。小河流水潺潺，如大地上的一根琴弦，独奏也如此令人着迷。

一辆满载着鹅卵石的拖拉机，喘着粗气，驶进了赵平安的家里。

翠花也来了，她忙前忙后地招呼着大家，显然把自己当成了主人。

这一切似乎来得太突然，一夜之间，竟然梦想成真！

赵平安悄悄地使劲掐了一下自己的胳膊，疼，这都是真的！邻居们都来表示祝贺，说赵平安真是好福气啊，老了老了，竟然第一批住进了新房！

赵平安知道自己几斤几两。毛病虽多，但无伤大碍。他既不贪财，也不好色，唯一的爱好，就是乐善好施，行医布道。人们常说，文无第一，武无第二。学文学武者，其实都差不多。但是，学武者互相不服气，自可以较量，打一架，就大体解决了。然而，文人即使把文章都亮出来，还是各自觉得自己的好。没办法，他学的是江湖医术，也算是从医的文人一个，自然不敢和任何人攀比，即使这样，还是常常引来许多诟病。离开林区之后，他不再干老本行了。

在他的印象中，有两个典故，值得借鉴。

一说是晚唐诗人雍陶，在后世名声不大，但在当时，却自负得很，没有几个人能入他的眼。大中八年（公元854年），他出任简州刺史，当地文人来见，一概推掉。有个叫冯道明的秀才声称是他的故人，于是见了。见面之后，雍陶说，我从来没见过你，你凭什么说你是我的故人呢？冯道明说，我诵您的诗，仰您的德，在诗集中天天相见，怎么不是故人？说罢，即当场朗诵雍陶的诗，一首接一首。于是，雍陶大喜，引为生平知己，临别，给了这个秀才一笔钱。

一说是在清朝，有位巡抚，请了一个名叫西席的举人做家教。这位巡抚虽官运亨通，却不过也是举人出身，文章无名。不料西席倒是个有心人，竟然挖空心思四处搜罗，终于找到了几篇巡抚的文章，将之与明清以来八股名篇合成一个集子，放在案头，每天诵读不已。有一天，让巡抚碰见了。西席告诉他，这是他眼中的千古名篇。于是，西席成了巡抚的知已，不仅身价陡升，而且得到了提携。

如果一个人真有水平，文章也还不错，有爱好者，倒也平常。如果这个人无权无势，粉丝还热情追捧，能吟诵他的篇章，挣命寻求一见，这里头，当然不会有假。但是，如果文人做了官，而且还是刺史和巡抚这样一方的父母官，那就要小心了。如果贵为宰相，权倾朝野，那就更不好说了。

得意的时候，文章再烂，也会有人捧，才华再低，也会有人赞。甚至相貌丑陋，也可能被夸成一朵花。所以，真的明白人，一旦得意了，碰到吹捧和夸赞，就不要太当真。人家就是把你捧成大家、不世出的天才，大概率的可能性，都是假的。

但凡是个人，都有弱点——认为文章还是自己的好。这样的弱点，文人还很难有自知之明。所以，看一个人吹捧他人的话是真是假，要等等，等到被吹捧的人失意了，什么都不是的时候，这些话还有没有人说。

但赵平安看常河的时候，眼神就有所不同。

常河骑着摩托车，天天在悬壶口的各个村庄来回奔跑，最远的村有 45 公里，村与村之间，又比较分散，一天下来，他要跑 160 公里。张雅琪见了，很心疼。

常河说："有的村里有饭馆，有的没有。遇到这样的情况，就只好吃些干粮，喝瓶矿泉水。"这也是他指导抗震安居工程日常工作的一个真实写照。

"这么脏的活，别干了。机关里不是还有其他人吗？"张雅琪说。"我自己都不愿干，还要别人干，那怎么行？这是工作，必须干！"常河的话，不容商量。

已过不惑之年的常河，现在看上去就像一个 60 岁的人，脸部有被紫外线照射留下的痕迹，比一般人要黑一些。

子午村原来被称为"高丘上的羊圈"，顾名思义，这里曾是羊的世界，是羊的乐园。现在，这里是一个农牧结合村。

第一次来悬壶口，常河就在这里兼任村第一书记。那时，这里还是戈壁滩。他来之后，这里开始规划建抗震安居房。

如今，105 座抗震安居房整整齐齐，排列在昔日的戈壁荒滩上。

常河随意走进了这 105 座中的一座房屋。

房主名叫李志坚，今年 52 岁，一家 5 口，3 个孩子在上学，养有 250 只山羊。他原来住在 28 公里外的悬壶口草场，有耕地 120 亩，种植棉花。

他现在居住的抗震安居房面积 62 平方米，村里每平方米补助 20 元，镇上给 1000 元，其余的自己想办法。

“刮风下雨现在不用害怕。” 李志坚对常河说。

在这之前，他还在担心刮风下雨这些时常发生的自然现象。如果是地震等自然灾害降临呢？

居住在这 105 座抗震安居房里的人，有些人过去一直在放牧，别说电视，连电话也没有，几乎过着与世隔绝的生活。

这使人想起了“天苍苍，野茫茫，风吹草低见牛羊”的诗句和场景。

但时代毕竟以不可阻挡之势飞速向前发展，改变着人们的生活。

两面红旗在同时飘扬。一面飘在村委会上空，另一面飘在学校和学生头顶。一群羊从下面跑过，到处充满了欢声笑语。

这是子午村的一个画面。

一所新建的寄宿学校，就坐落在子午村村委会旁边，学校只有63名学生，有小学一至六年级。一个班多的有15名学生，少的只有8名。

以前，学校在子午河以南，学生上学放学过子午河，坐船需30分钟。遇到洪水期，一两个小时都过不去。那时，这些孩子坐在子午河的波涛之上上学、下课，现在已经大不一样了。

常河想，这些已经过去的日子，必定会刻在孩子们的脑海里，成为他们今后人生道不完的甜酸苦辣。

此刻，这个昔日“高丘上的羊圈”，已经成为人类生活的新家园。

看到崭新的抗震安居房，昔日的土块房子旧貌换新颜，整整齐齐地排列在道路两旁，李志坚激动的心情无以言表。他的心里，别提有多高兴了。

见到夏娜娜的时候，她正带着她的外孙女在小区里散步。

以前，夏娜娜的房子只有20多平方米。如果不开灯，一进房子，白天和晚上一样，漆黑一片。现在，她住进了新房子，透过明亮洁净的窗户，可以看到小区外面的一抹抹绿，她的心情每天都很敞亮。

刚搬到幸福苑小区时，夏娜娜掩饰不住心中的喜悦：“我做梦也没有想到，我们一家竟然能住上新楼房。房子里有水龙头，不用再挑水喝，可以用天然气做饭，房间里还有这么多亮堂堂的窗户，再也不用白天开灯了。今后，再也不用为地震和刮风下雨担惊受怕了！”

是啊！“民以居为大。政府之所以集中力量，解决农牧民的住房问题，实现广大农牧民梦寐以求的愿望，就是为了共同创造发展一个更加和谐的社会环境，对实现悬壶口经济社会可持续发展，有着重大的政治、经济和社会效益。”这是常河常常挂在嘴边的话。

常河来到悬壶口工作第三年的 5 月，已是初夏，当省上和西关组织的联合巡视组，再一次踏上悬壶口这片热土时，顿觉一种清新扑面而来。

经过对悬壶口的抗震安居工程建设作了大量调查之后，他们得出这样一个结论：过去，全国许多贫困地区，都是单纯靠政府的救济，以至于越救济越穷、问题越多。这些年，国家改变了方针，采取各种比较积极的政策，帮助群众发展生产，解决脱贫问题，悬壶口的抗震安居工程建设，就是一个成功的范例，充分说明这条路是对的。悬壶口的资源优势和有利条件很多，如果政策和措施对路了，不但粮食可以搞上去，种植业可以搞上去，养殖业、工业和能源开发利用一样也可以搞上去。如果利用这些有利条件，国家和省里再给一些政策的扶持，悬壶口靠着自力更生、开拓创新，就可能在未来的岁月里，不但脱贫，甚至可以跻身于全国的经济强区之列。

常河坚信，这个目标，一定能实现！

从孟文豪手中接过营业执照，赵平安感慨地说："《中华人民共和国农民专业合作社法》实施以后，我的确也联系了一些养殖户，想成立一个合作社。但也产生过动摇，面对不断增大的养殖成本，该怎么办？我看，只有把一些养殖散户组织起来，抱团发展，才有出路。你这个营业执照送的实在是太及时了！非常感谢……"

"谢什么？咱们是一家人。在悬壶口，谁不知道您赵大夫的大名？您不但医术精湛，而且人脉很广，有能力带动全村老百姓一起发展养殖业！就冲这个，我也在您这儿入个股，算是为子午村的发展尽一份绵薄之力吧！我相信您一定能干好！"孟文豪对赵平安说。

赵平安决定从小开始做起，因地制宜，发展养殖。

他首先购进了3头牛和10只羊，然后购买了一些关于羊、牛育肥的资料，进行学习摸索。随着规模养殖，稻香养殖专业合作社的牛羊数量由几十只（头）发展至几百只（头），继而又发展到1000多只（头），经营养殖场地扩大至3.5万平方米。

这一年，他带动身边的四家农户，修好圈舍，统一购进了肉羊、肉牛，然后精心育肥。其间，他走家串户，为这些农户讲解牛羊养殖的原理和程序，同时，就具体的牲畜防疫措施进行不间断的指导和实践操作。经过一年的耕耘，这四家农户育出了一只只又肥又嫩的牛羊，户均年收入达到 2 万元左右。

第二年春天，他又带动 10 多户农户加入了稻香养殖专业合作社。从修建圈舍到购进肉牛、肉羊，从牛羊入圈到消毒、清洁、打扫、冲洗，从冬天做好牛、羊的保温工作到出栏、上市、销售，赵平安一丝不苟，任劳任怨，使每户年均收入比上一年增加了 50%。

按照他的规划，组织社员出资 160 万元，着手新建标准化羊圈 1 栋、牛圈 1 栋，每栋 525 平方米，可养羊 800 只，可养牛 140 头。

可恰恰就在这时，受国际市场奶粉价格持续走低的大环境影响，本来在悬壶口盛行的“养牛热”，迅速出现了降温趋势。不少奶农，因养奶牛没有太多的利润，看不到奶牛养殖的前景，纷纷开始杀牛或者卖牛。

“一杯热乎乎的鲜奶，无论冬夏，都是餐桌上最受欢迎的饮品。”赵平安说。

他没有只顾着眼前的利益，而是大胆地提出了一个“抱团取暖”的建议：“通过整合资源联合经营，鲜奶产量大了，采购商有需求，我们就可以谈价格。以前我们各家各户分散养殖，到奶站卖牛奶时，常遇到缺斤少两、扣秤等压价情况，现在参加了合作社，就不会再受这种‘闲气’了。大家想想看，村民每买一头牛，政府就会补贴给他 1000 元；村民如果没钱买牛，政府就会借钱给他用来买牛。买了牛之后，只要交 60 元保险费，一旦牛生病死亡，保险公司就会全额赔付。这样的优惠养殖条件，到哪里找去？我觉得大伙还是再坚持一下，熬过这阵子就好了。”

就在赵平安苦口婆心地做工作时，孟文豪却率先提出了退出的要求，而且很坚决。

“天要下雨，娘要嫁人，由他去吧！”赵平安无可奈何地摇了摇头！

他问孟文豪：“你是合作社的大股东，按理说，别人都可以说退出的话，唯有你，是最不应该说这句话的人！”

“为什么是我？”孟文豪问。

“早先我没有做养殖业的时候，你极力鼓动我去做。现在形成规模了，你又带头打起了退堂鼓。真是让我有点儿闹不明白啊！”

“此一时彼一时。当时什么情况，现在又是什么情况？市场已经发生了变化，这个你不是不懂。投资就像赌博，赌赢了，皆大欢喜；赌输了，谁注资得越多，谁就亏得越惨。就合作而言，没有永远的朋友，也没有永远的敌人，只有永远的利益！”孟文豪辩称。

“我不这样认为。合则两利，分则两败俱伤。”赵平安说。

“我不想在这里和你争个输赢。我早就想好了，坚决退出。你们想干，可以接着再来！”孟文豪说。

“覆巢之下，安有完卵？”赵平安看着孟文豪，一字一顿地说。

“这个，我管不了。”孟文豪说。

“可是，当时想发展规模养殖，你也是最坚决的呀！”

“那是村民们对养殖业的期望十分迫切，大家都想赚钱嘛！”

“其实，我知道，在这个主观愿望的背后，你还有一个目的！”赵平安看着孟文豪的眼睛说。

“什么目的？”

“挤垮张雅琪。”

“你不要胡说！我没有那么卑鄙。”

“胡不胡说，明眼人都清楚。‘卑鄙是卑鄙者的通行证，高尚是高尚者的座右铭。’你可以说瞎话，但你的眼睛不会。”

“就照你说的，我就这样想了，你能把我怎么样？”

“我当然不能把你咋样。但我也要告诉你，多行不义必自毙！”

“那我就等着！”孟文豪说完，一把推开合作社的大门，扬长而去。

事实上，事情真的如赵平安所说的那样，张雅琪的合作社，在这轮养殖业持续走低的打击下，垮了！

张雅琪去向常河求助。常河说，要顾全大局。给他一点儿时间，让他统筹考虑一下，他一定给她一个说法。

结果，张雅琪和常河大闹了一场，不欢而散。

三

“这么多年以来，我一直觉得自己生活得很幸福。到现在我才发现，他只爱他的事业，心里根本就没有我！”张雅琪负气跑回了家，向父亲哭诉。

“什么是幸福？回答这个问题，其实不难。由于成长的经历不同，对幸福的体会也不尽相同。在我看来，最好的幸福，是有事做，有人爱，有所期待。”张楠告诉她。

他说，日子，大多时候，平淡如水。每天都在重复做着同一件事情，看似凌乱、琐碎，实则都是在等着下一次的重逢。

随着年龄的增长，心会慢慢地静下来。因为，岁月的风霜会削去锋芒；时间，会教会人们去真正认识一些事和一些人。遇见，学会欣赏；错过，不要怨天尤人。所谓的幸福，就是用阳光的心情行走，用温暖的微笑感恩。

幸福的人生，向来都是简约，唯美，不向生活抱怨，不给别人添堵。做一个从容的看客，观云卷云舒，听花开花落。

“幸福的内容无非就是四件事：上床就能安然入睡；有足够的时间，常回家看看，陪父母走走；和相爱的人耳鬓厮磨说情话；把孩子当成朋友和知己，能够开诚布公地交流。两个人在一起，偶尔也会耍耍个性，但大多数时间，是心静如水的守候，离别的时候，相互牵挂着对方。”

张楠对张雅琪说：“我们想要的幸福，其实就是平淡生活中的执着与坚守，理解与宽容。生命本来就是漂泊的过程，总有被风雨打乱的时候，请善待那个懂你的人。人生无常，珍惜眼前。春有百花秋有月，夏有凉风冬有雪。月圆是画，月缺是诗，一切都是最好的安排。好好去爱吧，孩子！用自己喜欢的方式……”

就在张楠和张雅琪促膝谈心的时候，常河正在北京参加以“发展绿色住宅,共筑明日之家”为主题的国际住宅产业博览会。

这次住博会，主要突出国际性、科技性和专业性，重点介绍国内外最新住宅技术和部品，集中展示节能环保型住宅的成套产业化技术，宣传保障性住宅的低碳建设成果，引导住宅质量和性能不断提升,促进国内住宅产业转型升级和可持续发展。

会上，常河重点向与会者介绍了悬壶口近两年来，以“绿色、环保、节能”为未来发展方向的新型节能房屋体系的运用成果。

他说，通过推广应用、吸收、消化、研发、提升和再创新，形成了符合悬壶口本土特色的钢结构镶嵌水泥基复合保温板建筑体系,为悬壶口抗震安居工程的如期完成,做出了积极的贡献。

“不要灰心，一切从头再来。还有一个机会，你想不想试试？”常河找到了张雅琪，问。

“你不是不管我了吗？”张雅琪说。

“谁说的？”

“我！”

常河笑了：“你在考验我的真诚？说实话，我当时真想拉你一把。可是，那么多的养殖户都在眼巴巴地盯着我，希望给他们指一条活路，我该怎么办？去为你一个人赴汤蹈火？是不是太狭隘了？出了这么大的事，我理应和大伙站在一起。如果只是你一个人的合作社救活了，其他人的全死了，这个责任，谁也负不起！你希望我这样做吗？如果我这样做了，还值得你爱吗？”

张雅琪顿时脸红了：“其实，我当时……也不是那个意思。只是……只是想看看，在我真正为难的时候，你在不在乎我的感受！”

“我能不在乎吗？你是我的亲人。但他们呢？想一想吧，雅琪！如果你是他们其中的一员，作何感受？他们怎么看我？孔子说‘圣人常无心，以百姓心为心’；孟子说‘民为贵，社稷次之，君为轻’。什么意思？你自幼饱读圣贤之书，我不说，你也明白。丰碑、路碑，不如老百姓的口碑啊！”

张雅琪再一次感到内疚：“常河，对不起，我不是故意的……”

“也怪我不好，当时不够冷静，伤了你的自尊心！”常河诚挚地说。

“那咱们定一个君子之盟：以后无论遇到任何事，都不许生气，扯着嗓子大喊大叫，一定商量着来，允许对方有一个思考的时间！”张雅琪说。

“我争取做到，如果没做好，也请你原谅！”

“好的，一定！”张雅琪破涕为笑。

在常河的建议下，张雅琪把眼光盯在了“水产规模标准化健康养殖”上。

“所谓水产规模标准化健康养殖，就是调整养殖和品种结构，通过科技推动，加大无公害养殖力度。要做就做最好的！我建议你搞这个无公害水产养殖区，把它创建成国家示范养殖场。到时候，我就给你送个名字，叫‘牛牛’！”常河开玩笑地说。

“去你的！别在这儿捣乱！”张雅琪假装嗔怪地说。

“行行行，不开玩笑了，说正经的。先谈谈你的设想。”常河说。

“我选了一些水稻种植村，推广稻蟹共作生态种养技术。利用‘用地不占地、用水不占水、一地两用、一水两养、一季双收’的立体生态农业模式，培育绿色无污染的‘稻田蟹’‘蟹田稻’。截至目前，稻蟹养殖面积已经达到5000亩，每亩增收8000元。在这个基础上，我们还通过绿色认证、统一商标、建立销售渠道和蟹苗繁育基地等措施，不断提升产品的附加值。现在，农民的积极性已经调动起来了，他们在水稻田里不但养殖了螃蟹、甲鱼和鸭子，消灭了水稻虫害，而且还获得了更大的经济收益。入秋以来，螃蟹、甲鱼和鸭子已经陆续上市……”

金秋九月，在子午村道路两旁的水稻田里，常河看着一米多高的稻穗，已经沉甸甸地弯下腰来，不禁喜上眉梢。

张雅琪指着稻田告诉他：“今年社员种植的有机大米，会比去年收益更好，‘制胜法宝’就在稻田的水里。”

稻田的水里会有什么好东西呢？赵平安给常河解开了这个谜。

他说，他家这10亩地，一年种植的有机水稻，纯收入可超过8000元，而稻田里放养的400只甲鱼，还能挣1万多元，属于额外的收入。

“别说在稻田里养甲鱼了，甲鱼这东西，我以前见都没有见过。”赵平安说。

当初，张雅琪劝他养甲鱼时，可费了老鼻子劲了。没想到，5月投放的甲鱼苗，成活率竟然超过了90%。他平时每天来看看，喂点儿剁碎的小鱼等饲料，劳动量也不大。现在田里的甲鱼，已长到了七八百克，10月水稻完全成熟后，甲鱼也可以一起上市了。

赵平安给常河算了一笔账：一只甲鱼苗 30 元，一天养殖成本是 1 角钱，4 个月就是 12 元。10 月卖甲鱼时，每只售价为80至100元，也就是说，养殖一只甲鱼，纯利润为30至40元。

在距离赵平安家稻田不远处，是古岳峰家的 15 亩有机稻田。稻田边，一群肥壮的鸭子在扑腾戏水，看鸭子的体形，估计重量都在 2 公斤以上。

古岳峰说，由于他家稻田是几年前开荒出来的，杂草多、虫害重，杂食性的鸭子正适合在稻田里养殖。鸭子不仅吃掉了对水稻危害严重的红线虫和杂草，在水里不停地游动，还可产生中耕浑水效果，刺激水稻生长。鸭子的粪便，则是很好的有机肥，在稻田里长大的鸭子也是“有机鸭”。

“我在稻田里养了 100 多只鸭子，现在已经卖掉不少了。今年稻子的长势比去年好多了，产量肯定高，估计养鸭还可以增加 5000 多元的收入。”古岳峰说。

在张楠的 40 多亩水稻田里，螃蟹在人们看不见的稻田深处“横行”。据他介绍，稻田养蟹，可以让他每亩增收 2000 至 3000 元。

常河了解到，赵平安等人种的有机稻米，以及配套养殖的螃蟹、甲鱼、鸭子，都不愁销路，早早被订购走了。

张雅琪告诉常河，依托悬壶口种植大米的悠久历史，他们已经成立了悬壶口泰康水稻合作社，合作社在水稻种植特别是在有机水稻种植上，下了不少功夫。除对合作社成员进行技术培训，引进优良品种外，还实行种子统一供应、稻谷统一加工、大米统一包装和销售的方式，确保生产出的“泰康”牌大米的品质。

“稻田里养殖的螃蟹、甲鱼、鸭子，不仅能为农户增收，还充当着有机大米生态‘监督员’的角色呢！这些动物生态‘监督’，效果极佳。螃蟹和甲鱼在施用农药和化肥的生长环境里很难存活，它们还爱吃红线虫等破坏水稻根系的害虫，鸭子饲养粗放，也能达到吃水稻害虫的功效。”张雅琪说。

张雅琪很清楚，在讲究食品安全的今天，无公害有机食品的市场上升空间极大。

她举例说，普通水稻亩产量为700至750公斤，普通大米市场价在4至5元/公斤；有机水稻亩产量为500至550公斤，但其市场价高达18元/公斤。有机水稻种植亩收益比普通水稻高600元左右。悬壶口泰康水稻合作社的水稻种植面积有1.1万多亩，其中，有机水稻种植面积2000多亩，仅种植有机水稻，就可让农户增收120多万元。

但张雅琪并没有在合作社全面铺开有机水稻的种植。因为她知道，有机大米需要更专业的生产过程和更严格的监管，只有通过示范带动，逐步推广。今年稻田甲鱼的成功试养，让她找到了有机大米种植的有效监管模式和合格的“监督员”。

“在日本等国家及国内有机食品生产过程中，立体生态养殖结合模式采用得比较多，我们的水稻种植，完全可以学习这样的模式。”张雅琪说。

从张雅琪的介绍中，常河了解到，悬壶口泰康水稻合作社有 155 个社员，是悬壶口最大的水稻合作社，该社生产的有机大米，已经远销出口日本等国家，在省内及国内市场上也十分抢手。

“为了解决制约水产业种苗发展的‘瓶颈’难题，我们先后引进、繁育了白斑狗鱼、欧洲丁鲑、中科三号及锦鲤、彩鲫、黄腊丁、黄颡鱼、澳洲淡水龙虾等 10 余种鱼虾类新品种，推广面积 30 万亩，水产养殖面积已经达到了 1 万亩，年渔业产量 3200 吨，名特优品种养殖产量达到 200 吨以上。”张雅琪说。

这一年的秋天，世界上最名贵的淡水虾之一——澳洲淡水龙虾，在西关和悬壶口试养成功，批量上市。

“这是悬壶口第一次成功养殖澳洲淡水龙虾，目前龙虾批发价格是每公斤 120 元，在市场上供不应求！”见到常河，古岳峰掩饰不住自己内心的喜悦。

古岳峰坦言，澳洲淡水龙虾原产于澳大利亚，个头大，肉质非常好，是市场上的高端虾种。去年 4 月底，他们开始尝试小面积养殖，苗种淡化技术则由内地一家淡水水产研究所提供。幼虾引进后，经过温室培育，在长到 3 厘米的时候，放入大池塘养殖，成活率达到了 80% 以上。可以这样说，澳洲龙虾淡水养殖，已经获得了成功。

“现在每只虾平均重量约为 40 克，大一点儿的，一只可以达到 50 多克。”古岳峰说，合作社养殖的澳洲淡水龙虾，当年 10 月就上市销售了，50 多亩池塘的养殖收益十分可观。

据悉，澳洲龙虾在悬壶口淡水池塘“安家”，成为大西北淡水养殖中又一个“唯一”。

古岳峰告诉常河：“澳洲淡水龙虾在市场上相当惹眼，在内地，每公斤的价格也在 120 元左右。”

除了刚刚“落脚”的澳洲淡水龙虾，南美白对虾在悬壶口也已经“落户安家”。

张雅琪对常河说：“我们合作社是悬壶口最早引入南美白对虾养殖的地区，《南美白对虾淡水池塘养殖技术规范》是我们这两年养殖经验和技术的结晶，填补了西北外来水产品引进和养殖领域规范的空白。”

据了解，南美白对虾原产于美洲太平洋沿岸水域，有生长快、营养需求低、抗病能力强等优点。这种虾对水环境因子变化的适应能力较强，对饲料蛋白含量要求低，出肉率高达 65% 以上，离水存活时间长。

张雅琪说：“跟澳洲淡水龙虾相比，南美白对虾是淡水虾养殖的普通虾种，但悬壶口养殖该虾的技术已经非常成熟，推广力度更大，并且该虾价格适中，在市场上非常畅销。时下，南美白对虾市场批发价格每公斤在55元左右。悬壶口南美白对虾的养殖面积接近300亩，年产量超过30吨。由于价格适宜、市场销路好，养殖户养殖的积极性非常高。明年，南美白对虾的养殖面积将超过500亩，会为更多的水产养殖户打造盈利的平台。”

骄阳似火的夏季，翠花在子午村赵平安的鱼池里，看到了一条条长着鸭嘴的鱼儿，游来游去，非常惊讶。

赵平安告诉她，它们的名字叫美国匙吻鲟。

说着，赵平安已经将匙吻鲟装缸，准备发往酒店出售。这也标志着美国匙吻鲟在悬壶口试养成功。

“匙吻鲟原产于美国密西西比河，它和我们国家的中华鲟一样，是鲟鱼的一种。匙吻鲟营养价值高，成鱼肉质细嫩、无刺。”赵平安说。

自从离开了稻香养殖专业合作社，赵平安开始自主创业，用他的话说，活到70岁，人生才刚刚开始。信念可以迟到，但永远不会缺席。他约投资机构去往全省各地考察市场后，决定在悬壶口养殖有着“黑色金块”之称的美国匙吻鲟。

前年8月，他尝试着养了2000尾。

“悬壶口养鱼，用的都是地下水，水质好，温度合适，匙吻鲟本身也并不娇贵，所以我最终选择试养它。”赵平安说。

如今，赵平安试养成功的成鱼，已经开始销往省城的部分酒店，每公斤售价在 180 元左右。

试养成功，收入可观，赵平安决定扩大规模，去年 4 月，他新进的 7000 多尾鱼苗，也在当年 9 月全部上市。

赵平安坦言，鮰吻鲟的成功试养，不仅丰富了悬壶口的水产品品种，丰富了老百姓的餐桌，也将为农民发展特色水产品致富增收，开拓出一条新路。

近三年来，悬壶口已经形成了自己的农业生产发展布局，即优质稻米生产加工基地、无公害蔬菜生产基地、年产 20 万吨肉蛋奶的畜禽养殖基地、优质水果生产基地、以苗木和花卉为主的特色种植基地及小镇休闲观光农业基地六大基地，基本建成了优质水稻、无公害蔬菜、食用菌和畜牧养殖业四大优势产业，发展起了无公害水产养殖。农牧民人均纯收入已经达到了 11476 元，净增 1320 元。

走进人生应该进取的年龄，常河才隐隐约约觉得，现在的悬壶口对他而言，有点儿生活的味道了……

“认识你,真好！”张雅琪的两只眼睛一闪一闪的,很诱人。

“选择一个伴侣，就是选择一种生活方式。我可能不能算是一个安分的人，我这一辈子，注定一直在路上。在未来的岁月里，这种生活方式，我不知道你能不能适应。”常河对张雅琪说。

“很多年来，我一直在由故乡编织的河床里行走。无论岁月如何变迁，都始终把对悬壶口那份新鲜的质感、纷纭的世态、经年的往事，牢牢地锁在自己的心里，让它们沉淀、发酵，然后表达述说。就在你从省城来的那一个夜晚，我听到寂静的走廊中传来了十分清晰的脚步声，带着音乐的节奏，咯噔，咯噔，咯噔……就在门前，经久不息。顿时，我出现了幻觉：这个脚步声，似乎在某一个地方，或某一处街角，和我相遇过。这个声音，让我从此少了一份失落，多了一份牵挂。以前，我一直在寻找那个和我执手终老的人，现在，我找到了。他，就在悬壶口，就在我眼前。我不想谈过去的旧时光，只想把一切清零，让我们的故事，从今天开始……”

走进成熟的秋季，张雅琪释然了。

他们俩的手，紧紧地握在了一起。

四

兰捷不愿意和孟文豪一起走，他独自一个人回到了上海。

回来之后，孟文豪食不甘味。他把自己深深地埋在沙发里，陷入了沉思。

他是在朋友为他准备的一次生日宴会上认识的梅子，并且很快就被她的美貌吸引。

那一天，酒过三巡，菜过五味，大家建议跳舞助兴，他欣然应允。舞池里，当时他正和一位同学沿着人群外围优美地转圈，突然，看见一位很面善的中年妇女，和一位年仅20岁左右的女孩很亲密地坐在一起，显然是母女俩。女孩长着一张圆脸，短发，穿着当时十分流行的高领白毛衣，蓝色背带裙子。孟文豪很明显地感觉到母女俩在看他，他立刻产生了一种想请女孩跳舞的冲动。

一曲终了，他放开同学，很轻松地来到女孩面前，当下一曲的第一个音符刚刚响起，便很绅士地向女孩做出了邀请的动作。

女孩带着一点儿受宠的羞涩站了起来，说："我跳得不好。"

他说："没关系，我教你。"

从此以后，每次舞会，他都会专门为她而去。

女孩名叫梅子，是一所大学的学生，适逢放假回来。每次见面，他们都天南海北地聊个没完，整个假期，孟文豪觉得自己幸福得一塌糊涂，感觉假期短得刚刚开始就要结束了。

快开学了，梅子要走了，他想去火车站送她，她不肯，说她母亲要去。他说不管，意思很坚决。他最终去了，在站台上还和她母亲握了手。

他们相互写信，基本上是两周往返一次。终于有一次，他耐不住相思的渴望，为梅子写了一首诗寄给她。

信寄走了，孟文豪每天都在焦急地等待着，反复猜测着梅子可能会有的种种反应。半个月过去了，他没有收到回信，急得像热锅上的蚂蚁，每天两次往收发室跑。又过了一周，梅子的回信到了。他双手发抖，哆哆嗦嗦地撕开信封，从头看到尾，重复看了好几遍，看得自己一头雾水。

信的内容令他百思不得其解，既没有热烈的回应，也没有婉言拒绝，而是和过去的信一样，压根不提诗的事。他后来猜测，这样委婉地回信，一定是她妈教的。当时，他实在想不明白，索性就不想了。

开弓没有回头箭，既然在第一首诗中，表明自己要不停地给梅子写诗，孟文豪就下定决心，不停地写忧伤而热烈的诗寄过去。

终于，梅子在一封回信中说，自己年龄尚小，大学毕业后还准备考研。她还是说出了让他一直心虚的学历上的差距。

孟文豪忽然想起一件事。有一次，梅子她妈在大院里见到他，应该就是他第一首诗寄出去之后，客气地和他打招呼。他受宠若惊忙躬身走近。那一次，他得知梅子的母亲叫兰捷。

兰捷问他："小孟，你是哪所大学毕业的？"

孟文豪感到脸上一阵烧烫滚过，使劲咽了一口唾沫，说："我是上海电专的老师，大专毕业。不过，我现在正在读在职研究生，很快就要调去一所大学经济系任教……"

"哦！"兰捷听了，若有所思，"等你拿到调令再说吧！"

之后，兰捷再见到他时，给孟文豪留下了一个长长的背影。

暑假又到了，听说梅子回来了，孟文豪想见她的念头像疯长的野草，搅得他心乱如麻。

但是，梅子一直没来找他，他去舞厅也见不到，在院子里一次也没碰着。他真的要疯了，趁兰捷上班不在家时，孟文豪自个儿跑去了梅子家。

梅子果然在家。

当梅子打开门看到是孟文豪时，双方都愣住了。但很快，梅子的脸就恢复了平静。

她说："你以后别来找我了。我现在很忙，正准备考研……"

说完，并没有顾及孟文豪的感受，独自转身进了卧室，把他一个人扔在了客厅里。孟文豪无所适从地站了半天，只好悻悻地离开。

那一刻，他觉得自己的内心一下子受到了极度的伤害，悲伤的心，似乎要炸裂开来。孟文豪真想对着黄浦江大喊几声，喊出压抑在胸中的积郁。他有了一种迫不及待亲近自然、亲近草原的欲望。于是，他去了西北，一个人来到了草原，想在那里平复自己失落的心情。

独自站在夕阳下的山峦上，举目远眺，纵横绵延的草原，像一幅徐徐展开的画卷，在晚霞中静静地伫立着。

此时的草原是绿色的天堂，极目所至，绿草如茵，野花竞放，近处湖水泛银，羊群如白云朵朵，毡房像白帆点点，竞相在一碧万里的绿海中遨游。奶茶的清香，伴随着漂浮而上的缕缕炊烟不断飘来，让他陶醉其中。

躺在无边的草原上，看着雪山顶上耀眼的白雪，与天上的白云若即若离，他突然产生了想体验生命极限的渴望。

不知为什么，孟文豪的一生中，常常出现做类似体验的怪念头。他常想，为什么好好的生活会戛然而止？生命不在了，真的就什么都不存在了吗？

小时候，他多次从高高的树上或其他地方跳下，体味那种先是失重，而后重重地落在地面，脚后跟被蹾得麻木，五脏六腑仿佛错位的痛感。他经常做飞翔的梦，有时，飞得好高、好快、好远，经常飞在高高的天空上，看下面人间的一切。

有时，他觉得生命永远不会消失，有时，又觉得随时都会终止。所以，他的性格很急，每想到要做一件有意义的事情，就想马上去做，生怕时间稍纵即逝。

他一直在想，这是为什么？也许与自己童年的经历有关。此时，他感觉自己的灵魂已经飞到了高高的天上，正在与那些白云一起飞翔。

他决定第二天爬到山顶去。

又一个早晨来临，朝阳在马背上像花儿一样开了。他没有吃饭，故意不带水和吃的东西，只身一人出了门，朝着一条山沟走去。听人说，望山跑死马。出了城他才发现，离山脚还有一段很远的路。先是村庄和农田，他穿过村子往西走，走出田地，是一片很远的戈壁，此时日头已高，在戈壁滩的褐色石头上蒸起了热浪。

或许是腹中饥饿的原因，他逐渐感到了体力不足，开始大汗淋漓，衣服全部湿透了。快到山脚时，他看见一家牧民的毡房里正冒着炊烟，孟文豪想走过去，但他为了挑战极限，还是忍住了。走到进山前的一个小山包上，他发现自己已经踏上了群山与戈壁相连的草地，走出草地便是灌木丛，然后是茂密的松林，松林再往上又是草地，再是沙砾，最高处是常年积雪。

在戈壁原野上，他整整走了 3 个小时。此时，孟文豪感到自己已经完全虚脱了，焦渴难忍，双腿发软。在大自然面前，他觉得生命是那么渺小，那么孤独。他对继续走下去，开始产生了些许的心虚和胆怯。

但他没有停下来，还是坚持一直走下去。过了草地，穿过灌木丛进入松林后，树林并没有给他带来阴凉，而是闷热难耐，他身体里的最后一点儿水分，这时也仿佛被拧干了。疲劳极限的眩晕，一阵一阵地向他袭来，他的意识和感觉开始出现麻木症状。他不敢懈怠，凭着本能的力量，把下一棵树作为前进的目标，手脚并用，一点一点坚持着向上攀爬。

不知过了多长时间，他终于走出了松林的尽头。开阔的山坡上，鲜花盛开，绿草如茵，他一下子瘫软在了草地上。

他尽情地从潮湿的气息中大口地呼吸着氧气，并为自己编了一个花环戴在了头上。他休息了一会儿，继续攀缘。再往上，一条小小的水流出现了，沿着水流而上，他看见了一大块冰雪。冰雪旁边的沙石中，一片十分茂盛的植物，开着大朵的莲花。啊！雪莲！他忘情地扑过去，大口吞咽着冰雪，吞咽雪莲硕大的花朵，一种微苦的清凉，顿时沁入肺腑……此时此刻，他真切地感受到了生命的力量在快速回归。

站在雪山的冰峰之上，他放声痛哭，把所有的感慨、苦涩和欲望尽情宣泄。

后来，孟文豪认为，学习，拼命地学习，才能最终改变自己的命运。

在职研究生毕业后，他顺利地办完了调动手续，如愿以偿地成了大学经济系的一位讲师。

当他再去找梅子的时候，梅子身边已经有了肖璐。但从兰捷的眼睛里可以看出，她好像并不喜欢这位未来的姑爷。经过打听，孟文豪了解到，兰捷对肖璐的偏见，始于肖璐在兰捷的面前不肯屈就，和肖璐来自一个被她视为“乡下”的叫作悬壶口的地方。

孟文豪顿时感到自己又有了机会。可是这一次，他却把自己的身份遗忘了：他的身边，已经有了自己老师的女儿，而且即将去西关完婚。

提起西关，孟文豪情不自禁地哑然失笑：原来，悬壶口和西关不但相距很近，而且悬壶口就是西关的一个镇！这让人太不可思议了！

来到悬壶口，第一次见到张雅琪，他就动了心。觉得眼前这个女人，才应该是陪他走一程的那个人。因为，这个女人一眼看上去，干净，单纯，朴实，还有些古典，气质很超然。

然而，让他没有想到的是，他从张雅琪的眼神里看到了一丝不屑，甚至反感。

在悬壶口待了一段时间后，他才发现，张雅琪这么一个美人胚子，竟然和那个不修边幅、一天到晚忙得不着家的常河打得火热，这又令他十分沮丧。

现在，兰捷也要离他而去了，这生意再做下去，可能就要血本无归了！

梦醒了，孟文豪发现，刚才自己睡着了。头颅靠着的地方，眼泪已经将沙发巾打湿了一片。

“悬壶口，怎么一夜之间，就成了我人生的滑铁卢？本来很好的一盘棋，竟然毁在了自己的手里。”他心有不甘。

孟文豪记得，一位哲人曾经说过：“一只野兽受了伤，它可以跑到一个山洞里躲起来，然后舔舐伤口，自己坚持。可是一旦被嘘寒问暖，它就受不了。伤口就像我们自己一样，是个倔强的孩子。不肯愈合，是因为内心是温暖潮湿的地方，适合任何东西生长。”

时光像植物不断更新的叶子，将那些腐烂气味早已埋葬在了时间刻度的前段，唯有铺天盖地的清晰和嫩绿留在了生命的季节。

孟文豪相信，虽然释迦牟尼脸上的慈悲，在千山万水五行三界，写着一个大大的“空”字，但是，时光的前行，永远是一个美丽的神话。

他也知道，一个优秀的人，应该走在时光的前沿，但他确信，自己不是。

可是，孟文豪比任何人都更喜欢去回首自己来时的路。他不住地回首、驻足，然而，时光却毅然扔下了他，独自轰轰烈烈地向前奔去。

他想，如果上天真的要用这种方式来毁灭这里的宁静，必先令其疯狂，可这里疯狂了这么久，为何还没有毁掉？

从小到大，在孟文豪的视野中看到的，都是尘土飞扬后面的高楼大厦，霓虹灯下的灯红酒绿，高铁轨道、高速公路从曾经种植庄稼的田野上蛮横地切割过去，一切被推倒重来之后，满目都是种种奢侈、浮华，不乏夸张的人和事。

有时，他也明白：无论是谁，总要走陌生的路，看陌生的风景，听陌生的歌。然后，在某个不经意的瞬间，自己会发现，原本费尽心机想要得到的东西，真的就于行走中不知不觉地丢了，而且丢得很彻底。谁是谁生命中的过客？谁是谁生命的转轮？前世的尘，今世的风，就这么千百年来，从自己的前世今生中，悄然走过。

他常常回过头，去看一看自己成长的道路，在每一次的观望中，他看见，风的声音，人的脚步，马的蹄印，无数的人群，从自己的身边面无表情地走过，偶尔也会有人停下来，对着自己微笑，灿若桃花。他知道，这些停留下来的人，终究会成为自己生命中的温暖，看到他们，他会想起不离不弃。

而悬壶口这个地方，没有草长莺飞的传说，它永远活在现实里面，快速的鼓点，匆忙的身影，但却用一种真实的微笑，留住了许多人的脚步。

假如，从前的一切再也回不去了，自己是否会有一种很宿命的悲观？

他想，如果有一天，自己离开了悬壶口，和这些人、这些事不在一起了，自己又该怎么样？在孟文豪的理念中，悬壶口做大做强，是迟早的事。到了那个时候，他相信，那些在他面前说着永不分离的人，可能早已散落天涯了。但是现在，他却永远不想看到，他们创业打拼时，最寂寞的那个样子！

于是，沉默，得意，失落，微笑，如梦随行地一直追着孟文豪，让他陪着悬壶口开心，也跟着悬壶口难过。

只是他，只想一直站在现在，而把眼前的一切，永远地留在过去！

想到这里，孟文豪猛地从沙发上弹了起来，他要回悬壶口！

他觉得，他和兰捷、和悬壶口之间，应该有个了结了！

于是，他拎起包，搭车去了机场。

抵达悬壶口后，他给兰捷打了电话，约她去一个地方，说有重要的事情要谈。

接到孟文豪的电话，兰捷惊慌得不得了。她担心孟文豪歇斯底里，做出一些出格的事来。

思来想去，她没敢惊动肖璐和梅子，而是选择给张楠打了电话。

张楠根据兰捷提供的信息，感觉有些不对头，连忙约上赵平安，赶往兰捷和孟文豪约见的地点。

当秋天的最后一场雨，轻轻地落在了悬壶口这片土地上，一切都仿佛睡去了，遗世而立，留在了时光的原地。

孟文豪在靠近悬崖旁的一处胡杨林里，坐北朝南，挖了一个很大的坑，足足可以躺下一个人。

“这么晚了，你找我到这个地方干什么？”兰捷问。

“不想干什么。你认为我能干什么？”孟文豪反问了一句。

“不知道！这次回来，总觉得你说话怪怪的。”兰捷说。

“不怪不行啊！你摆了一盘棋，输赢都掌握在你的手里，却把我当棋子。你现在把我卖了，我还帮着你数钱，心有不甘哪！”孟文豪阴阳怪气地说。

“你什么意思？别得了好处还卖乖！”兰捷一听，火了。

“别再给我提陈芝麻烂谷子的事，我还得细细回忆。以后，你就坐在地狱的门口，慢慢给你的朋友讲那些老掉牙的故事吧！”孟文豪说着，拿起了铁锨。

“孟文豪，你想干啥？”兰捷慌乱起来。

“住进这个坑里。我挖了好几个小时，专门为你挖的。”孟文豪说话的时候，眼睛里露着阴森森的绿光。

“你想杀人灭口？”兰捷更慌了。

“别说得这么难听嘛！人固有一死，或重于泰山，或轻于鸿毛。想想看，你这么一死，该算什么？”孟文豪说。

“该算你杀人偿命！”

孟文豪的背后，忽然一个铿锵有力的声音传了过来。

“谁？”这回，该孟文豪惊慌了。

“我！”赵平安和张楠同时出现在了孟文豪的眼前。

“你缺不缺德啊？兰捷这个年龄，都可以做你的母亲了。你还这样残忍地对她？”赵平安呵斥了一句。

“她对不起我！”孟文豪喊了一句。

“不管对得起对不起，都不能用这种下三烂的办法处理问题。如果实在处理不了，还有政府嘛！”张楠说。

“哼，政府？都是扯淡！我现在谁也不相信，就相信我自己！”孟文豪面露凶光地说。

“那好，你敢对着苍天，大喊一声‘谁敢杀我’吗？”赵平安平静地说。

“那有什么不敢？”孟文豪说。

“那你喊一嗓子，试试？”赵平安又说。

孟文豪果然对着天空喊了一声。

就在这时，阴霾的天上，忽然响起了一个炸雷，一道闪电迅疾冲向了地面，孟文豪顷刻之间变成了一个火人。

一阵“噼里啪啦”的爆响之后，孟文豪的脸，已经烧成了炭团，他挣扎了几下，一头栽进了他事先挖好的大坑里。

秋走了，在呼啸的北风中走了，留下一地的冰冷；秋走了，在七彩的丰收中走了，留下一地的雪白，但秋天的笑声，却留了下来。

抗震安居工程建设，为悬壶口的发展插上了腾飞的翅膀。

既要让老百姓住上抗震房，解决“安居”问题，更要让他们过上好日子，实现生活方式的转变，成了悬壶口政府执政能力的一种考验。经过 3 年多的尝试，常河在考察时发现，一些地方农村抗震安居房的建设，还出现了不少“升级版”。

第一个版本，被称作“子午山模式”。在悬壶口子午山牧民定居区，成功地实现了“抗震安居房”“牧民定居”与“戈壁产业”的捆绑式发展，探索出了三位一体的新模式。通过开渠引水，在戈壁滩上种草栽树，让戈壁滩变绿起来的同时，也让每户牧民在家门口得到了一片人工饲草料地。

在此基础上，子午山牧民定居区，还在戈壁滩上建起了200多座“石头大棚”，通过少土栽培，成功地种出了有机蔬菜、瓜果，为定居的牧民打开了致富的大门。据了解，这里中长期规划，将形成容纳1万人定居的抗震安居房规模，同时发展“石头大棚”1万座，实现人均1座大棚、人均50亩人工饲草料地的目标。

第二个版本，可以称作“子午河模式”。在悬壶口子午河两岸，针对住房困难户剩下的自筹资金能力薄弱的现实，通过政府出面与农村信用联社沟通协商，为抗震安居房引入信贷支持。每户住房困难的建房户，可以根据自身情况，向农信社提出5000元到2万元不等的专项贷款，政府为建房户提供50%的贴息。这一模式，保证了困难农牧民在建设新房子的同时，不影响正常的日子，也克服了其因为建房占用资金、削弱自我发展能力的误区。

第三个版本，称作“子午村模式”。在悬壶口子午村，抗震安居与发展创新工作结合起来，一个崭新的“牧民新村”崛起在子午山脚下。该项目包括新建、加固改造抗震安居房108户，每户一个沼气池，同时完成了含社保站、村委会、卫生文化活动中心，以及乡村法庭、幼儿园、休闲广场、商业网点、公共厕所、体育健身活动场所等在内的1.3万多平方米的公共设施建设。

一个社区化的新农村，正在成为现实。

另外，悬壶口的抗震安居房在外形上，也出现了穿衣戴帽的时尚：一种用红色屋面瓦做成的红房顶，正在流行起来。这种采用本地建材企业生产的新型彩色屋面瓦，不仅节约了建设成本，还达到了美观、节能、冬暖夏凉的效果。

抗震安居工程建设中出现的这些新模式，其实质都是在可持续发展思维框架下，对农牧民实现从“安居”到“宜居”“乐居”状态的追求。这里面包含着一种充满激情和创造性的理想主义：既要住上好房子，又要过上好日子。

“现在，中央又提出了走新型工业化道路，进一步强调推进信息化与工业化的融合，悬壶口该怎么办？”

站在新的制高点上，常河又有了自己新的思路。

面对扑面而来的历史声音，常河似有感悟：人生何其短暂，古人谓之白驹过隙。几年前还是由简易马路和危旧房屋组成的悬壶口格局，如今已经被一条条宽阔的城市大道，和一片片规划有序的抗震安居小区替代。只是，位于老城区那些爬满藤蔓的百年骑楼，经过复古翻新后风采依旧。

在悬壶口，不管人们来自哪里，统称为“悬壶口人”。这种语义概念的模糊，到底是混淆还是洒脱，常河不得而知。就像他，面对这个纷繁嘈杂如同积木般堆积而成的城市和油画般的街景，他触摸不到裸露的山川田畴排斥他的感觉；喧嚣的城市化进程，已经潮水般地淹没了母亲呼唤他童年的声音。

在这里，他觉得自己不是游子，而是主人。

在最近的一次会议上，他说："改革开放30多年以来，中国工业已经实现了跨越式发展，建立了独立完整的工业体系，成为全球制造业大国。原煤、钢、水泥、化肥、微型计算机、彩电等主要工业产品产量，以及固定电话、移动电话和互联网用户数，均居世界第一；轻工、纺织、机械、家电、成品油、乙烯、部分有色金属产量，位居世界前列。航空、航天、船舶等国防科技工业发展，取得了举世瞩目的成就。但是，我们也要清醒地看到，我国工业化水平与发达国家相比，还有不小的差距。一是工业大而不强，核心技术和关键技术受制于人；二是资源和环境约束日益突出，工业发展方式迫切需要转型；三是利用高新技术，改造提升传统产业的任务繁重；四是工业行业管理分散，一些行业管理弱化、缺位，严格的市场规范和诚信体系，尚未完全建立起来。严峻的发展形势要求我们，要走新型工业化的道路，不能再走发达国家先工业化后信息化的老路，必须根据中国的实际，求索新的发展模式……"

有人针对他的这番讲话，事后说："悬壶口本来就是一个小小的乡镇，搞成现在这个规模，已经很不错了，不要再折腾了！”

但常河认为，城市，作为一种物质的表现，是一种可以看到的物质形态。城市规划是一定时期内发展的目标和计划，是城市建设的综合部署。其目的就是，通过对城市与周围影响地区的整体研究，为居民提供良好的工作、居住、游憩和交通环境。

“不要忘记，相比起数千年的农村文明，人类的城市文明，只有短短 200 多年的历史，中国城市化的历史更短。从某种意义上来说，我们本人或我们不远的祖先，都来自农村。”常河说。

他信奉美籍华人建筑大师贝聿铭那句话：“对于一个城市来说，最重要的不是建筑，而是规划。”

20 世纪英国著名城市学家埃比尼泽·霍华德曾经说过：“一座城市就像一朵花、一株草或一个动物，它应该在成长的每一个阶段保持统一、和谐、完整。而且发展的结果，绝不应该损害统一，而要使之更完美；绝不应该损害和谐，而要使之更协调；早期结构上的完整性，应该融合在以后建设得更完整的结构之中。”

苏格兰城市规划理论家帕特里克·格迪斯也说：“城市必须不再像墨迹、油渍那样蔓延，一旦发展，它们要像花儿那样呈星状开放，在金色的光芒间交替着绿叶。”

“一直以来，城市都是沿着地区边缘向外扩展，新形成的居住区渐渐融入原有城市区域。随着时间的推移，曾一度被视为城市范围以外的城郊和乡村，现在已经被塞进了各大城市的腹内。”常河对翠花说。

“是啊！在寻求工业化推进的同时，我们千万不能忘记这些先哲们的文化启迪。当然，也不应该忽视这些睿智的提醒。”对此，翠花心无旁骛。

“对于今后的悬壶口而言，一度繁荣而又走向衰落的‘丝绸之路’，有望再现昔日辉煌——不过，到那时，不再是步履蹒跚的驼队和荒芜一片的戈壁沙漠，而是密集的现代化航空、铁路、公路网络和新兴的现代化城市……”畅想未来，让常河信心百倍，“即使发展成了一座城市，悬壶口也应该保持自己的特色，对那些优秀的民族文化和地域风情，要妥善地予以保护和传承。”

但有时，他的眼神里，也会流露出一丝很难觉察的担心和忧虑：“这些已经在悬壶口扎根落户的大集团、大企业，会不会只是像那些刻在水泥上的花朵，生长出没有风的、寂寞的森林？”

他开诚布公地说：“很多我们以为永远都不会忘记的事情，就在我们念念不忘的过程里，被我们慢慢地遗忘了。总有一天，都会变得面目全非。时光没有教会我任何东西，却教会了我不要轻易去相信神话。以前，那些存在的历史和书简，真的在岁月的发展中变成了一座座矗立的工厂，原来的一切，荡然无存，甚至连一点儿记忆也没有留下。”